Lady Macbeth

AVA REID

Lady Macbeth

Tradução
Laura Pohl

1ª edição

Galera
RIO DE JANEIRO
2025

PREPARAÇÃO
Myllena Lacerda

REVISÃO
Fábio Martins
Beatriz Seilhe

TÍTULO ORIGINAL
Lady Macbeth

CIP-BRASIL. CATALOGAÇÃO NA PUBLICAÇÃO
SINDICATO NACIONAL DOS EDITORES DE LIVROS, RJ

R284L Reid, Ava
Lady Macbeth / Ava Reid ; tradução Laura Pohl. - 1. ed. - Rio de Janeiro : Galera Record, 2025.

Tradução de: Lady Macbeth
ISBN 978-65-5981-583-8

1. Ficção americana. I. Pohl, Laura. II. Título.

25-98159.0 CDD: 813
CDU: 82-3(73)

Gabriela Faray Ferreira Lopes - Bibliotecária - CRB-7/6643

Texto revisado segundo o Acordo Ortográfico da Língua Portuguesa de 1990.

Direitos exclusivos de publicação em língua portuguesa somente
para o Brasil adquiridos pela
EDITORA GALERA RECORD LTDA.
Rua Argentina, 120 – Rio de Janeiro, RJ - 20921-380 - Tel.: (21) 2585-2000,
que se reserva a propriedade literária desta tradução.

Impresso no Brasil

ISBN 978-65-5981-583-8

Para Sarah, Tricia e Sam

Ela se vira e encara o espelho por um momento,
Mal notando o amante que já a deixou;
A mente permite um quase-pensamento;
“Bem, agora está feito: fico contente que acabou.”
— *A terra inútil*, T. S. Eliot

Ela, comparada às fadas pela beleza,
Envolveu-a com o manto com proeza,
E veloz a levou à sua cidadela
Extasiado por encontrar donzela
Tão imensuravelmente adorável.
[...]
Agora devo mais lhe contar,
Da única dama que poderia amar:
Do barão, conselhos o lorde escutou
E assim a dama aprisionou,
Em torre de mármore cinza, perverso
Seu destino; dias mórbidos, seu sono, adverso.
[...]
Homem ou mulher algum vai até lá
Ninguém ousa escalar acolá
Um velho grisalho do conclave
Tem da porta e das escadas a chave
[...]
Uma mulher de maneiras leves
Muito resistirá todas as preces
Pois não deseja que a vejam por inteira
Usando sua arte livre, como queira

— "*Guigemar*", Marie de France

Dramatis Personae

Roscille, Rosele, Rosalie, Roscilla, a Lady
Hawise, uma criada
Alan Varvek, Barba-torta, Duque de Breizh
Geoffrey I, Manto-cinzento, Conde de Anjou
Theobald I, le Tricheur, Conde de Blois, Chartres e Chasteaudun
Hastein, um chefe nórdico
Macbeth, Macbethad, Macbheatha, o Lorde, Thane de Glammis
Banquho, Thane de Lochquhaber
Fléance, filho de Banquho
Duncane, Rei da Escócia
Lavandières, bruxas
Chanceler, o sumo sacerdote da Escócia, um Druida
Lisander, Landevale, Launfale, Lanval, o filho mais velho do Rei Duncane, príncipe de Cumberland
Evander, Iomhar, Ivor, o filho mais novo do Rei Duncane
Æthelstan, *rex Anglorum*, rei dos ingleses
Senga, uma criada
Auxiliares, mensageiros, criados, soldados

Glossário

Alba, Escócia
Anjou, um condado da França (adjetivo: angevino)
Blois, um condado da França
Breizh, Bretanha (adjetivo: bretões)
Bretaigne, Inglaterra
Brezhoneg, a língua bretã
Cawder, um território da Escócia
Chartres, um condado da França, governado pela Casa de Blois
Chasteaudun, um condado da França, governado pela Casa de Blois
Glammis, um território da Escócia
Loire, um rio da Bretanha
Moray, a sede do trono do Rei Duncane
Naoned, Nantes, a capital da Bretanha

Uma nota sobre os nomes

No cenário turvo da Escócia do século XI, a linguagem era complexa, maleável e performática. O mundo da Inglaterra medieval não possuía a mesma rigidez que as convenções modernas frequentemente impõem. Tudo poderia mudar em um piscar de olhos (ou com o golpe de uma faca). As instituições eram instáveis; os títulos e direitos eram contestados. Os diversos nomes atribuídos a cada personagem refletem os diferentes idiomas falados na época, embora, atualmente, muitos deles sejam considerados mortos ou estejam em desuso. Por mais que isso pudesse tornar a narrativa mais direta, escolhi abandonar a ideia de que uma única cultura ou idioma possuíam o domínio completo do mundo.

Nota da editora

Este livro aborda tópicos que podem ser considerados sensíveis para alguns leitores, como violência doméstica, violência sexual e misoginia. Recomendamos uma leitura responsável.

Ato I

Thane de Glammis

1

— Lady?

Ela ergue o olhar e vê a janela da carruagem; a noite caiu com uma escuridão rápida e total. Ela aguarda para saber como será chamada.

Durante os primeiros dias da jornada, passando pelas árvores verde--escuras, úmidas e retorcidas de Breizh, ela foi Lady Roscille, um nome preso a ela desde que estivesse em sua terra natal, até os confins do opressivo mar cinzento. Eles cruzaram em segurança, seu pai, Barba-torta, tendo sido derrotado pelos nórdicos que outrora ameaçaram o canal. As ondas que roçavam no casco da embarcação eram pequenas e apertadas, como pergaminhos enrolados.

Então, seguiram para as praias da Bretaigne — um lugarzinho bárbaro, uma pequena ilha que parecia, nos mapas, com um pedaço de carne apodrecido de onde os animais arrancaram pedaços. A carruagem recebera uma nova condutora, que falava um saxão bizarro. Seu nome, então, vagamente saxão: *Lady Rosele*?

Bretaigne. Primeiro haviam as árvores, e então as árvores rarearam e se tornaram restolhos e espinheiros, e o céu era doentiamente vasto, tão cinzento quanto o mar, com nuvens raivosas espalhadas como a fumaça de fogueiras distantes. Os cavalos passaram a ter dificuldades com a inclinação da estrada. Ela ouve, mas não vê, as pedras se soltando sob os cascos. Ouve o sibilo comprido e suave do vento, e é assim que ela sabe que é apenas grama, grama e pedra, sem árvores para aprisionar o vento, sem galhos ou folhas para romper o som.

É assim que ela sabe que chegaram a Glammis.

— Lady Roscilla? — a criada pergunta outra vez, mais baixo.

Ali está: skos. Não, escoceses. Ela precisará falar o idioma do povo do marido. Agora, do seu povo.

— Pois não?

Mesmo sob o véu de Hawise, Roscille identifica a carranca trêmula.

— Você não diz uma palavra há horas.

— Não tenho nada a dizer.

Mas isso não é bem verdade; o silêncio de Roscille é intencional. A noite torna impossível ver qualquer coisa pela janela, mas ela ainda consegue ouvir, embora, na maior parte, escute apenas a ausência do som. Não há nenhum pássaro cantarolando ou inseto zunindo, nenhum animal farejando o gramado ou caçando entre as raízes, nenhum pica-pau perfurando carvalhos, nenhum riacho fluindo sobre um leito pedregoso, nem mesmo o gotejar da chuva de ontem à noite escorrendo das folhas.

Não há nenhum som de vida e, decerto, não há os sons de Breizh, que é tudo que ela conhece. Hawise e sua carranca são as únicas coisas familiares ali.

— O Duque espera receber uma carta sua quando chegarmos. Quando os procedimentos forem feitos — diz Hawise, em tom vago.

Ela tem meia dúzia de nomes para a Lady, em meia dúzia de idiomas, mas, de alguma forma, ainda não encontrara a palavra para "casamento".

Roscille acha engraçado que Hawise não consegue falar a palavra quando, no momento, ela está fingindo ser uma noiva. Roscille pensou que era um plano bobo quando o ouviu pela primeira vez, e parece ainda mais bobo agora: disfarçar a si mesma de criada, e Hawise de noiva. Roscille está vestida de cores embotadas e lã dura e retesada, o cabelo preso em um coque. Do outro lado da carruagem, pérolas circundam os pulsos e pescoço de Hawise. As mangas são como bocarras bocejando, se estendendo até o chão. A cauda é tão branca e espessa que mais parece neve soprada no veículo. Um véu, quase opaco, lhe cobre o cabelo, que é de um tom tão pálido que parece levemente errado.

Ela e Hawise são da mesma idade, mas Hawise tem o corpo de uma nórdica robusta, com os ombros largos. Esses disfarces não enganarão ninguém;

até mesmo as sombras revelariam aquele ardil. É um exercício arbitrário de poder feito pelo futuro marido, para ver se o Duque irá acatar suas exigências caprichosas. Ela considerou, porém, que talvez a motivação dele seja mais sinistra: que o Thane de Glammis teme traição em suas próprias terras.

Assim como Roscille foi oferecida ao Thane como um presente por sua aliança, Hawise foi entregue ao pai de Roscille, o Duque, como uma recompensa por não ter enviado navios quando poderia tê-lo feito. Por deixar que os nórdicos se retirassem do canal em paz, Hastein, o chefe nórdico, ofereceu ao Duque uma de suas muitas filhas inúteis.

O pai de Roscille é muito mais afável do que o povo pirata descortês de Hawise. Na corte de Barba-torta, até mesmo filhas bastardas como Roscille podem ser damas, se o Duque pensar em alguma utilidade para elas.

No entanto, como Roscille acabou de descobrir, ela não é útil para o pai porque sabe falar seu idioma nativo, o brezhoneg, e o angevino fluentemente, além de um nórdico muito bom — graças a Hawise. Agora, o skos, por necessidade, embora as palavras arranhem o fundo de sua garganta. Ela não é útil porque é capaz de se lembrar do rosto de cada nobre que passa pela corte de Barba-torta, o nome de cada parteira, criado, suplicante, filho bastardo e soldado e, também, por saber um pouco da vida deles, os fragmentos afiados de desejo que os fazem brilhar como o quartzo na boca das cavernas; para quando o Duque perguntar: "ouvi rumores de espionagem em Naoned, como posso descobrir a fonte?", Roscille possa responder: "Um dos garotos do estábulo fala angevino quase sem sotaque, o que é suspeito. Ele costuma se esconder atrás do celeiro com uma das ajudantes da cozinha em todo dia de festa." Então, o Duque pode mandar os homens para trás do celeiro, capturar a ajudante da cozinha e açoitar suas coxas nuas até que o espião angevino/garoto de estábulo confesse seu crime.

Não. Roscille compreende agora. Ela é útil pelo mesmo motivo que o esforço do Duque de escondê-la está fadado ao fracasso: ela é bela. Não é uma beleza ordinária — prostitutas e criadas às vezes são bonitas, mas ninguém se apressa para nomeá-las como damas ou cobri-las de rendas matrimoniais. Ela possui uma beleza sobrenatural, que alguns na corte de Barba-torta chamam de tocada pela morte. Olhos traiçoeiros. Abençoada por bruxas.

Tem certeza, Lorde Varvek, meu nobre Duque, Torto de Barba, de que ela não é angevina? Eles dizem que todas na Casa de Anjou nascem do sangue da mulher--serpente Melusina.

Manto-cinzento, lorde de Anjou, tem uma dúzia de filhos e o dobro de bastardos, e eles sempre aparecem nas cortes de Barba-torta com seus cabelos claros e lisos como raposas molhadas. O pai não teria o menor pudor em admitir ter tido uma amante angevina, embora, talvez, Manto-cinzento se ressentisse diante da acusação de que sua linhagem poderia produzir uma aberração como Roscille. Porém, o Duque não disse nada, e assim os cochichos começaram.

O branco dos seus cabelos não é natural; é como o luar drenado. A pele dela — já a viu? — não detém cor alguma. É tão incruenta quanto uma truta. E seus olhos —os homens mortais vão à loucura apenas de olhar para eles.

Um dos nobres visitantes escutara os rumores e se recusara a olhá-la nos olhos. A presença de Roscille na mesa de banquetes era tão inquietante que acabou afundando uma aliança mercantil, e, por conseguinte, aquele mesmo nobre — le Tricheur, como era chamado — levou a história consigo até Chasteaudun e fez com que toda a Blois e Chartres recuassem diante de futuros acordos com Barba-torta e sua corte de donzelas feéricas e traiçoeiras. Então, Roscille recebeu um véu de tule, rendas e bordados, para proteger os homens do mundo de seus olhos enlouquecedores.

Foi assim que o pai percebeu que, na verdade, era bom ter uma história própria, uma que poderia explicar todos aqueles medos distantes e desgovernados.

— Talvez você tenha sido amaldiçoada por uma bruxa — dizia ele, no mesmo tom que usava para declarar a divisão dos espólios de guerra.

Era assim que o Duque contava, e que se tornara a verdade, tendo em vista que ninguém a conhecia. Sua pobre amante inocente sangrando no leito do parto, a criança estranhamente silenciosa nos braços, a bruxa entrando pela janela e saindo outra vez, feita de sombras e fumaça e o estralejar de relâmpagos. *A risada dela ecoou pelos saguões do castelo, e durante as semanas seguintes, tudo fedia a cinzas!*

O Duque contou a história para um grupo de nobres franceses, que devem ter ouvido os rumores e se assustaram, desfazendo acordos e trocas. Enquanto ele falava, alguns dos cortesãos de Naoned começaram a assentir com seriedade, *sim, sim, agora eu me lembro disso também.*

É só quando todos os nobres e cortesãos partem e ela fica a sós com o pai, que Roscille, prestes a completar 13 anos, arrisca perguntar:

— Por que a bruxa me amaldiçoou?

Barba-torta estava diante de um de seus tabuleiros favoritos, as treliças pretas e brancas embaciadas pelo uso. Ele organiza as peças enquanto fala. As peças são chamadas de damas. Mulheres.

— Uma bruxa não precisa de convite — disse ele —, apenas de uma forma de atravessar a fechadura.

Ninguém sabe qual é a aparência de uma bruxa (portanto, todos sabem como é uma bruxa), e ainda assim todos concordam que parece o tipo de maldição que uma bruxa faria: uma maçã brilhante, mas com a semente podre. *Sua filha será a donzela mais bela, Lorde Varvek, mas basta que olhem em seus olhos, e homens mortais irão à loucura.* Roscille compreende que essa explicação oferece prospectos melhores do que a alternativa. Melhor ser amaldiçoada por uma bruxa do que ser a própria bruxa; melhor ser enfeitiçada do que uma feiticeira.

— Mas... — começou ela.

— Que foi, por acaso é Roscille das Mil Perguntas? — Barba-torta a dispensa com a mão. — Vá e considere-se sortuda por ter sido apenas le Tricheur quem tremeu como as pernas de um cachorro ao ver você, e não aquele parisiense imbecil com todos os seus vassalos sedentos por guerra, que ele não consegue manter sob controle.

O parisiense imbecil começa uma guerra com metade dos outros ducados e então é excomungado duas vezes. É assim que Roscille descobre que qualquer homem pode se denominar "o Grande", mesmo que seu único feito em vida seja derramar uma quantidade copiosa de sangue.

O pai a ensina a abandonar o hábito de fazer perguntas, porque uma pergunta pode ser respondida com desonestidade. Até mesmo o mais burro dos garotos do estábulo pode contar uma mentira convincente se isso servir de anteparo entre ele e o chicote. A verdade é encontrada em sussurros, em olhares de soslaio, em mandíbulas travadas e punhos cerrados. Qual é a necessidade de mentir, se ninguém está escutando? E ninguém na corte de Barba-torta desconfia que Roscille é capaz de escutar, de notar, sobretudo com o véu que esconde seus olhos.

Roscille dos Olhos Velados. Eles a chamam assim em Breizh e além. É um epíteto muito mais gentil do que ela teria direito de esperar, sendo uma garota marcada pelas bruxas. Ainda assim, ela não veste o véu fino agora, não com Hawise. Foi dito que as mulheres não são afligidas pela loucura que o seu olhar provoca em homens.

Deste modo, o casamento foi arranjado, sob a condição de que Roscille chegasse em uma única carruagem, apenas com sua dama de companhia. A condutora é uma mulher que guia as rédeas de forma atrapalhada, afinal, fora ensinada a guiar apenas para esse único propósito. Até mesmo os cavalos são éguas prateadas.

Roscille percebe que já faz um tempo desde que Hawise falou, e a criada ainda aguarda uma resposta.

— Pode escrever e dizer ao Duque o que for soar mais agradável aos ouvidos dele — diz ela.

No passado, ela teria escrito a carta a próprio punho, e andando de um lado para o outro pela sala para considerar a melhor forma de transmitir todos os detalhes dos desejos do Thane, os tesouros que deixou desprotegido, prontos para serem saqueados pelos sentidos de Roscille. *É assim que ele fala quando acredita que ninguém está ouvido. É aqui que seu olhar se volta quando pensa que ninguém está observando.*

Porém, essa carta seria para um homem que não existe mais. O Barba-torta que a mandou embora é um homem que Roscille não conhece. Ainda assim, ela sabe o que agradará esse outro homem, pois são coisas que agradariam qualquer homem. O Duque quer saber se sua filha bastarda estranha e amaldiçoada é uma égua reprodutora obediente e uma escrava de prazeres dócil. Ela compreende que esses são dois aspectos fundamentais de ser uma esposa: abrir as pernas para o marido e ter um filho que combinará o sangue de Alba com o sangue de Breizh. Uma aliança de casamento é apenas um elo temporário, delicadamente tecido, mas, se Roscille for boa o suficiente, irá durar até a chegada de um filho para unir o unicórnio ao arminho.

O unicórnio é o imponente emblema de Skos, todos os seus clãs brutos enfim unidos com certa relutância sob uma única bandeira. E é dito que Lorde Varvek é tão astucioso quanto uma doninha, então, para não deixar um epíteto vantajoso cair em esquecimento, o Duque colocou a criatura de dentes afiados em seu brasão de armas.

Antes, Roscille teria reivindicado o epíteto do pai para si também, um traço esvaído do sangue dele que corria no seu (filha de um arminho, arminho é?). Agora ela se pergunta — a doninha é mesmo astuciosa ou apenas seus dentes que são afiados?

A carruagem sacoleja e faz curvas por uma série de voltas estreitas, subindo o penhasco com as éguas ofegantes. O vento é fluido e suave, sem interrupções, como se estivesse passando por um fole. E logo, de forma chocante e repentina, Roscille escuta o pulsar arrastado do mar.

Naoned, a cidade em que nasceu, é localizada no Loire, no interior; até viajar para a Bretanha, ela nunca vira o mar. Porém, isso não é como aquele canal cinzento emaranhado. A água ali é preta e encorpada onde o luar reflete a diminuta crista das ondas, mostrando um padrão como o da barriga de uma serpente. E a água tem uma firmeza que o vento não possui: as ondas se chocam nas pedras de novo e de novo e de novo, no mesmo ritmo de um coração batendo.

As bênçãos da civilização espiralam para fora do trono papal em Roma, aquela joia preciosa no centro de tudo. Porém, a luz da Santa Sé diminui com a distância: longe de Roma, eis a escuridão primitiva e nua do mundo. O castelo de Glammis paira sobre o penhasco, vulgar e deprimente. Há um único parapeito comprido, paralelo à beira do penhasco, então a muralha inteira é uma queda direta e absoluta até a água lá embaixo. O que, de início, Roscille julga serem cruzes, são apenas fendas para flechas. Não se vê entalhes nas barbacãs ou nas muralhas, nenhuma gravura para proteger contra o pálido Ankou, o espírito da Morte, que guia uma estridente carroça de cadáveres — todas as igrejas e casas em Breizh devem ter ornamentos do tipo, ou ele as visitará —, mas talvez alguma outra coisa mantenha a Morte afastada de Glammis.

Pare, pensa Roscille. A palavra sobrepuja sua mente como uma pedrada. *Por favor, não siga adiante. Vire-se e deixe-me ir.*

A carruagem segue, sacolejando.

Rangindo, a barbacã se abre para o pátio. Um homem está parado ali, sozinho. Ele veste um manto quadrado cinza e uma túnica curta, botas de couro altas e um kilt. Roscille nunca tinha visto um homem de saia antes. As meias de lã protegem os joelhos do frio.

A princípio, pensa que é seu marido que vem cumprimentá-la, mas, quando a carruagem se aproxima e para, ela logo percebe que não é ele. Uma coisa que ela sabe sobre o Thane de Glammis é que ele é grande, tão grande quanto um homem mortal pode ser. O homem no pátio não é de forma alguma pequeno, mas não tem a estatura montanhesca relatada do Thane: ele é comum. Tem os cabelos da cor de palha dos telhados, um amarelo manchado pelo Sol.

Hawise desce primeiro da carruagem, e Roscille depois. O homem não oferece ajuda, uma atitude extremamente mal-educada para os padrões da corte de Barba-torta e Manto-cinzento, e todos os ducados ou condados governados pela Casa de Capeto. Roscille tropeça de leve, e ela nem está com o vestido de noiva.

— Lady Roscilla — diz o homem. — Seja bem-vinda, senhorita.

As muralhas do pátio poderiam muito bem ser feitas de papel, considerando que não seguram o vento. Ela nunca sentira tanto frio na vida. Até mesmo Hawise, com seu sangue nórdico resistente, estremece sob o véu.

— Obrigada — diz ela, em escocês. — Essa é minha criada pessoal, Hawise.

O homem franze o cenho. Ou, pelo menos, ela acredita que franziu. Há tantos vincos no rosto dele — marcas de batalha ou envelhecimento, Roscille não sabe dizer — que ela mal consegue entender a expressão. Os olhos dele seguem para Hawise por um instante, e então voltam para Roscille, embora ele não encontre seu olhar. Ele conhece as histórias.

— Eu sou Lorde Banquho, Thane de Lochquhaber e o braço direito de seu marido. — Ele se apresenta. —Venha. Eu a levarei aos seus aposentos.

Ele direciona a condutora aos estábulos e então guia Roscille e Hawise para o castelo. Juntos, percorrem corredores mal iluminados e labirínticos. Muitas das tochas sumiram, e apenas marcas pretas de queimado indicam onde estiveram outrora. A ausência abrupta da luz faz com que as sombras se distorçam e tremulem contra as paredes. O uivo do vento foi abafado, mas do chão ecoam sons estranhos e agressivos, como o casco de um navio sendo arrastado em uma praia cheia de pedras.

— É a água? — pergunta Roscille. — O mar?

— A senhorita o ouvirá de todos os cantos do castelo — diz Lorde Banquho, sem se virar. — Depois de um tempo, não o escutará mais.

Ela pensa que talvez enlouqueça antes de o cérebro aprender a omitir o som. Aquilo a assusta mais do que a ignomínia que ela poderia — que *irá* — sofrer em seu corpo; que sua mente possa ser reduzida, transformando-se em uma polpa como uvas esmagadas para fazer vinho.

Nem mesmo a renúncia do pai a ela consegue fazer Roscille abnegar por completo os seus hábitos mais antigos. Para se acalmar, ela procura refúgio neles. Ela observa.

Lorde Banquho é um guerreiro; não há dúvidas disso. Mesmo quando caminha, mantém o braço dobrado, para que o dedão vez ou outra encoste no cabo da espada embainhada. Ele pode puxar a lâmina em menos de meio segundo, ela sabe disso.

Isso não é novidade — Roscille viveu entre soldados, mesmo que os homens do Duque tenham a decência de guardar as armas quando estão na companhia de mulheres. Ela nota que o broche prendendo a capa de Banquho é pequeno e redondo, feito de um metal simples, não prata. É algo que enferrujará rapidamente, ainda mais nesse ar salgado.

Banquho para diante de uma porta de madeira, com retículos de ferro.

— Seus aposentos, Lady Roscilla. — Ele pronuncia as consoantes de forma dura, emitindo um dos sons ásperos do idioma escocês.

Ela assente, mas, antes que possa responder, Banquho tira uma chave de ferro do cinto e abre a porta. O estômago vazio de Roscille se encolhe. É um mal sinal que seu quarto tenha uma tranca que só pode ser aberta pelo lado de fora. Ela não tem a mínima esperança de receber uma chave própria.

O quarto em si é composto de um guarda-roupa, um castiçal de três braços e uma cama. Uma pele grande foi posta no chão, escura e espessa, com a cabeça ainda acoplada. Um urso. Os olhos vazios como a morte são como duas poças que refletem a luz das tochas. Os lábios pretos foram repuxados em uma careta imortal dolorida. Roscille nunca tinha visto um urso antes, vivo ou morto; viu apenas as imagens do animal que decoram selos nobres e estandartes de guerra. Já haviam sido caçados até serem extintos em Breizh, mas é claro que ainda perambulam por ali. Ela se abaixa e examina os dentes amarelados e curvos do urso, cada um do tamanho de um dedo.

Banquho acende as velas, fazendo com que a pedra fria do aposento se iluminasse com um brilho ceroso.

— O banquete já foi servido. O Lorde está à espera.

Roscille se endireita outra vez. Os joelhos estão frouxos, como caldo gelatinoso.

— Sim. Perdão. Eu irei me vestir agora.

Ela espera, por um instante, para ver se Banquho partirá. Os escoceses têm crenças estranhas sobre as mulheres. Existem rumores de que ainda praticam a *jus primae noctis*, o *droit du seigneur*, o direito de um lorde de compartilhar sua mulher entre os homens assim como faz com os espólios de sua conquista. Aqueles sussurros a atormentaram com tanta ferocidade que mesmo após aceitar que se casaria, não conseguiu dormir por dias, não comeu por ainda mais tempo, e não bebeu até os lábios ficarem brancos e ressecados. Hawise precisou empurrar o vinho diluído por sua goela abaixo.

Roscille ouvira falar de um rei escocês, Durstus, que renunciou à companhia de sua esposa Agasia. Isso fez com que ela fosse forçada e abusada pelos homens dele, da forma mais vil e cruel. Ela tinha 12 anos quando ouviu essa história, e já sabia o que isso significava.

Porém, Banquho se vira em silêncio e sai pela porta. Ela é deixada com Hawise outra vez, e quase desmorona no tapete de urso.

É um pouco de alívio, como um fio de luz entrando pela rachadura da pedra. A cama é grande o bastante para ela e Hawise dividirem, mas apenas isso. Não é grande o bastante para acomodar o Lorde.

As duas se despem em silêncio. A nudez, mesmo entre as mulheres em particular, ainda é incomum e imprópria. Corpos devem ser protegidos como o ouro. O vislumbre de um tornozelo nu é como deixar um pingente cair, para que todos o vejam tilintar ao atingir o chão e saibam que você possui riquezas — e talvez muito mais. O que mais está escondido em seus cofres, contra seu peito? Quão facilmente pode ser roubado? Não se pode culpar um homem por furtar algo que pode ser exibido diante dele, como a carne para um cachorro.

Como uma criada, como um espólio de guerra, como uma mulher sem condições, é fácil roubar os cofres de Hawise. Ainda assim, a associação com Roscille a manteve segura, segura de cortesãos bêbados e suas mãos bobas. Ela é tão virginal quanto uma freira. Logo, ela será a única virgem entre as duas.

Hawise tem o biotipo de uma nórdica: ombros largos, seios pequenos, quadris estreitos que indicam que ela terá dificuldade em produzir filhos. As duas são um estudo em opostos. Os seios de Roscille são cheios o suficiente para precisarem de faixas para prendê-los sob o vestido de gola quadrada (por que tentar um homem com a mera sugestão de um tesouro?). No mais, seu corpo ainda é infantil, esguio, fazendo um contraste antinatural. Acima da cintura, tem a forma de uma mulher, mas abaixo, é esguia como uma serpente, algo ágil e feito para ser retorcido. Ela se pergunta o que o Lorde pensará de sua estrutura física.

O quarto não possui espelho, apenas um balde de água, que mostra a Roscille um reflexo ondulante e turvo. O véu é tão absurdo quanto imaginou que seria. Os braços ficam mumificados sob algodão e renda brancos. As mangas pesam com as pérolas. O vestido arrasta atrás dela como uma mancha. É difícil andar.

— Lady Rosalie — diz Hawise, em angevino, pois é o idioma mais improvável de os escoceses conhecerem. De súbito, aproxima-se e aperta a mão da outra. — Você é a mulher mais esperta que já conheci, a mais corajosa...

— Está dizendo isso como se falasse em cima do meu túmulo — responde Roscille. Porém, ela ainda segura a mão de Hawise.

— Só estou dizendo... que você sobreviverá a isso também.

Isso também. Hawise não menciona a outra coisa, a primeira. Ela não precisa falar; as duas já sabem.

Do outro lado da porta grossa, ela escuta a voz de Banquho:

— Chegou a hora, Lady Roscilla.

A primeira coisa que ela nota no salão de banquetes é em quão vazio o cômodo é. São seis mesas compridas, mas nenhuma delas está cheia; na verdade, as duas mais distantes do tablado nem estão ocupadas. Os criados se esgueiram perto das paredes, como ratos marrons, levando bandejas e não fazendo som algum. O silêncio também é estranho. Em Naoned, dias de festa ficam densos com o ruído: bardos e suas canções, cortesãos e suas fofocas, homens se gabando de suas vitórias, mulheres deleitando-se com a atenção, peças de tabuleiros de damas sendo sacudidas, canecas de cerveja tilintando. Brindes são feitos às colheitas proveitosas e guerras lucrativas. As mulheres usam os vestidos mais coloridos e os homens passam as mãos pelas barbas.

Tudo que Roscille escuta agora é o murmúrio de vozes, quase tão baixo quanto o oceano sereno. Os homens na mesa pressionam o rosto uns contra os outros, para que as palavras sejam repassadas apenas naquele círculo reunido. O cheiro de cerveja está presente, mas não há nenhum caneco sendo erguido, nenhum brinde sendo feito. Os homens estão vestindo os mesmos mantos quadrados e kilts, com as armas na cintura. Guerreiros, todos eles, prontos para sacar suas lâminas com a mesma facilidade com que respiram. Não há bardos ou tabuleiros de damas e — Roscille percebe isso com um suspiro chocado — nenhuma mulher.

Isso é o mais estranho de tudo. Na corte do Duque, é essencial que haja esposas para fofocar e gerar filhos, que tenha criadas para servir os pratos, auxiliares para cozinhar e até prostitutas para serem usadas, embora coisas do tipo precisem ser realizadas com discrição. A jornada foi tão escura que

Roscille não se recorda da cidade mais próxima pela qual passaram enquanto estava na carruagem; ela não sabe a que distância vivem os camponeses que possuem cabras e ovelhas (aquela terra pedregosa não é boa para o cultivo, ou verde o suficiente para um pasto). Onde os homens de Glammis encontram seu prazer e alimentam seu apetite?

Ela fica tão aturdida com isso que não percebe, a princípio, que Hawise está sendo levada para longe dela.

— Espere... — ela fala com a voz meio engasgada e alta demais, e todos os homens se voltam para encará-la. — Por favor, Hawise é minha...

No entanto, Banquho não se vira ou hesita no caminho. Roscille observa enquanto Hawise é guiada pelo cotovelo e levada para longe das mesas; ela não consegue dizer para onde, pois o marido está diante dela.

Ela o reconhece de imediato, por sua imensidão. Ele ocupa metade do campo de visão dela. *Reith*, ele é chamado, "vermelho" em escocês, possivelmente por causa do cabelo ou pela sua destreza em derramar sangue. O cabelo está amarrado para trás com uma fita. Ela se lembra de que os escoceses mantêm o cabelo comprido. Ele é mais jovem do que imaginava, e não há fios grisalhos na barba.

Ele é bonito também, mas não da mesma forma que os homens de Breizh. Ela não esperava isso, mas, ainda assim, não torna nada mais fácil — as feições dele são bruscas, ásperas. As mãos são calejadas, e os ombros, largos como pedras. O pelo nos braços são arrepiados e cheios de tufos, como a grama nas montanhas. Ele parece ter nascido do solo de Glammis, criado pelo próprio terreno; a terra como mãe e a chuva como pai que a alimenta.

— Minha senhora esposa — diz ele, em um escocês carregado.

— Meu senhor esposo — responde ela. A voz é como os ventos que atravessam os juncos, quase inaudível.

Ela está vestindo o véu, então é seguro que a encare diretamente nos olhos. Até mesmo o olhar dele é denso e pesa sobre ela. Roscille decide que é sábio encolher-se na presença dele, por enquanto. Ele não tolerará nada além da obediência absoluta na presença de seus homens. Ela une os braços perto da barriga e olha para o chão.

— Não mentiram sobre a sua beleza — murmura ele. — Venha. Vamos começar.

Os próximos momentos se desdobram quase em silêncio. Eles se aproximam do tablado, mas, antes que ela possa subir ali, dois dos homens avançam até ela. Eles vestem o mesmo padrão de xadrez que seu marido, então ela suspeita que sejam parentes. Eles a seguram por debaixo dos braços, e Roscille se engasga com a respiração, lembrando-se da história de Durstus e Agasia, aquela esposa forçada, sem amor — mas, enquanto aqueles dois homens a levantam, outro homem, sem barba, o cabelo claro despenteado de modo juvenil, ajoelha-se diante de Roscille e arranca as meias e os sapatos dela. Antes que ela possa falar, um balde de água fria é jogado sobre os pés descalços.

Aquilo também é um ritual em Breizh. O lava-pés de uma noiva. Porém, lá é feito por mulheres viúvas mais velhas, e com gentileza, usando água quente e sabão perfumado enquanto as criadas ficam em volta como pássaros, dando conselhos sobre os deveres de uma esposa. Roscille ofega quando o frio sobe por suas veias. Nem sequer um instante é reservado para o choque ou transtorno dela. É levada ao chão outra vez, descalça, em cima do tablado.

Então vem o sacerdote, o Druida, como são chamados ali. Ao contrário dos homens religiosos em Breizh e na França, com as cabeças carecas polidas como contas de um rosário, o Druida tem uma barba grisalha comprida que arrasta no chão. Em muitos pontos, é presa por faixas de couro, assim como os cabelos de uma donzela às vezes são presos por fitilhos. Ele não tem uma Bíblia; conhece as palavras de cor. Primeiro, fala em latim, enquanto os dentes de Roscille rangem tanto que ela mal consegue ouvi-lo, e então faz o sinal da cruz sobre ela e, em seguida, sobre Macbeth.

Os dentes dela param de bater por tempo o suficiente para que ela consiga ouvir quando ele muda o idioma para escocês.

— Assim unem-se Lorde Macbeth, filho de Findlay, Macbeth macFinlay, Macbethad mac Findlaích, o homem justo, Thane de Glammis, e Lady Roscilla de Breizh — profere ele, em tom sério, e as palavras preenchem o salão silencioso.

Uma corda vermelha é providenciada, e Roscille é atrelada ao novo marido. A mão esquerda dele, e a direita dela. Um homem escocês deve manter a mão direita para si, caso precise sacar uma espada. O cabo da lâmina do lorde se projeta por baixo de seu manto.

— Declaro-vos Lorde e Lady Macbeth — diz o Druida.

Os dois são virados na direção da audiência repleta de homens. Ouvem-se grunhidos esparsos de aprovação e o bater de palmas contra a mesa de madeira. Os pés de Roscille estão dormentes. Ela não consegue encontrar Hawise na multidão; para onde Banquho a levou?

Macbeth se senta, puxando Roscille como uma criança puxa um cavalo de brinquedo. A mão dele parece enorme ao lado da dela, os nós dos dedos rachados, os calos amarelos e grossos. As unhas são roídas. Ela não consegue imaginar o Lorde roendo as próprias unhas, um hábito ansioso, que denuncia uma mente inquieta. Nada nele sugere uma enfermidade dessas.

Os homens erguem as taças e ela acompanha, um pouco atrapalhada. Ela é destra, mas precisa segurar a caneca pesada com a mão esquerda. Murmuram um brinde em escocês antigo, que Roscille não consegue compreender, mas que tem a cadência de uma canção. Logo, a refeição aparece fumegando diante deles. Cubos de carne em um ensopado escuro. Carne de cordeiro, não de vaca (como seria em Naoned). Ela estava certa sobre as cabras e ovelhas.

Antes que tenha permissão de comer, é preciso completar o ritual de passar o quaich. A tigela de prata de duas alças está cheia de um líquido âmbar, aquela bebida forte dos escoceses, que dizem que queima a garganta como labaredas. Macbeth segura uma alça, Roscille, a outra, e juntos levam o quaich aos lábios. O canto da boca dela roça na barba do lorde. É um arranhão rápido na bochecha, como passar correndo por um espinheiro. Ela mal sente o gosto do álcool; não há um sabor, apenas a dor ardente que a bebida deixa ao ser tomada.

O quaich então é passado pelo salão do banquete: primeiro aos guerreiros mais velhos e experientes, depois para os jovens, que ainda não provaram suas capacidades. Alguns são até mais jovens do que Roscille, ainda com traços de meninos, e, hesitantes como filhotinhos, tomam um gole da tigela. Por fim, chega às mãos do garoto de cabelos dourados, cujas bochechas coram de raiva quando ele levanta o quaich. É má sorte ser a pessoa que toma o último gole, aquele que esvazia a tigela por completo.

Roscille come porções pequenas com a mão esquerda. Enquanto come, observa. Todos os homens vestem mantos e kilts de lã, em tons de cinza e verde acinzentado, e vez ou outra um toque de vermelho no tartan. Alguns dos mantos têm golas feitas de pelos: uma raposa aqui, com a cauda felpuda e olhos pretos intactos, um arminho, com o pelo branco invernal. Ela foca no broche preso ao peito de cada homem. Como o de Banquho, são feitos de metal simples, ferro ou algo do tipo. Não são de ouro ou prata, não possuem nenhuma joia embutida. Na verdade, ela não vê nenhuma riqueza no cômodo além de um bracelete de âmbar de um dos homens, e as pérolas que ela mesma usa. Até mesmo o cabo da espada de Macbeth é feito de bronze temperado.

Cem anos atrás, um rei chamado Reutha pediu que artesãos e artífices do continente viessem à Escócia, para ensinar aos escoceses métodos de construção, metalurgia, tecelagem e tingimento. Macbeth é um lorde e não deveria viver de maneira tão simples. Ele também era um guerreiro, então onde estão seus espólios?

Pouco a pouco, por trás dos olhos impassíveis, a mente de Roscille começa a girar.

Um criado entra de repente vindo de um corredor escuro, e Roscille levanta o olhar. Ela está esperançosa de que Hawise será devolvida. O homem, porém, traz apenas uma grande gaiola de ferro e, dentro dela, um pássaro branco. Ela nunca tinha visto um pássaro igual em Breizh. Não tem o bico comprido de uma ave aquática nem o pescoço levemente iridescente de uma pomba. É de um branco puro, como a primeira neve da estação, cada pena encaixada confortavelmente ao lado da próxima, tendo, assim, uma penugem lisa, quase molhada.

— Ah! — exclamou ela, genuinamente surpresa.

Muitas das nobres na corte de Barba-torta têm pássaros bonitos como aquele, que lhes cantam belas canções. Será que o seu marido pensou em levar um pouco da civilidade de Naoned para Glammis? Será que ele deseja agradar a nova esposa com um gesto que a faça lembrar de casa?

— Que presente generoso, milorde...

No entanto, o criado não entrega a gaiola para ela; em vez disso, abre a portilha e o pássaro sai voando aos guinchos. Os homens o observam se debater no teto, indo de encontro ao lustre de ferro, saltando de uma parede de pedra à outra, como uma abelha embriagada de pólen. Roscille fica chocada demais para falar.

A mão do marido se solta da dela. Ele não desfaz o nó; apenas puxa com força suficiente para rasgar a corda por completo, deixando-a com um hematoma avermelhado no pulso e na palma da mão, que dói e a faz ofegar. Em seguida, ele pega um arco de algum lugar atrás da mesa e encaixa uma flecha, e o pássaro que estava batendo as asas em voo subitamente não voa mais.

O movimento cessa no mesmo instante, tomado pelo choque repentino da morte. Cai pelo ar e atinge o chão de pedra, com força o suficiente para quebrar todos os seus ossos frágeis, mas Roscille não consegue ouvir acima do som dos homens vibrando e batendo os pés. Um deles pega o pássaro e arranca a flecha de seu peito. Foi mirada de forma tão impecável que sai com apenas o mais leve esguicho de sangue, como um espinho na ponta do dedo.

O sacrifício de animais é uma prática bárbara, abolida firmemente pelo papa, mas Roscille sabe que foi difícil o suficiente para os romanos civilizados extinguirem a tradição de sacrifício *humano* ali na Bretaigne; antes do cristianismo, os Druidas praticavam ritos estranhos, jogando algumas de suas oferendas dentro de uma enorme estátua de palha na qual ateavam fogo. Outros ainda eram submersos à força em turfeiras, que mumificavam seus corpos. Às vezes, os corpos emergiam de suas covas centenárias e pareciam tão ressequidos quanto natimortos, retirados prematuramente do útero, a pele preta como carvão.

Enquanto o pássaro é trazido para o tablado, Roscille percebe que é um presente, afinal, embora não como ela havia imaginado inicialmente. Isso é uma demonstração da força, habilidade e virtude de seu marido, uma promessa de que ela será bem protegida, bem alimentada e bem honrada. Ao contrário de Agasia.

Ela estica a mão e toca no peito do pássaro, que ainda está quente. As penas são tão macias quanto imaginava. Ela pensa em arrancar uma delas para guardar de lembrança, mas, por algum motivo, a ideia a deixa triste. O sorriso de Macbeth é resplandecente. Sob o véu, Roscille tenta sorrir de volta para ele.

Quando todas as taças são esvaziadas, Roscille caminha descalça até seus aposentos. A bainha do vestido ainda está úmida; o tecido é tão grosso que demorará horas e horas para secar. Seu marido caminha ao seu lado. Ele calça botas de couro, e os passos são pesados como rochas caindo de um penhasco.

Eles chegam à porta, e Macbeth tira uma chave de ferro do cinto. Roscille quer perguntar quantas chaves são, e quem as possui, e se ela receberá uma delas (embora saiba que não receberá), e, *por favor*, onde está Hawise, e mil outras coisas, mas precisa economizar suas palavras e gastá-las com sabedoria, pois não sabe quantas terá permissão para usar.

Ele entra no quarto primeiro e ela o segue. As velas ainda estão acesas, embora quase todas tenham queimado por completo, tornando-se cotocos brancos que mais parecem os dentes opacos de algum animal. Macbeth olha ao redor, quase como se fosse a primeira vez que visse o quarto, e então seu olhar faz Roscille congelar no lugar. Os braços estão perfeitamente esticados ao lado do corpo, os dedos curvados para dentro.

— Lorde Varvek é um homem honesto — diz ele. — Até agora não me deu motivos para pensar o contrário. Você é linda, sim, e não há ninguém no mundo como você.

Lentamente, ele se aproxima, até que o véu branco esteja preso entre seu indicador e dedão, e ele o esfrega como um amuleto que precisa ser polido.

— Mas, e quanto ao resto, é verdade? — pergunta ele. — Seus olhos, quando descobertos, causam loucura nos homens?

— O Duque não mentiria para um aliado tão estimado e valioso.

Roscille acha que essa é a coisa certa a se dizer. Ela sabe que Macbeth admira Barba-torta por ter derrotado os nórdicos e expulsado todos de Breizh. Em Alba, os nórdicos são os vilões mais detestáveis; pelo amor de Deus, os escoceses até fizeram as pazes com Æthelstan, e ninguém acreditava na possibilidade de relações amorosas entre a Escócia e a Inglaterra, muito menos a união do leão e do unicórnio.

Não, os nórdicos são os inimigos mais desprezíveis de todos. Roscille pensa mais uma vez no que pode ter acontecido com Hawise, preocupada.

— Seria insensato fazer tal coisa — concorda Macbeth. — E seu pai tem a reputação de ser um homem excepcionalmente perspicaz.

Perspicaz, de fato, usar sua linda filha bastarda para garantir uma aliança valiosa. Depois de anos treinando-a para ser um arminho, ele fizera um truque digno de um mago e a transformou num lindo pássaro. Ainda assim, por meses, a pergunta gira em sua mente como um redemoinho, desde que o Duque anunciara aquele noivado: é possível que a mente sagaz de uma doninha exista dentro do corpo frágil e emplumado de um pássaro?

Macbeth posiciona a mão sob o véu e percorre o corpete com um dedo. As palavras de Roscille jorram nesse momento, não como ela as tinha planejado, e sim em uma onda desagradável de medo:

— Sei que há uma tradição em suas terras. Uma tradição na noite de núpcias.

Ele arqueia as sobrancelhas, surpreso, e recua o toque.

— Que tradição?

A respiração dela escapa por entre o sifão estreito da garganta.

— Dizem que a noiva tem o direito de pedir três coisas ao marido antes de compartilharem a cama.

Aquele é o seu plano sorrateiro, digno dos roedores, disfarçado pelo nervosismo de uma garota trêmula. Ela temia precisar fingir esse nervosismo, mas, nesse instante, parece mais real do que a sabedoria planejada.

Não existem muitos livros sobre Alba na biblioteca do Duque, mas havia uma abadia ali perto, e um dos monges era da Escócia, e ele conhecia sua história e seus ritos. No dia em que o pai declarou o casamento, Roscille correu até a abadia. Armou-se com o conhecimento daquele monge e começou a polir o talismã da própria estratégia.

Foi algo a que ela se apegou nas horas soturnas, como uma garotinha e sua boneca de pano, quando os pensamentos da noite de núpcias ocupavam sua mente. Parte dela não acreditava que ela diria aquilo em voz alta, que tentaria — talvez ainda assim seja punida por tentar, e seja pior do que imaginava. No entanto, ela precisa tentar, ou vai perder a sanidade também, a sanidade da mente que passou tantos anos tentando deixar afiada como uma lâmina. Precisa manter algo dela mesma, mesmo que seja só uma crença de que, de alguma forma, tenha conseguido impedir a subjugação que está por vir.

Contudo, Macbeth apenas responde em um tom tranquilo:

— E o que pediria de mim, minha senhora esposa?

Roscille fica atordoada com a placidez dele. Por um instante, ela congela, esperando que ele acrescente um remendo cruel, como uma faca escondida na manga. Ainda assim, nenhuma aparece. Ela engole em seco.

— Um colar — diz por fim. — De ouro, com uma pedra de rubi.

Isso não fazia parte do seu plano inicial. Ela só teve essa ideia algumas horas antes, durante o jantar, enquanto observava o marido e seus homens. Nenhum deles usava ouro, prata ou pedras preciosas, e ela só precisou pensar nos sussurros que ouviu na corte de Barba-torta para entender o motivo.

Não existe mineração de metais preciosos em Glammis. É o condado mais remoto e árido da Escócia; suas únicas vantagens sendo a posição invejável próxima à água, e as colinas impenetráveis que o cercam. Todo o ouro e as joias de Alba são extraídos em Cawder, e por ter passado tanto tempo escutando, ela sabe disso: o Thane de Glammis tem muitos inimigos, e o Thane de Cawder é um deles.

Macbeth não suspeitará que ela sabe disso. É comum que uma esposa peça um colar ao marido, sobretudo quando essa esposa tem apenas dezessete anos, e ainda mais quando cresceu em uma corte conhecida pela lânguida opulência. Ela parecerá frívola, vaidosa e inocente. E não ardilosa.

Obviamente está incluso nos direitos do marido simplesmente rir dela, ou até mesmo corrigi-la com um tapa diante de sua frivolidade, vaidade e inocência. Mas Roscille pensa no pássaro branco e, naquele momento, tem certeza absoluta de que ele não fará nada disso. Ele se importa com a honra dela, nem que seja em respeito à aliança forjada com o Duque. Ela não é um mero espólio de guerra, como Hawise.

E o valor de Roscille está em seu rosto. Ela será menos bonita com uma bochecha machucada, e ele será menos ilustre aos olhos de seus homens, por ter danificado de maneira tão grosseira essa coisa que é valiosa apenas por sua beleza. Seria como cortar os joelhos de um cavalo e então gritar: "Ora, por que não cavalga?" Ele pareceria um bárbaro. Pior, pareceria um tolo.

Macbeth recua por um instante e desvia o olhar. Ele não está mais pensando nela. Está imaginando a campanha que fará contra Cawder pelo ouro e pelos rubis que ela pediu. Está pensando na glória que receberá, todas as terras que lhe serão cedidas, e nas riquezas que acumulará, nos louvores que serão cantados em seu nome. E então, talvez, enfim, ele coloque o colar em volta do pescoço de Roscille, e ela valerá ainda mais para ele, pois será o símbolo brilhante da prova de seu poder. Afinal, no fundo, ele é um guerreiro.

— Um colar de ouro — repete ele, por fim. — Com uma pedra de rubi.

Ela assente.

Ele fica em silêncio por mais um instante. Roscille escuta o mar rugindo sob o chão. Finalmente, Macbeth encontra o olhar dela através do véu que a cobre e diz:

—Destacará sua beleza imensamente, Lady Roscilla.

E então ele se vira e vai embora. Acontece tão rapidamente que Roscille fica sem ar e desmorona no chão sobre o tapete de urso, engolida pelo véu de noiva e a renda, puxando os pés gelados sob si e pressionando a mão contra a boca para que ninguém ouça seus soluços.

Ela também não está pensando mais no colar, não mais. Imagina o pescoço do seu senhor e marido se abrindo sob a lâmina do Thane de Cawder, e o sangue dele escorrendo, da cor dos rubis, antes mesmo que consiga emitir um ruído de choque.

2

Roscille acorda com o sono ainda pesando sobre os olhos. Um segundo peso, sob o primeiro, do seu véu nupcial, que ela não tirou. Ela adormeceu sobre o tapete de urso, e o pelo está úmido no lugar onde o rosto dela estava pressionado. Ela esfrega aquele ponto e a umidade desaparece, misturando-se à pelagem. Ursos têm um pelo bom que seca rapidamente.

Ela se põe de pé, cambaleando. O quarto não tem janela, mas ela supõe que já amanheceu: as rachaduras na parede de pedra permitem a entrada de finos feixes de luz. Ela passa os dedos na pedra gasta, não para verificar a solidez de sua nova casa, ou testar a resistência de sua nova prisão, mas para julgar a idade de seu novo domínio. Tudo é novidade para ela, embora, para o mundo, seja bastante antigo. Esse castelo já viu centenas de homens que se denominavam lorde, thane, mormaer, yarl ou até mesmo rei. Quantas outras ladies a precederam?

Roscille está se fazendo essa pergunta quando a porta se abre logo atrás, assustando-a. No batente está um homem de cabelos loiros que não aparenta ser muito mais velho que ela. Ela demora um instante para reconhecê-lo. Foi ele que jogou água em seus pés na noite anterior, aquele que fez uma carranca ao tomar o último gole da quaich.

Observando-o mais atentamente agora, ela percebe que ele deve ser filho de Banquho. Ele tem o mesmo rosto de ossos largos, embora seja mais jovem, e usa o mesmo padrão de xadrez.

— Lady Macbeth — diz ele.

Arrepios percorrem a pele dela. O novo nome é como um fantasma que decidiu habitar seu corpo de repente.

— Sim. Bom dia... herdeiro de Lochquhaber?

— Fléance. — Ele franze o cenho. — Sou tão parecido assim com meu pai?

— O Duque tem muitos filhos bastardos — responde Roscille. — Viver entre eles me deu um talento para corresponder feições e rostos.

São palavras bruscas e — ela não consegue evitar — carregadas de veneno, direcionadas ao pai. Esse veneno a nutre de uma forma doentia, como uma fruta madura demais que deixa um gosto doce na língua, mas se transforma em bile no estômago. É uma crueldade mesquinha, sem nenhum jogo estratégico por trás, mas ela não imagina que ofenderá Fléance. Sem dúvidas, ele não se importa com o Duque.

No entanto, Fléance mantém a testa franzida. Talvez ela não devesse ter utilizado a palavra *talento*. Que jamais pensem que ela gosta de se gabar das próprias habilidades. Não deveria se gabar de nada que não fosse estimular o orgulho do marido.

— Já passa muito do amanhecer — diz o filho de Banquho. — O Thane gosta que a esposa se levante quando ele levantar. Mesmo que vocês não compartilhem o quarto.

As pontas das orelhas dele enrubescem quando ele diz isso. Ela supõe que uma corte com tão poucas mulheres tornaria até um homem da idade dela em um pudico.

— Sua presença é requisitada no salão — completa ele.

— Eu me juntarei a ele lá — diz Roscille. — Poderia, por favor, trazer Hawise aqui? Minha criada?

— Não posso. Ela foi mandada embora.

A visão dela oscila, estreita e então se arregala outra vez, até ela se sentir tonta.

— Por quê?

— Não temos criadas em Alba — explica ele. — Mulheres devem cuidar de si mesmas, atender às próprias necessidades. É nosso costume.

Também não temos amas de leite, como vocês fazem em Breizh. Deixar que seu filho seja amamentado pelo peito de outra... é repugnante. Quando seu filho nascer...

— Entendo — diz Roscille. — Vou me vestir para me juntar ao lorde.

Fléance assente. Sua carranca diminui, hesitante. Ele tem uma única cicatriz de batalha que Roscille consegue identificar: o topo da orelha esquerda corada é um pouco menor do que deveria ser, mutilada como se algo — ou alguém — a tivesse mordido. Ela não se surpreenderia com tal ato vindo desses escoceses.

Mas a cicatriz não o faz parecer calejado. Na verdade, ele fica até mais infantil por causa dela: não é o tipo de ferimento que sugere um encontro com a morte, uma espada passando de raspão no pescoço ou um machado golpeado a centímetros de sua cabeça. A cicatriz parecia malfeita demais para isso. Parece mais como um acidente de batalha, não um golpe mortal que foi habilmente esquivado. Ela entende aquela teimosia sombria agora. Ele ainda não provou seu valor e não pode parecer inseguro nem por um segundo, mesmo quando está apenas conversando com uma mulher.

— Ótimo — diz ele, o alívio estampado nos olhos cinza-claros. — Saia quando estiver pronta.

Roscille tenta ser pragmática. Pode se vestir e lamentar a partida de Hawise ao mesmo tempo. Em vez de chorar, ela tira o véu nupcial do rosto e o enrola até ficar pequeno o bastante para caber no canto do baú. Ela tenta tirar o vestido, mas um braço enrosca nas costas, e o outro fica preso contra o peito. Um pequeno soluço escapa por entre seus dentes, parecendo mais um gemido. Ela não consegue se lembrar qual foi a última vez que se vestiu ou despiu sozinha.

Ela morde a própria língua para que Fléance não ouça os choramingos confusos que saem de sua boca. Ele dissera que Hawise fora mandada embora, mas para onde? Não deve ter voltado para Hastein e para os outros nórdicos; o pai dela não aceitaria uma menina tão mimada pelo luxo da corte de Barba-torta, tão desonrada por ter servido a uma donzela delicada de Breizh (uma garota amaldiçoada pelas bruxas, ainda por cima). Foi mandada de volta para Naoned? Ela não sobreviveria lá. Era apenas sua proximidade a Roscille que a poupara dos abusos sofridos por outras empregadas e criadas: aquelas que eram engravidadas de maneira brusca e terrível, e depois tinham a barriga chutada com força o suficiente para se livrar da inconveniência de um bebê. Roscille já vira aquilo antes, tantas vezes, a mesma história se repetindo diante de seus olhos com o mesmo ritmo incansável de um bordado.

Mas os nórdicos são tão odiados em Alba — e não seria mais rápido, mais fácil, poupar o gasto da carruagem e um condutor e dois cavalos, e então um navio para encontrá-los no canal? — que a imagem pisca na visão de Roscille como um pássaro batendo, atordoado, contra uma janela. Um empurrão rápido e forte contra Hawise, sua boca se abrindo em um círculo preto enquanto ela despenca da beirada íngreme do penhasco. O corpo dela cria um rasgo estreito na água, um único filete de espumas, e então desaparece.

Roscille vomita na própria mão e depois a limpa no tapete de urso. Basta. Basta. Ela finalmente consegue sair do vestido de noiva e solta uma respiração trêmula.

Ela finge já ter feito essa tarefa centenas de vezes antes. Tira seu vestido cinza mais simples do baú. A amarração dele fica nas costas, sem botões, e é fácil vesti-lo sozinha. Tem mangas curtas e justas, e a costura no corpete pressiona tanto suas costelas que parece não haver pele sobre elas, apenas o tecido duro esfregando seus ossos. E então, o véu. Sempre o véu.

Em Breizh, é esperado que uma mulher casada cubra o cabelo, mas Roscille nem tenta vestir o hábito e a corneta sozinha, ainda mais sem um espelho. Além disso, ela não conhece os costumes de Alba nesse aspecto. Se mulheres devem cuidar das próprias necessidades, decerto não devem esperar que se vistam de forma tão elaborada. Sem criadas, sem amas de leite. Até mesmo sem prostitutas, pelo que Roscille pode perceber. Ela deixa o tecido branco da castidade de uma esposa de lado e abre a porta.

Se fez algo errado ao se vestir, confia no fato de que Fléance irá corrigi-la. Mas ele não diz nada, apenas assente e a guia pelos corredores estreitos, em direção ao salão onde fizeram o banquete na noite passada. Há janelas embutidas no alto das paredes, enfiadas em cantos estranhos de pedra, e a luz do Sol entra, irregular, por elas. E, mais uma vez, Roscille escuta o mar *sussurrando* sob os pés.

Todos os vestígios de requinte do banquete matrimonial foram guardados, não que houvesse muitos, e o salão é cinzento e deprimente. Cinco homens estão reunidos ao redor da mesa na plataforma, os mesmos que ela reconheceu da noite anterior, mas cujos nomes desconhece. Um deles é Banquho. Macbeth está sentado na ponta da mesa. Ela não havia notado antes, mas a cadeira parece pequena demais para ele; seu manto cobre os braços e a madeira range contra o volume dos ombros.

— Lady Macbeth — anuncia Fléance. Ele não faz uma reverência, assim como faria diante do Duque. Não existe nenhum ritual formal ali.

— Bom — diz Macbeth. — Venha aqui, esposa.

Ela obedece, indo até ele com as pernas dormentes. Enquanto passa pelos homens, ela faz um registro de cada um deles em sua mente. Ali está aquele que veste o manto desbotado de doninha, aquele outro a raposa invernal, e o outro de cabra-montesa desgrenhada. Todos são tons diferentes de branco, alguns amarelados nas bordas pelo tempo, outros salpicados com o tom enferrujado de sangue seco. Manto de Doninha, Raposa Invernal, Cabra-montesa é como ela os chama em sua mente.

Roscille se senta ao lado do marido e cruza as mãos sobre o colo. Fléance continua na soleira, mas não se senta. Não há um lugar para ele, nem mesmo ao lado do pai. Banquho mal olha para o próprio filho. Isso faz o estômago de Roscille se embrulhar.

— Estamos fazendo planos para nosso ataque em Cawder — diz Macbeth. Os dedos calejados estão espalmados sobre um mapa, e o dedão roça na bandeira vermelha que demarca a sede do Thane de Cawder. — Será bastante simples; meus exércitos são maiores.

Ele fará isso mesmo; invadirá Cawder. Muitas pessoas morrerão — soldados, sim, mas também camponeses cujos vilarejos serão saqueados e queimados, até mesmo cabras e ovelhas, para que aqueles que sobreviverem não tenham nada a não ser cinzas e gado estripado — tudo isso porque ela não quer se deitar com o marido. Tudo porque ela não quer cumprir o dever que milhares e milhares de mulheres cumpriram antes dela.

Em Roma, havia um nobre que jogava seus escravos lentos ou que o desagradavam em uma piscina com um tipo de enguias: lampreias. Era uma morte que durava horas, feita de dentes finos como agulhas. Esse nobre foi repreendido por fazer tal coisa na presença do imperador. Um escravo se atirou aos pés do imperador e implorou por uma morte diferente. Que demonstração de selvageria! Enojado, o imperador mandou que matassem as lampreias e tampou a piscina. Roscille se sente como o nobre, o escravo e as lampreias, tudo de uma só vez. Tudo que tem certeza é de que não é o imperador.

O noivo de Belona. É assim que chamam Macbeth. Belona, a deusa romana da guerra. Ele não sabe como embainhar sua lâmina, mesmo quando vai para a cama dela. Ele molhará os lençóis com sangue da mesma forma que banhará a terra em Cawder.

Roscille se consola com o fato de que a maioria dos mortos será homens — quantos deles têm esposas sem amor ou vontade própria em casa? Quantos deles já se forçaram em criadas ou até nas próprias filhas? No entanto, uma campanha não acabará com abusos como esses; o mundo sempre gerará mais homens e mais mulheres para serem reivindicadas por eles. Seria necessário um poder além do que qualquer humano possui para reorganizar a ordem natural do mundo.

— O castelo dele é cercado por vilarejos de mineração — diz Banquho, apontando. — Ouvi dizer que o thane exige impostos exorbitantes. Se renderão facilmente a um senhor mais misericordioso.

Aquilo dependerá da capacidade de Macbeth de se apresentar como misericordioso. O marido cerra e abre os punhos.

— Precisaremos observar o rito do primeiro sangue derramado — afirma. — Caso contrário, não respeitarão meu poder.

Roscille leu sobre o assunto nos livros do monge. É um costume entre os clãs, quando em guerra, matar o primeiro homem que encontram, banhar suas espadas no sangue dele e, em seguida, prová-lo. Roscille considera essa proposta: para ser visto como misericordioso, é necessário ser reconhecido como poderoso primeiro. Afinal, uma ovelha não pode demonstrar misericórdia a um lobo.

— Devemos pensar nisso também — diz Manto de Doninha. Ele estica a mão pela mesa e toca em uma bandeira que marca o castelo do rei. — Duncane.

As palavras fazem a sala ser tomada pelo silêncio. Tudo que se ouve ali é o mar, incessante, sob as pedras cinzentas.

— Sim — responde Macbeth, após um instante. — Se eu tomar Cawder, ele se perguntará se estou planejando tomar mais.

É óbvio. Apetites não podem ser saciados pelo sangue; são apenas aguçados. Antes mesmo que Roscille perceba o que está fazendo, ela fala:

— Então acuse o inimigo daquilo que podem suspeitar do senhor — exclama. — Forje uma carta sugerindo que o Thane de Cawder planeja uma rebelião.

Os rostos dos cinco homens se voltam para ela. O rosto de Fléance, também, ainda na porta. Seus olhos se movem com inquietação, transformados pelo choque. Mulheres não devem se pronunciar em conselhos de guerra, mas talvez isso possa ser perdoado, afinal, Roscille é tão jovem, apenas uma noiva estrangeira, desacostumada às tradições dos escoceses.

— Considere — ela continua, apressada — que não apenas ficará livre de suspeita, como também parecerá ainda mais leal a Duncane, por ter descoberto a rebelião de Cawder antes mesmo que ela aconteça.

Cabra-montesa bufa, mas Macbeth ergue uma mão para silenciá-lo.

— A sugestão da minha esposa foi inteligente — diz ele. — Faremos isso. *Ela* fará isso. Duncane reconhecerá minha letra, mas não a dela. A Lady escreverá a carta pessoalmente.

Cabra-montesa se afunda no assento. Raposa Invernal aperta os lábios. A visão de Manto de Doninha se fixa nela, os dois olhos tornando-se pontos mortais. Mas o rosto de Banquho está receptivo, transparecendo interesse. Ele pode permitir isso, porque é mais estimado por Macbeth do que os outros. Não precisa temer que a nova esposa de seu lorde se coloque entre os dois. Ele é o braço direito de seu senhor.

— Reunirei meus homens — diz Banquho. — Quanto ao resto de vocês, façam o mesmo.

— Ótimo — diz Macbeth. — Vão. Falarei com minha esposa a sós agora.

Mas ele não fala com ela. Macbeth se levanta em silêncio e faz um sinal para que ela o siga. Roscille mantém os olhos voltados ao chão, mas de vez em quando os ergue e lança olhares furtivos para o homem que é seu marido. Uma cicatriz marca sua garganta, branca e rígida, como uma minhoca em uma maçã. Não foi um golpe malfeito. Não pode ser nada além da morte derrotada.

Ele a leva por outro corredor estreito, na direção oposta do quarto dela, e então desce por uma escadaria em ruínas até um corredor ainda mais estreito. O som do mar se eleva, assim como o som de seus passos, como se o piso estivesse ficando mais fino. No final daquele corredor está uma porta. A grade de ferro está se deteriorando, enferrujada.

— Um marido e uma esposa não devem guardar segredos um do outro — declara Macbeth. — E devem guardar os segredos um do outro do resto do mundo.

Antes que Roscille possa considerar uma resposta, ele pega uma chave, amarrada em uma tira de couro ao redor do pescoço. Ele encaixa a chave na fechadura. O mar ruge ao encontro dos dois, e então, curiosamente, se cala. A madeira raspa na pedra quando ele abre a porta.

Atrás da porta, a escuridão se estende em todas as direções. Não é a sombra bárbara que ela testemunhou ao chegar em Glammis, o limite desolado da civilização. Essa escuridão é sobrenatural, do tipo que desorientaria até o papa. O ar que sopra na direção dos dois é frio e úmido, e, embora a luz entre pelo batente atrás deles, ela é cortada subitamente, como se a escuridão fosse uma muralha impenetrável.

Macbeth dá um passo à frente, e ouve-se o som de borrifos. Água. Ele pisou na água. Roscille pisca uma e outra vez, mas encarar aquela escuridão imutável faz com que os olhos pesem, como se estivesse sonolenta. Ela deveria segui-lo? O ar possui uma densidade terrível, como a pressão no abismo mais profundo do oceano.

E então: luz. Frágil e indistinta, uma única tocha brilhando no centro de sua visão. O reflexo das chamas percorre a água escura em feixes engenhosos e vislumbres rápidos. A água tem o brilho iridescente de uma serpente.

O marido dela está parado no centro do cômodo, que na verdade é uma caverna, com formações rochosas se projetando para fora das paredes em ângulos estranhos. Ele está tão silencioso e imóvel quanto as pedras.

Os fluxos estremecem ao redor dele. Três fluxos diferentes, convergentes, repuxando a barra de seu tartan. Três mulheres estão paradas na água a certa distância, as costas curvadas com a idade, os cabelos desgrenhados e prateados, e cada uma segurando uma peça de roupa encharcada nas mãos. Cada mulher bate na água com o pano, depois o torce e o encharca outra vez. Mergulha, ergue, mergulha, criando um redemoinho apertado e feroz.

Roscille cambaleia para trás e cai contra a parede coberta de mofo. Ela emite um ruído estridente de medo, de incredulidade, que o marido não parece ouvir. Então, coloca-se em pé e faz o sinal da cruz.

O ato mais parece zombaria: ela invoca a Santíssima Trindade, o Pai, o Filho e o Espírito Santo, enquanto as três mulheres avançam em sua direção, os rostos tão brancos quanto um relâmpago. São tão magras sob as roupas molhadas que cada um dos nós da coluna delas pode ser visto nitidamente. Seus cabelos são tão longos que as pontas ásperas roçam a água.

— *Buidseach* — suspira Macbeth. O mundo se transforma na fumaça fria do ar. Bruxa.

É só nesse instante que Roscille vê os grilhões ao redor dos pulsos ossudos, e a corrente comprida e enferrujada que prende as três umas nas outras. Conforme se mexem, a corrente é arrastada pelo chão da caverna. Se elas se aproximarem mais, vão forçar as amarras, e o metal cortará a carne empolada, que poderia facilmente se desprender dos ossos, como um tronco apodrecido.

— Macbeth — diz uma delas, sibilando.

As outras duas a ecoam:

— Macbeth.

— Macbeth.

Roscille leu sobre o assunto nos livros do monge: Duncane escreveu um tratado sobre a bruxaria na Escócia. As bruxas existem; ele provou isso. Elas matam porcos e fazem feitiços com suas entranhas. Criam tempestades para levar os marinheiros as sepulturas aquáticas. Transformam homens em ratos e mulheres em serpentes para engoli-los. Podem se esconder sob a pele de qualquer mulher, mas podem ser identificadas por seus dentes afiados. Ou pelos cabelos prateados.

Em Breizh, não há nenhum relato canônico do tipo. O Duque não desperdiçaria esforços em criaturas infernais, assim como não os desperdiça em questões divinas: raramente consegue ser persuadido a comparecer em uma missa. Em Alba, a punição por bruxaria é a morte. Qual seria a punição por manter bruxas como prisioneiras?

Macbeth ergue a tocha em direção à água.

— Venho ouvir sua profecia. Contem-me sobre meu destino.

Os olhos das bruxas são brancos e desbotados pela cegueira dos mortais. Seus narizes são apenas entalhes no rosto. Quando a luz as atinge, a pele parece crepitar, como o óleo quente.

— Salve, Macbeth — diz a primeira, rouca —, Thane de Glammis!

As outras duas aplaudem, em sinal de aprovação, com as correntes tilintando. A pele úmida e macilenta se choca.

— Salve, Macbeth — clama a segunda —, Thane de Cawder!

E então, juntas:

— Salve, Macbeth! Salve, Macbeth! Salve, Macbeth!

Elas gritam e gritam, até que as vozes se atropelem, como os arroubos de chuva em um rio, a água sobre a água escura. Gritam até que as palavras fiquem borradas, as bocas de lábios finos escancaradas em uma alegria bacanal, como se estivessem esperando que o vinho jorrasse do ar e descesse por suas gargantas.

Talvez Roscille também devesse beber desse vinho. Seu plano, antes meramente insensível, se tornara blasfemo, vulgar e de fato maligno, consagrado por essas criaturas profanas.

Macbeth se vira para a esposa, o rosto brilhando sob a luz da tocha.

— Está vendo — diz ele. — Minha sede de sangue será recompensada. Partiremos para Cawder no amanhecer.

3

O amanhecer em Glammis: um céu cinzento, com a mais tênue linha de luz aquosa no horizonte. Os homens estão de cinturões e armadura, os cavalos selados, vestindo o tartan de batalha. Espadas estão embainhadas nos quadris e lanças são atiradas, com estrépito, na traseira de uma carroça puxada por uma mula. Não há arcos: são a arma de um covarde. Apenas pássaros e cervos podem sofrer a degradação de serem mortos por flechas.

O marido de Roscille está ajustando a sela, verificando se está firme no lugar. Barba-torta jamais selaria o próprio cavalo; é para isso que servem os escudeiros. É uma função que ela esperava que Fléance desempenhasse, mas ela não encontra o rosto dele em meio à multidão.

Roscille respira com ansiedade e percorre o pátio com o olhar, notando cada um dos homens que compõe o grupo escolhido de guerreiros, perguntando-se qual deles matou Hawise. Ela nunca descobrirá. Não importa. Qualquer um deles o teria feito, e faria outra vez. Mesmo se ela encontrasse o corpo, de que adiantaria? Os mortos não falam.

É óbvio que Cabra-montesa, Raposa Invernal e Manto de Doninha estão presentes, cada um ladeado por seis de seus melhores homens. Eles cochicham; depois ficam em silêncio e olham para Roscille, e então cochicham um pouco mais. Embora Macbeth não tenha dito que seu pedido por um cacareco é o motivo dessa guerra, ela tinha se sentado na mesa do conselho e falado com segurança. Aquilo bastou para manchar a glória dessa luta.

Ela se vira e, enfim, o vê. Fléance. Ele não está arreando o cavalo nem carregando lanças. Está parado no limiar do pátio, com o rosto sombrio. Daquela distância, ela não consegue decifrar sua expressão, mas ela observa Banquho se aproximar do filho e sussurrar algo em seus ouvidos de forma brusca. Os ombros de Fléance se retesam, e a mão segura o pomo da espada embainhada.

Em seguida, Banquho se afasta e monta em seu cavalo. Ele desvia o olhar do filho com firmeza. Aquela breve e desagradável interação só pode significar uma coisa: Fléance será deixado para trás. Roscille não pode deixar de se perguntar como chegaram àquela conclusão e se foi Macbeth quem deu essa ordem. Ela imagina os tons de voz baixos, os dentes cerrados. A desonra cobrindo Fléance como a espuma de um lago. Ela o observa por tempo demais e se surpreende com a sensação desconfortável de privação que se esgueira sob sua pele.

Quando todos os cavalos foram montados, o marido vai até ela. Ele segura o rosto de Roscille e brinca com a ponta do véu. A mão na bochecha dela é como um tecido áspero, enxaguado nas pedras do rio. Pensar na lavagem de roupa a faz pensar no porão, nas bruxas. Roscille estremece.

— Você terá seus rubis. E eu terei o que é meu.

As palavras das bruxas ecoam do abismo profundo de sua mente.

Macbeth, Thane de Glammis.

Macbeth, Thane de Cawder.

E então, a voz do Druida se impõe sobre as outras.

Lorde Macbeth, filho de Findlay, Macbeth macFinlay, Macbethad mac Findlaích, o justo.

Ele não a beija, mas seus lábios estão bem próximos. Mesmo que ela não feche os olhos, não está olhando para ele, está fora do próprio corpo: um pássaro batendo as asas em uma parede sem janelas, um javali com uma lança enterrada no corpo, uma corça perseguida por cães na floresta. Ela não é nada além de um coração batendo em pânico.

Então ele a solta e caminha de volta para o cavalo, montando em um movimento fluido. O corpo enorme consegue fazer até o cavalo parecer pequeno.

Há certa obscenidade naquilo, em seu tamanho. Faz com que uma coisa tão comum quanto montar em um cavalo pareça brutal. Quanto peso o pobre animal será forçado a aguentar?

O vento entra pelo pátio e então diminui, como água enchendo um canal. As saias dela são sopradas para trás enquanto os portões se abrem e o grupo marcha para fora. É um séquito comprido e demora muito tempo para o último cavaleiro desaparecer na névoa. A barbacã se fecha outra vez.

Roscille se pergunta quantas mulheres já estiveram exatamente onde ela está, observando os maridos desaparecerem, quantas imaginaram o golpe de espada que as tornará viúvas, quantas sorriram com a ideia.

Sem que ela perceba, Fléance aparece ao seu lado.

— Para dentro — diz ele, a voz brusca. — Agora.

O castelo está vazio, com exceção dos criados; não há nenhuma arma embainhada ou lança à vista. Os passos de Fléance à frente dela são firmes e apressados.

A raiva de Fléance não a assusta. Roscille percebe que é a primeira vez desde que chegou a Glammis que não sente medo. Na verdade, a raiva dele a alimenta de uma forma estranha. É o mesmo veneno doce, a última fruta madura demais colhida da videira vazia, que a manterá viva, mas também a matará lentamente. Ela para de andar.

Fléance se vira.

— Diga, Lady.

— Há quanto tempo este castelo está de pé?

Essa pergunta é inocente demais para provocar qualquer alarme. Ele não verá os fios compridos que conectam as palavras dela ao cômodo no porão, ao tratado de Duncane, aos dentes afiados e cabelos prateados. Ela é uma jovem de um país estrangeiro, naturalmente curiosa sobre tudo o que é novo (ou antigo). As sobrancelhas de Fléance se franzem sobre seus olhos claros.

— Desde antes dos ataques dos nórdicos. E antes dos romanos chegarem com as estradas. Por acaso dizem em Breizh que Nariz Achatado construiu todas as ilhas?

Nariz Achatado foi um rei nórdico muitos séculos atrás. Ele fincou sua bandeira por todos os solos mais rochosos e amargos da Escócia, e a selvagem e lúgubre Glammis estava entre eles. Em Breizh, é dito que os escoceses não construíam nada com as próprias mãos exceto barris de carvalho para guardar bebidas alcoólicas. É dito que bebiam água direto do rio, como cães. Roscille balança a cabeça.

— Seus druidas — começa ela. — São mais antigos que os nórdicos e os romanos.

— Obviamente.

— Então já viram o mal endêmico dessa terra.

O olhar de Fléance hesita. Ele não vai machucá-la. Macbeth o mataria por isso, mas ele dirá ao pai que a Lady tem perguntas estranhas, e então o pai, a mão-direita do Lorde, irá relatar isso ao Lorde.

Ou será que não? Roscille se lembra da frieza do rosto de Banquho no pátio. Ela já viu muitos pais descontentes e filhos desagradáveis para saber quando as coisas estão prestes a ir por água abaixo.

— Sim — diz Fléance, devagar. — Todos os solos antigos têm seus próprios males. Mas não vivem em Glammis. O clã de Macbeth é poderoso e dedicado o bastante para erradicá-los.

Ele não sabe. Por que saberia? O porão é o segredo de Macbeth, protegido como um tesouro. É seguro para ela se aventurar mais longe. O chão ainda não cederá.

— Mas seu rei, Duncane — diz ela, com a voz baixa e ingênua —, escreveu um tratado sobre a bruxaria em Alba.

Com essa declaração, o semblante de Fléance se torna sombrio. Ele não irá machucá-la — mas talvez Roscille tenha subestimado sua posição. Ela ainda é uma noiva estrangeira, com as bordas tingidas pela fumaça de bruxaria, recoberta por histórias fantasmagóricas de seus olhos sobrenaturais, o nascimento pouco auspicioso. Maus agouros estão escritos em sua pele como se fossem runas.

— O Lorde não acredita nos rumores vindos da Francia — diz Fléance. — Ele pode ser um vassalo do rei, mas nem sempre estão de acordo.

Roscille quase ri de alívio. Ele pensa que ela está preocupada com sua própria posição e estima.

— Isso é bom. Mas outros... talvez acreditem em rumores do tipo.

— Talvez. Mas não falarão em voz alta sobre sua desconfiança para o Lorde.

— É verdade, a honestidade dos homens só se ouve em sussurros.

A boca de Fléance se contorce em uma expressão peculiar, como se quisesse rir do comentário sagaz, mas estivesse perplexo por aquele impulso.

— Estará segura aqui — diz ele por fim. — Em Glammis.

— Sei que estarei segura com você.

É uma bajulação superficial, mas funciona. O rosto de Fléance relaxa.

— Ainda assim, o Rei Duncane diz que a bruxaria está viva e prospera em Alba — ela insiste no assunto com cautela. — Você sabia disso? Já viu alguma coisa?

Em Breizh, elas são chamadas de Lavandières. Ficam nas águas rasas, lavando as roupas das almas mortas. Possuem membranas entre os dedos das mãos e dos pés. Vê-las é um presságio de desgraça. Se ficar entre elas e a água, a morte é certa. Se pedirem ajuda para lavar a roupa e você recusar, elas o afogarão.

— Existem histórias — diz Fléance. — Bruxas são mulheres, mas são malformadas. Provavelmente têm algum traço animalesco, como uma cauda nua ou escamas na barriga. Talvez não consigam falar, mas uivam como cães ou grasnam como corvos. Têm olhos que não piscam como os de um peixe, posicionados na lateral do rosto, ou asas que se estendem das costas. Os dentes afiados de um felino. Cruzar com uma delas significa a morte ou uma maldição em sua linhagem. Os netos de seus netos conhecerão muito bem a maldade da bruxa.

Ele não menciona cabelos prateados. Talvez ela esteja mais segura com ele do que imaginava.

— Uma maldição — repete Roscille. — Que tipo de maldição faz o rei estremecer sob sua coroa?

A luz das tochas se espalha pela parede. O corredor em que estão não possui janelas. Os olhos de Fléance se estreitam.

— Existe uma história muito conhecida em Alba — diz ele. — Uma vez, um nobre ofendeu uma criatura peçonhenta dessas. A bruxa lançou uma maldição, não no nobre, mas em seu filho pequeno. Todas as noites, quando o garoto dormia, a pele se transformava em pelo e os dentes em caninos, e ele se tornava uma besta cruel e mortal. O sangue dele fluía com a fome sob o luar. Ele se esbanjava sob o céu escuro. Apenas o nascer do Sol poderia fazê-lo voltar à sua forma natural.

Roscille quer perguntar o porquê, mas ela já sabe. *Uma bruxa não precisa de motivos, apenas de oportunidade.*

Em vez disso, pergunta:

— E o que o nobre fez com o filho amaldiçoado?

— Enfiou uma lâmina no peito de pelos escuros — responde Fléance. — Mas a espada enferrujou e quebrou, e a ferida se curou. O menino não podia ser morto por meios mortais. Então, todas as noites, ele amarrava o filho na cama e tapava os ouvidos para não ouvir a fera uivando, babando e se retorcendo contra as amarras.

O mundo parece embaçado sob o véu. Roscille pisca os olhos tocados pela morte.

— Então ele não foi vestido com rendas nupciais e levado para se casar com um lorde — diz ela.

— Não — concorda Fléance.

— O Rei Duncane deve detestar essa união.

Macbeth pode ter autoridade para silenciar as vozes de seus homens, mas não tem o poder de moldar seus pensamentos. Nenhum homem tem tal poder. Os rumores dos cabelos prateados e do olhar enlouquecedor ficarão pairando silenciosamente sobre esses corredores, como uma névoa fria. As palavras podem não ser ditas em voz alta. Ainda assim, a própria mente pode transformar o mar em deserto, e uma tundra em uma campina verdejante.

— Macbeth é primo distante do rei — revela Fléance. — Duncane confia nele para manter a esposa sob controle, mesmo que tais rumores se espalhem.

É óbvio. Roscille também está acorrentada ao leito conjugal.

E é então que ela percebe, com o calor repentino e úmido de uma febre, que ela cometeu um erro. Ela é a esposa de Macbeth agora, sua propriedade, e se ele morrer nessa batalha, ela será parte dos espólios reivindicados por seus inimigos. Macbeth valoriza a aliança que tem com o Duque, mas esses votos não valem de nada para o Thane de Cawder. Macbeth pode manter suas bruxas acorrentadas, mas se o Thane de Cawder for parecido com Duncane, ele atravessará os corações delas com uma lâmina. Ela não se salvou. Ela apenas se presenteou com uma morte diferente.

Naquele estado febril, a mente dela retorna a Naoned. Ela está prostrada aos pés do pai, ajoelhada como uma suplicante. Ao erguer o olhar, vê apenas os fios retorcidos da barba preta.

— Sou mais do que uma peça de jogo de damas — diz ela, com a voz trêmula. — Eu sou o sangue do arminho, eu sou...

— Você é a criatura que eu quiser que seja — decreta Barba-torta. — Todas as coisas em Naoned servem a mim.

— Mas... — A voz dela falha. Miserável, ela encara o chão. — Você não me ama?

Uma pergunta estúpida. O Duque nem se dá ao trabalho de responder. Era melhor ter perguntado se amava a própria mão ou a própria boca.

Naoned desaparece, e o corredor torto de Glammis floresce de novo diante Roscille. Ali está ela, acreditando ser um animal astucioso, acreditando que poderia ludibriar o destino que o pai lhe impôs tão friamente, quando a verdade é que não tinha feito nada além de prometer o derramamento de uma grande quantidade de sangue — entre as suas pernas e dos pescoços de tantos homens sem nome e rosto. Roscille dos Olhos Velados, Roscille dos Planos Insensatos, Roscille, a Grande Tola.

Roscille fica imensamente feliz por Fléance ter tanto medo de encarar os olhos dela, assim não consegue ver as lágrimas que se acumulam neles.

Ela não pode desfazer o que fez; o marido e seus guerreiros já estão a quilômetros de distância. Ainda assim, ela não está completamente desamparada. Se Macbeth cair diante da lâmina de Cawder, se os homens de Cawder arrombarem os portões de Glammis, talvez ela ainda consiga sobreviver, se tiver um único amigo entre essas paredes, uma espada que possa se erguer para defendê-la.

Roscille engole o ar parado do castelo. Duas respirações rápidas, e o coração acelerado começa a se acalmar. Talvez ela ainda possa se salvar. Ela pode se unir a Fléance com um segredo. Com uma dívida. E ela já viu os desejos que ele exala, aqueles pedaços duros, afiados e raivosos, amolados pela amargura, polidos pelas rejeições frias do pai.

Muito lentamente, ela ergue o olhar.

— Preciso escrever uma carta. Pode me ajudar?

No maior aposento do castelo, que serve tanto de salão de banquetes quanto de sala de guerra, Fléance traz uma pena e um pergaminho para Roscille. Ele revela o nome do Thane de Cawder e mostra seu brasão. A pena paira sobre a página, hesitante. Nunca havia forjado uma carta antes; nunca tentou escrever com outra caligrafia que não fosse a sua.

— Duncane saberá que é a escrita de uma mulher? — Roscille se pergunta, em voz alta.

— Ele não suspeitará — revela Fléance. — A maioria das mulheres em Alba não sabem escrever.

Ela deveria imaginar. As mulheres em Naoned leem apenas a Bíblia. Hawise não sabia ler nem escrever até Roscille começar a ensiná-la. Pensar em Hawise a deixa com a garganta apertada. Com certa dificuldade, Roscille indaga:

— Quem são os aliados de Cawder?

Fléance lista diversos lordes. Roscille escolha aquele cujo nome será o mais fácil de escrever corretamente. Considerando que ela não sabe escrever em escocês, Fléance se inclina sobre o ombro dela, colocando a mão por cima da dela e guiando a pena. Ela o sente estremecer quando sua pele entra em contato com a dela. O tom azul marmoreado das veias parece particularmente chamativo contra a pele corada de Fléance, fria onde ele é quente, inerte enquanto ele é vivaz. Assim que as palavras estão terminadas, Fléance rapidamente recua um passo, as bochechas corando.

Mesmo que, por um acaso, ele já tenha tocado uma mulher antes, nunca tocara em uma criatura como Roscille — incruenta, dizem, como uma truta — e com certeza nunca tocara na esposa de um lorde. Roscille se pergunta se ele reconhece o perigo presente no ato. Ele já viu a facilidade com a qual os dedos dela tecem mentiras; não seriam os lábios capazes de forjar mentiras também?

Para copiar a assinatura, ela precisa colocar um pergaminho sobre o outro com muito cuidado e então traçar o nome do Thane de Cawder. Fléance a observa à distância, espremendo os lábios. Ela nota a ponta da orelha mutilada, a cicatriz acidental e inglória.

— O lorde deixou minha vida em suas mãos — diz ela.

Os olhos cinzentos de Fléance faíscam. Quando ele fala, a voz não é capaz de ocultar a raiva.

— Foi escolha do meu pai também. Ele disse que haverá outras guerras. Outras ocasiões para banhar minha espada.

— O campo de batalha não é o único local onde se pode banhar uma espada.

— Lady... — Ele franze a sobrancelha.

— Roscilla. Por favor, me chame de Roscilla.

— Lady Roscilla — diz ele, depois de um instante. A expressão dele é inquieta, mas também curiosa. — O que sugere?

— Meu marido cometeu uma injustiça com você, eu reconheço isso — diz ela. — Ele é um grande guerreiro, embora seu julgamento tenha sido precipitado demais nessa ocasião.

Ela precisa pisar tão leve quanto uma corça sobre um lago congelado. Deve parecer hesitante, mesmo que não esteja. Não deve desonrar o marido com palavras ou olhares.

O olhar de Fléance ainda é hesitante, mas esconde um desejo. Ela quase o persuadiu a vir à luz — a lampreia dentro dele, aguardando a carne para se alimentar.

— E seu pai — continua ela, abaixando a voz — também foi descortês nesse assunto. Recusar-se a ajudar a desenvolver o valor do próprio filho e não desejar que ele ganhe reconhecimento no campo de batalha, fortalecendo seu orgulho... é uma afronta grosseira.

O desejo nos olhos dele brilha mais forte. A lampreia se esgueira adiante.

— Mas você pode corrigir os erros deles — anuncia Roscille. — Pode evidenciar onde erraram e revelar sua própria força.

O silêncio se alastra entre eles, frio e límpido, como o ar da última hora da noite.

— Como provaria tal coisa? — diz Fléance, lentamente.

É a primeira vez que ela esteve do lado de fora do castelo em Glammis quando está claro. O amanhecer veio e foi embora, e o Sol se acomodou no ponto mais alto, envolto por nuvens que parecem macias como lã. O vento tem o mesmo ritmo obliterante do oceano, achatando as folhas das gramas verde-amareladas, fazendo com que o véu se moldasse ao rosto dela, como uma rede de cabelo apertada.

Um pânico quase esquecido se agita dentro dela. Ela sentiu esse pânico na primeira vez em que Hawise cobriu seus olhos com o véu. A forma como obscurecia o mundo, entorpecendo seu sentido mais importante, fazendo-a se sentir como um animal se debatendo sob o jugo. No mundo animal, as presas têm olhos na lateral da cabeça, um ponto cego onde deveria ser o centro de sua visão. Roscille precisou de muito tempo para se ajustar a enxergar o mundo daquela forma, escuro e borrado, cheio de espaços perigosos e desfocados. Glammis fazia com que aquele antigo medo parecesse novo.

Porém, ela incentiva o cavalo para que siga a montaria de Fléance pela encosta. Os cavalos estão acostumados ao terreno. Seus cascos pisam com segurança, impedindo que pedrinhas se prendam nas ferraduras e evitando tropeços nas rochas aquecidas pelo Sol que se sobressaem perigosamente de tufos altos de grama.

A esta distância, com o castelo às suas costas, Roscille finalmente consegue enxergar a vantagem de Macbeth, o motivo de Barba-torta pensar que valia a pena mandar a filha na longa jornada. Cada agrupamento de árvores, cada cabana de telhado de palha, cada espiral de fumaça de chaminé: tudo se estende diante dela como bandejas sobre uma mesa de banquete. Quilômetros e quilômetros e quilômetros. Nenhum inimigo sequer pode mostrar a lâmina da espada sem dar ao marido ao menos uma hora de vantagem. O castelo prendeu Roscille em uma contenção de medo, uma salamandra se debatendo em uma mão fechada, mas, diante dessa avaliação, Glammis é o lugar mais seguro em que ela já esteve.

— Esses vilarejos — questiona, indicando com o braço as casas pontilhadas abaixo. — Todos pagam impostos a Macbeth?

Ela precisa erguer a voz para se fazer ouvir com o vento. Fléance assente.

— Sim, são todos Findlaích, se não por sangue, por lealdade. O clã — acrescenta ele, como se Roscille não se lembrasse da posição do próprio marido.

Ela agora é parte do clã Findlaích.

— Decerto, há algum descontentamento entre eles — indaga Roscille.

Todos os homens poderosos têm inimigos. Mesmo que seja apenas um criado da cozinha, açoitado por derramar a sopa. Mesmo que seja um fazendeiro, forçado a hospedar soldados que comeram toda a sua comida e levaram sua esposa para a cama. Talvez um sobrinho ou primo, esquecido quando as honras foram dadas. Um aliado que não recebeu os devidos espólios. Um moleiro empobrecido sofrendo sob os tributos exorbitantes do lorde. Alguém. Qualquer um.

Fléance estreita os olhos, pensando.

— Existe um homem...

— Bom. Isso basta.

A maioria dos homens tampouco precisa de motivos. Apenas oportunidade.

Fléance a leva até as árvores, retorcidas pelo vento, esquálidas e estranhas. Ainda assim, existe um esconderijo pequeno entre elas, onde a grama é macia, como se aquelas árvores o tivessem protegido. Um lago — curiosamente límpido e transparente, embora alimentado por uma fonte que Roscille não consegue ver.

Ela vê seu reflexo na água, um lampejo prateado como mercúrio. Cabelos longos e soltos, claros, mais brancos do que dourados. Um queixo anguloso contrastando o rosto arredondado. Os olhos tão pretos quanto os de um cisne, espaçados, com a pupila e íris quase indistinguíveis. São olhos inquietantes; isso ela não pode negar. Superstições foram criadas por muito menos. Ela desvia o olhar.

— Diga ao lorde que implorei que me mostrasse minha nova casa — diz Roscille, descendo do cavalo. — Mas que nós não estávamos longe do castelo quando os homens mascarados apareceram.

— Quantos? — Fléance desmonta do próprio cavalo com um baque pesado.

Roscille considera.

— Três — declara ela, por fim.

Não é um número grande o bastante para despertar suspeitas, mas é o suficiente para que a coragem e habilidade de Fléance sejam elogiadas. Três também é um número favorável, uma adoração cristã, se é que vale de algo ali em Glammis.

A memória das Lavandières aparece outra vez, o choque esbranquiçado dos corpos esquálidos na escuridão. O estômago de Roscille se embrulha.

— O lorde não pedirá para ver os cadáveres? Uma prova de sangue?

— Não, não precisa matá-los — explica Roscille, lentamente. Essa é a parte mais complicada do seu plano. — Diremos que você os fez recuar... se tivermos nosso próprio sangue para provar a dificuldade da batalha. Da proximidade da morte.

Fléance franze a sobrancelha, começando a entender.

— Precisarei dar um golpe próprio de quase morte.

Roscille pensa na ferida de Macbeth, na cicatriz comprida e retesada que adorna seu pescoço. Ela não sabe dizer como ele sobreviveu àquilo. Para qualquer outro homem, seria a morte certa.

Ela pensa nas Lavandières outra vez. *Minha sede de sangue será recompensada*. Elas haviam ungido aquela missão em Cawder, fornecido uma armadura em forma de profecia favorável. Poderiam ter feito o mesmo antes? Seria a magia delas mais do que um augúrio, seria uma proteção durante a batalha? Um escudo que cobre aquelas terras como a neve recém-caída? São aquelas criaturas profanas que mantém a Morte longe de Glammis?

— Sim — diz Roscille, por fim. — Ou... eu farei isso por você.

Fléance não diz nada, e o peito de Roscille se aperta, temendo a recusa. Mas ele não o faz. Apenas pergunta:

— Por quê? Por que me ajudaria nisso?

— Eu sou a senhora de Glammis — assegura Roscille. — Não é em meu benefício que a força de seus homens seja reconhecida, distribuída e devidamente recompensada?

O rosto dela queima, mas as bochechas — pálidas — não deixam transparecer. Fléance a encara por muito tempo sem piscar. Então, sem dizer nada, emitindo apenas o som de metal raspando contra o couro, desembainha a espada.

Ele vai querer uma cicatriz que possa exibir com orgulho. Nada tão marcante quanto a de Macbeth — ele não pode exceder o próprio senhor, é claro — e nada que trará de fato o risco de morte. Nada que não se curará com o tempo ou que o deixará menos hábil no campo de batalha. Roscille está avaliando onde, e como, quando Fléance deposita a espada nas mãos dela.

Então, ele puxa o gibão para baixo, movendo o tecido para expor a clavícula. Roscille vê o pequeno vão, logo abaixo do pescoço, onde deve mirar. A pele é retesada e fina em cima do músculo, com pouca gordura para desacelerar a progressão da lâmina. Irá doer. Terrivelmente.

— Aqui — diz Fléance.

Roscille sente o sangue se transformar em gelo em seu corpo.

— Vai precisar pressionar com mais força do que pensa.

Sua garganta se aperta. Ela não quer fazer isso. Sempre se orgulhou de sua estratégia, de organizar as peças do jogo com a mesma frieza de quem move as peças num tabuleiro, sem nunca massacrar. Porém, ela precisa desse segredo, e da aliança que irá criar. As lampreias se contorcem, famintas. Ela não lhes negará o banquete.

— Espere — comenta ela, de súbito. — Eu... eu também preciso ter uma prova dessa luta.

Fléance franze o cenho.

— Como assim?

Há uma lança presa em uma das alforjas do cavalo dele. Ela a pega. É leve, e a madeira é lisa como a conta de um rosário. A ponta prateada cintila na luz fraca. Porém, ela não entrega a lança pela ponta. Em vez disso, oferece a haste para Fléance.

Ela aponta para a própria têmpora, no canto da sobrancelha. Basta um golpe com a haste da lança, e um círculo perfeito se mostrará, um único hematoma para provar a coragem de Fléance e o valor de Roscille (pois o que mais os homens valorizam, senão aquilo que outros homens desejam tirar deles?) e a união silenciosa que irá protegê-la, não importa quão frágil seja. Talvez Fléance não seja a lampreia, afinal. Talvez ele seja o nobre, inflado de orgulho com seu pequeno poder, apenas para ser humilhado pelo desprezo supremo do imperador.

— Juntos — diz Roscille.

Fléance hesita. Ela, não. Ela vê o sangue jorrar, encharcando o vestido de vermelho. Sai em esguichos tão rápidos que escorre pela grama sob os pés, mas Roscille não precisa testemunhar aquele horror por muito tempo, pois Fléance solta um rosnado furioso, com a raiva primal de quem é ferido de forma tão repentinamente e impiedosa, e golpeia a têmpora de Roscille com força usando a haste da lança.

A visão dela fica branca. Um calor irrompe pelo crânio, seguindo um caminho direto entre uma têmpora e outra, como se a dor fosse uma flecha, cortando com facilidade o músculo e a carne. E então resta apenas a escuridão enevoada, salpicada de estrelas.

O anoitecer em Glammis: uma luz púrpura se espalha pelo padrão irregular das nuvens. Uma névoa cinzenta e arroxeada, como a fumaça de um caldeirão. Roscille fica em pé contra o vento, para que o próprio véu não a enforque nem a cegue.

Fléance está ao lado dela, com a mão descansando no punho da espada. A barbacã se abre, e os guerreiros entram no pátio, todos aqueles homens brutos e desgrenhados vangloriando-se de sua vitória, com os tartans rasgados e o sangue ainda pingando na barba. É o sangue de muitos: soldados, civis, qualquer infeliz que tenha cruzado o caminho do exército de Macbeth. Todo esse sangue, derramado sob o comando de Roscille. Ela olha para as próprias mãos, como se também pudesse ver manchas ali. Mas continuam brancas, tão frias quanto sempre estiverem, o que, de certo modo, é ainda mais perturbador. Ela ergue o olhar outra vez e procura o marido entre os homens que retornaram.

Ele atravessa a multidão, quase duas vezes maior que o segundo maior homem ali. O cabelo está coberto de sangue seco, mas a primeira coisa que ela repara é a ausência de novas cicatrizes. Isso deixa óbvio que o Thane de Cawder está morto, e que não lutou muito contra seu fim. Macbeth nem precisou imaginar a própria morte, a ausência que deixaria no mundo. Como se fosse algo que a maioria dos homens fosse capaz de imaginar.

Ele desmonta com um baque que parece rachar a terra. As pernas estão nuas das amarras das botas até a barra do tartan, e Roscille vê que os joelhos também estão ensanguentados — um sangue denso e escuro, que vem de um lugar profundo no corpo. Ela conhece a diferença entre o sangue fino e vermelho claro que corre fácil à superfície, e que pode ser invocado com qualquer rasgo de lâmina, e o sangue que flui quase preto e espesso próximo ao coração.

Macbeth sorri com todos os dentes. Ele se aproxima dela, algo cintilando entre os dedos grandes.

E então... o sorriso desaparece. A luz jubilosa dos olhos escurece. O andar vitorioso e lânguido fica rígido, com os músculos tensionando. Ele segura o rosto de Roscille com força, virando de lado para poder ver o hematoma na têmpora dela. Mesmo sob o véu, tem um tom intenso de violeta, quase gritante.

— Quem fez isso?

É claro que ele reconhece imediatamente que o ferimento foi feito por uma haste de lança. Ele provocou o mesmo ferimento a inúmeras mulheres antes dela, aquelas que cuspiam nele enquanto ele queimava suas casas e roubava a carne de sua cozinha. Ainda segurando o rosto de Roscille, ele se vira para Fléance.

— Milorde... — começa Fléance.

Porém, Macbeth também vê a cicatriz dele. Roscille deu um golpe astucioso e preciso: a marca não pode ser completamente escondida sob o colarinho do gibão. O ferimento subiu pela lateral do pescoço, ainda grotesco, coberto de sangue velho e pelos pontos escuros e atrapalhados que a própria Roscille costurou, tremendo enquanto a agulha perfurava a cartilagem e a gordura.

— Existe perfídia em Glammis — rosna ele. — Eu sabia disso, e agora tenho provas. Me diga, agora. Quem cometeu esse ataque desprezível contra minha esposa?

Fléance começa a falar, a explicar, e Macbeth escuta, embora o tempo todo abra a outra mão e mostre o colar com uma corrente grossa e pesada. Ele desenrola o colar, um gesto lento e deliberado. Roscille não diz nada, as bochechas ardendo com a pressão inexorável do dedão do marido.

Um rubi cintila no centro do colar. Quando ele o coloca ao redor do pescoço dela, o metal está quente, de tanto tempo que passou em suas mãos. Macbeth finalmente a solta e dá um passo para trás para avaliá-la. Contudo, o orgulho que deveria sentir ao cobrir a linda esposa com joias igualmente lindas foi maculado por aquele ferimento desagradável no rosto dela. Ele emite um grunhido de desgosto.

— Diga-me. Quem fez isso? Vou matá-lo. Vou matar os filhos dele. A linhagem acabará com a ponta da minha espada.

— Os homens estavam mascarados. Eu não pude ver...

Macbeth se eleva na altura máxima, obscena, aterrorizante.

— Não foi um golpe que quase o matou? — questiona ele.

— Foi — diz Fléance, hesitante.

Roscille nota Banquho espiando por cima do ombro do seu senhor. O olhar dele passa para o filho, fixando na ferida na garganta que Fléance exibe abertamente. O orgulho surge nos olhos dele. Rápido, mas inconfundível.

— Talvez os traidores não falarão — diz Macbeth. — Não importa. Existem ritos que podem ser feitos. Seu sangue falará por eles.

Ato II

Thane de Cawder

4

O chanceler é o mais elevado e sagrado entre os Druidas, e ele vem da distante Moray, onde fica a corte do rei. Assuntos tão sérios e rituais tão terríveis não podem ser deixados sob os cuidados de qualquer sacerdote.

Roscille não é apresentada ou introduzida ao chanceler, mas o vê do parapeito quando ele entra no pátio. Ele está a cavalo, acompanhado por três soldados que vestem as cores de Duncane. Veste trajes mais requintados do que o vestido de noiva dela, e a barba grisalha foi trançada com fios de ouro. É neste momento que Roscille sente o chão ceder sob seus pés. Ela sente como se estivesse mergulhando pela face íngreme do penhasco, em direção ao lugar onde o corpo de Hawise provavelmente está, onde as enguias mastigam a carne cadavérica de seus ossos.

O chanceler carrega a autoridade real de Duncane, a autoridade sagrada do papa e a autoridade celestial do próprio Deus, e qualquer um desses poderes seria o bastante para adivinhar sua traição secreta, mas os três juntos não apenas podem descobrir como também podem puni-la, e nem mesmo a frágil aliança com Fléance a salvaria disso. Ele também será julgado.

Banquho e Macbeth cumprimentam o chanceler, mas Roscille não consegue ouvir as palavras daquela distância. Ela tenta ouvir mesmo assim, então se assusta quando, de repente, Fléance aparece a seu lado.

— Não deve se aproximar do saguão quando o Druida estiver aqui — diz ele, com a voz rouca, perto do ouvido dela. — Faça o que for necessário para ficar longe de lá.

— Eu sei — sussurra Roscille, os dedos trêmulos.

— Ele está aqui para fazer a cruentação.

— Eu sei.

Isso significa que aquele sacerdote vai se colocar diante de um cadáver e recitar alguns ritos sagrados e secretos. Então, na presença do assassino, a ferida mortal do cadáver começará a sangrar outra vez, o sangue borbulhará em gotas escuras e quentes. Na corte de Barba-torta, o ritual seria considerado uma superstição primitiva, que ele jamais toleraria. Duas semanas atrás, ela não teria temido coisa do tipo. Porém, Roscille já está em Glammis há tempo o suficiente para saber que as leis da natureza são diferentes ali. Bruxas sacodem correntes em uma prisão sob seus pés. O mundo é muito mais selvagem do que ela imaginava. A ferida de Fléance se destaca no pescoço, preta como uma árvore queimada.

Roscille sente que o véu a está sufocando. Ela quer arrancá-lo para poder respirar o ar frio sem dificuldades. No entanto, não pode fazer isso enquanto Fléance está por perto. Em vez disso, ela ofega, com uma respiração curta e dolorosa.

— Não sabia que a cruentação poderia ser realizada nos vivos — diz Roscille, apenas para dizer alguma coisa, porque Fléance olha para ela com uma ruga de preocupação entre as sobrancelhas.

— Pode — responde ele, com a voz tensa. — E se o chanceler recitar as palavras na sua presença, minha ferida nos revelará. Então você precisa se manter afastada. A qualquer custo.

Roscille assente. Seu coração bate ferozmente, furioso. Seus olhos traçam a linha da cicatriz de Fléance novamente.

— E seu pai? — pergunta ela, mesmo com a garganta apertada. — Ele ficou satisfeito?

— Sim — responde Fléance. — Ele não se desculpou por ter me deixado para trás, mas jurou que, da próxima vez, estarei no campo de batalha com ele.

O canto da boca de Fléance treme, como se ele quisesse sorrir. Mais uma vez, ele exibe aquele ar infantil, especialmente por causa da cicatriz horrenda, que contrasta bastante com seu rosto sem rugas e as bochechas redondas. Ela se pergunta se era assim que o pai a enxergava, quando se ajoelhou diante dele e implorou por um destino diferente. Uma sensação de repulsa faz seu estômago contorcer, como uma lampreia se debatendo na piscina.

É mais fácil se manter afastada do que ela imaginava. Quando Banquho vai até ela e explica o que vai acontecer — as palavras místicas do chanceler, o derrame repugnante de sangue —, Roscille transforma seu rosto em uma máscara apavorada e finge um desmaio. *Ah, por favor,* diz ela, *eu não suportaria testemunhar algo assim.*

Banquho franze o cenho e a segura para que não caia, os dedos rijos segurando a silhueta esguia com firmeza. Ele pensa: aqui está uma noiva de dezessete anos, uma estrangeira nestas terras, mimada pelo pai e criada no luxo; a coisa mais horrenda que já testemunhou deve ter sido a picada de uma agulha. Nada daquilo é verdade, com exceção da idade e inexperiência em Glammis, mas ela é uma boa mentirosa, e Banquho está disposto a acreditar naquilo. Ele também não a quer lá, a esposa estrangeira e fraca do seu senhor, e que exala bruxaria.

Então Roscille não encontra o chanceler, mas vê a fileira de aldeões que são levados até o saguão. Fazendeiros com gengivas pretas e dentes quebrados, pastores corcundas que se apoiam pesadamente nos cajados, moleiros velhos o suficiente para terem perdido quase todo o cabelo. Estão todos acompanhados dos filhos e netos, com versões menores e mais jovens de seus rostos. Todos estão queimados pelo Sol, como couro envelhecido. Os olhos estão semicerrados, úmidos e cheios de medo.

Roscille se senta com as costas contra a parede rochosa do lado de fora do salão, a pedra drenando o calor de seu corpo. Ela consegue ouvir palavras abafadas e indistintas do outro lado. Palavras raivosas, que saem da boca de seu marido, acompanhadas pelas súplicas estridentes e aterrorizadas dos camponeses. De repente, as pernas de Roscille não sustentam mais seu peso. Ela desliza para baixo, indo ao chão, levando os joelhos até o peito.

A mente se agita com as possibilidades, como vermes em carne podre. Talvez, quando o chanceler recitar as palavras diante de um dos camponeses — quem sabe para aquele pastor corcunda e decrépito —, o sangue de Fléance comece a escorrer, não devido a algum poder divino, mas porque os pontos dele foram malfeitos por Roscille, porque ele tenha usado muito seus músculos antes que estivessem curados; por nenhum motivo ou por qualquer motivo. Macbeth dissera que mataria o responsável, assim como seus filhos e netos. Ele colocará um fim em sua linhagem, cortando-a de forma brusca e implacável, como o corpete de uma mulher relutante ao toque.

Aqui está outra história: no mundo antigo, aconteceu uma guerra entre os gregos e seus exóticos inimigos ao leste. O príncipe estrangeiro matou o amante de um soldado grego. O soldado grego se vingou do príncipe. Então outro homem do oriente matou o soldado grego. Por conseguinte, o filho do soldado grego matou esse homem. Mas ele não matou apenas o homem: matou também seus seis filhos. Esmurrou a cabeça de uma das crianças contra as muralhas do castelo, rachando seu crânio e pulverizando o cérebro que mal havia se formado. Tudo isso para que os filhos do homem não crescessem e procurassem se vingar dele.

A vingança não é uma taça de madeira que se esvazia. É um cálice cravejado de joias que transborda infinitamente. Roscille coloca a cabeça entre os joelhos. Ela teme acabar vomitando. Em seu esforço para escapar da violência do marido, ela apenas a desviou, transbordando-a para encher outro veículo.

Estranhamente, naquele corredor vazio, as palavras do pai retornam a sua mente. *Você é a criatura que eu quiser que seja.* Ele a enviou para Glammis como uma noiva, um corpo inerte dentro de um vestido branco. Mas talvez ele tenha contrabandeado um arminho disfarçado sob o véu, afinal. Uma criatura inteligente... talvez. Ou apenas uma com dentes afiados e impiedosos.

Hesitante, Roscille levanta o véu e, com ele, remove o mundo real. A pedra cinzenta do corredor sem janelas estremece. Ela entra na memória facilmente, como um peixe seguindo a correnteza.

A memória é assim: Roscille tem treze anos. As histórias sobre ela são apenas rumores, fumaça clara no canto de sua visão. Fora isso, ela é linda; o Duque nutre uma grande expectativa de que ela fará um casamento propício e forjará uma aliança valiosa. Às vezes, ela se imagina casada com um lindo príncipe angevino, mas esses sonhos são distantes e nebulosos. Agora, ela pensa apenas em um certo garoto do estábulo, que tem olhos azuis como um vitral e um sorriso furtivo reservado apenas para ela. Ela passa a vagar próxima aos estábulos, na esperança de ver aquele sorriso. Os músculos das costas dele são bem definidos, e cada detalhe masculino se destaca onde a túnica úmida de suor adere ao seu corpo.

É evidente que rapazes que trabalham no estábulo não se casam com damas da nobreza, e damas da nobreza, ao contrário de senhores da nobreza, não têm a liberdade de desfrutar da copulação descontraída com os criados em uma cama de feno. Àquela altura, Roscille já tinha aprendido a não fazer contato visual com os homens e a manter a cabeça baixa, só por precaução. Os rumores ainda não eram considerados uma verdade absoluta. As regras não eram rígidas e não havia um véu branco para impô-las.

Então, um dia, Roscille vai até o estábulo e pega a mão do rapaz. Ela ergue a cabeça e sustenta o olhar dele.

Dizem que algumas memórias são tão dolorosas que a mente humana não é capaz de lidar com elas, por isso ficam cheias de lacunas, para que as partes mais tristes não machuquem repetidamente, como pedaços de uma porcelana quebrada, cortantes em todos os ângulos. Roscille gostaria de lembrar apenas dos vislumbres toleráveis, mas ela se recorda de tudo. Os olhos do rapaz do estábulo escurecendo. Sente a mão dele apertando a dela com força, pressionando seu corpo contra o dele. Os lábios dos dois, apenas a um sussurro de se encontrarem.

E então uma voz que não vem de nenhum dos dois interrompe o momento: o protesto. A mão do rapaz do estábulo solta a dela. Ele é puxado para trás e leva um golpe no rosto dado pelo mestre dos estábulos; ela ouve o osso do nariz fino quebrar, virando de lado, esguichando sangue.

Roscille grita.

Ele é levado até Barba-torta, acorrentado. O Duque escuta a história, esfregando a barba longa e retorcida com os dedos cheios de anéis. Roscille se encolhe no canto do salão, encarando o chão, seus olhos terríveis cheios de lágrimas.

A ordem do pai dela é dada com uma voz baixa demais para que Roscille consiga ouvir. Ela escuta apenas a respiração difícil e o respingo de algo molhado no chão. Quando ela finalmente ergue o olhar, tudo já foi levado embora: o corpo do rapaz foi removido, o mestre do estábulo voltou ao seu trabalho e a adaga do pai está de volta na bainha.

O Duque se aproxima dela. As criadas já estão esfregando o chão manchado de vermelho.

— Sinto muito — sussurra ela. Assustada demais para encará-lo.

O pai estende a mão para ela. É a única vez que Roscille se lembra de tê-la visto manchada de sangue. Ele nunca suja as mãos com coisas triviais. A violência cruel e cotidiana sempre pode ser transferida para alguém inferior e mais fraco. O pai ensinou isso a ela: a violência é como dinheiro. Se gastá-la de maneira leviana, as pessoas pensam que você é imprudente e irresponsável. Se poupá-la para os momentos mais imprescindíveis, as pessoas pensarão que você é astuto como um arminho. Por causa disso, Roscille considera o pai o homem mais inteligente do mundo.

— Não peça desculpas — diz o Duque. — O garoto está morto. E você ensinou a si mesma uma lição melhor do que eu jamais poderia te dar. Às vezes, nenhuma palavra é tão eloquente quanto o derramamento de sangue.

Roscille aceita a mão que o pai a oferece e fica em pé. Seus joelhos tremem e ela não consegue desviar o olhar do chão.

Logo depois, recebem uma visita de le Tricheur, e o véu é colocado sobre ela. Depois disso, ela recebe Hawise como criada: um escudo para protegê-la do apetite voraz dos homens, ainda que seja uma proteção frágil. No entanto, esta história não é um segredo. Ela é conhecida pelo pai, pelo mestre dos estábulos e por Hawise, e é recontada por diversos membros da corte de Barba-torta. Esta história é uma boa lição, um bom aviso.

O segredo é este: Roscille queria as mãos do rapaz nas suas mãos e os lábios dele nos seus. Foi a luxúria que o dominou, não a loucura. Foi o desejo dela, inserido no sangue dele como um espinho envenenado. Ela o desejava e o fez desejá-la também. Esse é o perigo de seus olhos. Que eles possam compelir os homens a fazerem o que ela quer.

Se a verdade fosse descoberta, ela não seria adornada com um véu, um vestido de noiva e um casamento com um nobre distante. Ela seria levada à forca, ao bloco de execução ou à fogueira. Provocar uma paixão lasciva é algo que qualquer mulher bonita tem o poder de fazer, se assim desejar, e até mesmo se não quiser — se é que isso pode ser considerado um poder. No entanto, moldar um homem para que ele obedeça a sua vontade é algo bem diferente. Barba-torta não poderia protegê-la se descobrissem a verdade. Nada poderia salvá-la. Então, ela foi mandada para Glammis, para o lugar mais sombrio e aterrorizante da humanidade, para que o mundo pudesse ser mantido a salvo dela.

Roscille ajeita o véu sobre o rosto. Tremula com a respiração longa que exala. Então, ela se põe em pé e se afasta do salão para que não ouça mais a raiva do marido, para que não ouça mais os camponeses implorando por suas vidas.

Roscille deita de lado na cama, olhando para o nada. Bem, ela está olhando para a parede de pedra. É impossível olhar para o nada. Mas por trás dos seus olhos, os olhos marcados pela morte, as mesmas cenas passam repetidamente. Os lábios do rapaz do estábulo, tão próximos dos dela. A mão ensanguentada do pai. O pastor mancando ao entrar no salão, acompanhado pelo filho e pelo neto. O marido, segurando o rosto dela com força, virando-a como se ela fosse uma quinquilharia que ele gostaria de comprar.

A porta se abre e Roscille se põe de pé em um salto. Macbeth entra. Ela não vê nenhum sangue nele, nem sente o cheiro de cobre enferrujado em seu corpo. Os olhos dele, contudo, se estreitam, enraivecidos.

Ele caminha até ela, e Roscille não consegue evitar. Ela recua. Talvez seja melhor fazer isso. Os homens gostam quando as mulheres se encolhem.

— Eles foram encontrados? — pergunta Roscille com a voz baixa e trêmula, enquanto o marido parece se assomar sobre ela. Ele é tão enorme que beira o cômico, o esboço extremo de um deus espirituoso.

Um de seus primeiros pensamentos foi que o marido era mais bonito do que ela esperava, para um homem que tinha o dobro da sua idade, rude, com as feições ásperas como os penhascos de Glammis. Parece que ele nasceu direto das rochas. Agora Roscille pensa nisso outra vez. Poderia ser facilmente um pilar de pedra entre ela e a porta.

— A ferida de Fléance não sangrou — diz ele. — E ele tampouco reconheceu qualquer um dos homens que foram levados diante dele.

Roscille engole em seco.

— Imagino que seja difícil — diz ela. — Todos estavam mascarados. E tudo aconteceu tão rápido.

— Imagino.

Macbeth fica em silêncio por um longo tempo. O olhar dele a percorre. Ele não tem medo de encarar os olhos dela através do véu. Então, diz:

— Seu prêmio ficaria melhor se a corrente estivesse mais apertada.

A mão de Roscille vai ao pescoço, até o colar. Antes que possa protestar, Macbeth se coloca atrás dela, afastando seus cabelos, abre o fecho do colar e, em seguida, o fecha outra vez. Ele deixou a corrente tão apertada que ela a sente arrastando contra sua pele a cada movimento, mesmo apenas ao respirar. Agora, ela jamais se esquecerá do que está usando.

— Obrigada — diz ela, com a voz rouca enquanto ele se afasta novamente. — Sou abençoada por ter um marido que me honra de tal maneira.

— Sim. Eu honro você e honro os costumes antigos de Glammis.

Antigos. Roscille pensa nas três lavadeiras. Ocorre a ela que talvez ele *precise* honrar essas antigas tradições, que ele esteja ligado às Lavandières da mesma forma que elas estão acorrentadas em seu porão. Talvez, se ele não seguir os costumes ancestrais da terra, o poder delas enfraqueça. Elas não poderão mais protegê-lo ou proferir profecias a ele.

Esse pensamento a deixa mais corajosa.

— O senhor realizou o primeiro dos meus três desejos, e tão depressa.

O quarto é subitamente tomado pelo silêncio. E então, para o choque dela, Macbeth se senta a seu lado na cama.

O coração dela dispara em pânico. Mas ele apenas coloca a mão sobre a barra do vestido dela, como se para prendê-la delicadamente no lugar, e o olhar dele se volta para algo além dela, perdido em pensamentos.

— Lady Roscilla — diz ele —, você sabe o que significa ser um homem justo?

É isso que *Macbeth* significa. Justo. Não é um patronímico, como pensava de início. Não é o nome do pai, passado a ele por meio do nascimento e do sangue. Foi um nome que conquistou por suas próprias ações.

Em Breizh, ser justo significa ser devoto, aceitar às diretrizes do papa e ter um sacerdote de quem se recebe conselhos. Lorde Varvek não é um homem justo nem nunca fingiu ser um. Ele prefere ser o arminho, não o leão. Ele se deleita com as histórias de sua natureza ardilosa.

Macbeth não é um homem justo. Ele recebe conselhos de bruxas. Casou-se com uma forasteira, cria de bruxas, mas talvez em Glammis *justo* signifique algo diferente.

— Sou apenas uma mulher — diz Roscille. — Minha mente não foi feita para pensar sobre essas coisas.

Macbeth não demonstra estar de acordo, mas também não discorda.

— Em Alba, ser um homem justo significa honrar os juramentos que fez ao seu clã — diz ele. — Eu sou o Thane de Glammis, o chefe do clã Findlaích. É meu dever proteger meu povo e sempre buscar seu avanço. Mas o que eu devo fazer quando meu clã não me honra em troca?

Roscille pisca. Ele está pedindo um conselho a ela? Não, não pode ser. Ele está apenas falando ao vento, e ela é uma plateia ocasional. Pelo menos, é isso que pensa, até Macbeth se virar e olhar para ela com uma expressão séria.

— Você deve procurar aqueles que o honram *verdadeiramente* — diz ela, incerta. — E mantê-los por perto.

— Sim — concorda Macbeth. Os dedos se enroscam no tecido do vestido dela. — Eu deveria mantê-la por perto, então. Minha esposa inteligente, minha esposa leal, que guarda meus segredos e honra seus juramentos.

Parece um elogio, mas é uma ameaça. Ela só continuará sendo esposa dele enquanto continuar fazendo essas coisas, sendo inteligente e leal, guardando os segredos dele e curvando-se diante dele eternamente. E se ela não for essa esposa, ela será Hawise, apodrecendo no fundo do mar.

Roscille assente.

— Ótimo — diz Macbeth. Quando ele se levanta, sua cabeça quase toca o teto. — Os esforços do chanceler na cruentação foram um fracasso, por enquanto, assim como a memória de Fléance. Procurarei conselhos em outro lugar. Não tenho outra escolha. Devo descobrir onde floresce a traição e arrancá-la pela raiz.

Roscille fica em silêncio, sentada na beirada da cama.

— Venha — diz Macbeth.

E então ela também se levanta.

Roscille conhece bem o caminho até o porão, mesmo que tenha ido lá apenas uma vez. Ela consegue se deslocar por esses corredores estreitos e tortuosos no escuro, guiando-se apenas pelo toque. Tudo o que precisa fazer é escutar o som do oceano se aproximando, mais intenso a cada passo, como se estivesse batendo contra o chão que a separa do mar. É como uma membrana fina entre a vida e a morte, entre a terra e o submundo, como os romanos acreditavam.

Em Breizh, conta-se a lenda de uma cidade submersa, Ys, que um dia irá se reerguer das ondas. A primeira pessoa que avistar o pináculo da igreja ou escutar seus sinos se tornará o rei. E assim, Paris será engolida pela água e Ys tomará seu lugar. Essa história existe além da alçada do papa e sobreviveu a todos os esforços civilizatórios do cristianismo.

De todas as lendas antigas, essa é a que Roscille mais escutou, pois ilustra o desejo mais inerente do homem: que seus inimigos sejam destruídos e que ele possa ser o governante da nova ordem do mundo. É uma história de nivelação, amada tanto por camponeses quanto por nobres. Qualquer homem com o sentido da visão tem chance de se tornar rei.

Enquanto anda, Roscille passa a mão pela parede, sentindo a pedra. Ela se pergunta se é tão antiga quanto Fléance afirma. O vestido arrasta no chão, fazendo um ruído abafado, ligeiramente fora do ritmo das ondas lá embaixo. Macbeth caminha sem olhar para trás. E, a cada movimento, o colar deixa um arranhão ardido no pescoço dela.

Macbeth vira o último corredor e se depara com a porta de madeira apodrecida, encaixando a chave na fechadura. Antes que ele a vire, Roscille arrisca fazer uma pergunta.

— Elas sempre dizem profecias ao senhor?

Macbeth se vira, surpreso, mas não aborrecido.

— Às vezes é uma profecia. Outras, algum conselho. Suponho, porém, que todos os conselhos sejam profecias. Um aviso do que acontecerá se agir ou não.

Talvez seu marido seja mais sábio do que o bruto que ela achava que ele era.

— Elas diziam profecias para o seu pai também?

O rosto de Macbeth estremece. Ela foi longe demais.

— Não cabe a você saber tanto, Lady Roscilla — retruca ele. — Esse poder é apenas para o Thane de Glammis.

Ainda assim, ele respondeu à pergunta. O pai e o avô dele foram também Thanes de Glammis — ela aprendeu isso em Naoned, antes de se casar. Ocorrências deste tipo são raras em Alba, e até mesmo em Breizh. Títulos são coisas escorregadias. Às vezes, escapam das mãos do pai antes que possa ser passado para um filho. Um direito de nascença nunca é uma garantia. Gerações inteiras já foram extintas em uma única batalha. Coroas e castelos contrabandeados, derretidos em forjas ou queimados até virar cinzas.

Há poder em sustentar o mesmo título durante a vida de três homens, mas também há perigo. O tempo não fortalece coisa alguma. Apenas definha.

Macbeth abre a porta, e o vento frio e salgado sopra as saias dela para trás. O véu de Roscille entra em sua boca. Ela tosse e atravessa a soleira, entrando na escuridão torta e irregular da caverna. A tocha no centro ainda está acesa e lança padrões estranhos no teto — não, não são padrões, nada que dê para entender, mapear ou fazer sentido. É obscuro. Não cabe a ela saber.

As correntes cantarolam sua canção distorcida, tilintando como sinos. Elas surgem da escuridão, pálidas e repentinas como relâmpagos. No brilho esmorecido, a pele branca fica de uma cor iridescente e nauseante, escorregadia e doentia, como a aparência da carne que começou a apodrecer. Desta vez, Roscille não faz o sinal da cruz, apesar do instinto de se benzer.

Macbeth entra na água. O tecido nas mãos da bruxa está tão molhado que fica translúcido, revelando os nós dos dedos delas. Repetidamente, elas batem a roupa na água, erguendo-as, torcendo-as, mergulhando-as outra vez. Não parecem ter notado Macbeth até ele chegar mais perto da tocha, e então erguem os olhos leitosos e cegos.

— Macbeth — diz a do meio. Os dentes de sua boca estão quebrados, mas são afiados.

— Macbeth.

— Macbeth.

Ele reconhece cada uma delas.

— *Buidseach. Buidseach. Buidseach.* A profecia se cumpriu. O Thane de Cawder está morto. Eu visto seu manto agora.

— Então o Thane de Cawder vive — diz a bruxa à esquerda. A voz rouca contém um divertimento irônico, como se estivesse entretida com a zombaria.

É a primeira vez que Roscille pensa nelas como sendo remotamente humanas. Servindo aos seus próprios propósitos, em vez de agirem apenas como uma extensão da vontade do marido.

— Sim — responde Macbeth, com a voz carregada de frieza. — Mas existe traição em Glammis. Alguém do meu próprio clã está agindo contra mim.

A luz da tocha brilha nos olhos das bruxas, como peixes prateados nadando na água turva, mostrando-se apenas em vislumbres rápidos e intensos.

— Busque a traição — murmura uma delas.

— Estou buscando — diz Macbeth. — Até agora, não consegui encontrá-la. Que conselho podem me dar?

As bruxas murmuram num tom inteligível entre si. Roscille se pergunta se elas sequer sabem que ela está ali. Nunca indicaram estar conscientes de sua presença. Será que a presença dela ali é um vazio, não causando sequer uma mudança na corrente de ar parado?

— Nenhum conselho — diz a bruxa do meio, por fim. — Outra profecia. Gostaria de ouvir?

O rosto de Macbeth está úmido, a condensação gelada acumulando em sua barba.

— Sempre.

— Salve, Macbeth — diz a da esquerda. — Thane de Glammis.

— Salve, Macbeth — diz a da direita. — Thane de Cawder.

Há uma pausa. A água pinga em algum lugar no silêncio.

— Salve, Macbeth — diz a do meio. Ela ergue a cabeça em direção ao teto, para as pedras afiadas que rasgam o ar como adagas, para a água que escorre como areia pelo sifão de uma ampulheta. — O futuro Rei.

E então, começam a bater na água e gritar, em uma alegria desenfreada e bizarra, enquanto uma pedra endurece na garganta de Roscille e desce até seu estômago, e Macbeth se vira para ela com uma expressão incrédula, que logo se transforma em prazer.

— Salve, Macbeth!

— Salve, Macbeth!

— Salve, Macbeth!

— Fez-se ouvir — diz Macbeth, em um espanto maravilhado. — *O futuro Rei*. Quando é dita, a profecia não pode ser desfeita.

Ele vai até onde Roscille está, caminhando com dificuldade pela água. As bruxas gritam atrás dele, tão alto que Roscille não consegue acreditar que não sejam ouvidas além dessa caverna, que não ecoe pelos corredores, o som e a fúria sinalizando a carnificina que está por vir.

Macbeth quase escorrega nos degraus e estica o braço para se segurar. Roscille não sabe o que a leva a fazer tal coisa, mas estende a mão, segurando o braço dele e o firmando. O sorriso no rosto do marido é quase inocente. Mas essa inocência parece perturbadora na escuridão, com o uivo das bruxas ao fundo, com as palavras que tornam o ar sujo e sufocante.

— Você entendeu? — pergunta Macbeth, ao se endireitar. Ele segura os dois pulsos dela com uma mão só, puxando-a para si, até que seus rostos estejam próximos.

O coração de Roscille vacila.

— Eu sou apenas uma mulher…

— Não — diz ele. Ele a aperta com força o suficiente para deixar hematomas. — Você é Lady Macbeth. A futura Rainha.

5

Roscille passa a mão pelas grades do canil, e os cães se aproximam, choramingando e fungando, lambendo a palma dela com suas línguas ásperas. Uma dúzia de bocas se rangendo, pingando saliva. Línguas rosadas passando entre os dentes amarelos e afiados.

Ela sempre gostou de animais. Eles não fogem dela, diferente dos homens. São descomplicados, alheios à moral. Preocupam-se apenas com a própria sobrevivência e os prazeres mais ingênuos. Mesmo que isso signifique provocar o sofrimento — o pescoço de um coelho quebrado por aquelas mandíbulas poderosas, um macho rival de barriga para cima, choramingando por misericórdia.

Roscille se conforta ao dizer que está fazendo a mesma coisa: sobrevivendo. Seus dedos ficam molhados com as lambidas dos cães, que provavelmente estão sentindo o cheiro da refeição que ela comeu pela manhã. Ainda assim, quanto mais ela tenta se convencer de que não é uma pessoa ruim, menos acredita nisso. Afinal, um cão sempre é cruel com o veado ou a raposa que encurrala na caçada. Ela tira a mão do canil.

Pelo menos o fluxo constante de camponeses até o castelo cessou. A profecia tomou conta da mente do marido, tornando o medo dele de traição insignificante em comparação. Mas o sangue que foi estancado será compensado mais tarde; Roscille sabe disso.

O futuro Rei. Os cães ganem, empurrando o focinho contra as barras.

Como se os pensamentos dela o tivessem invocado, Macbeth entra no canil. As portas de madeira estão entreabertas apenas o suficiente para

Roscille passar de lado, o que ele faz, sem perder tempo em empurrá-la; ele deixa que seu peito grande e estufado as escancare. A luz entra em um feixe único, deixando uma faixa na terra.

Ela estava abaixada antes, mas agora se levanta.

— Milorde.

Ele não pergunta o motivo de a esposa estar ajoelhada em meio aos cães.

— Lady, Fléance me informou que a carta está com você.

Uma sensação fria se espalha pela barriga dela.

— Sim. Aqui.

Roscille enfia a mão por entre as dobras da saia e retira o pergaminho selado. Ela o manteve consigo desde o instante em que carimbou a cera.

— Fléance me ajudou a escrever a carta — diz, entregando-o a Macbeth.

Outro laço unindo os dois.

Os dedos de Macbeth amassam o pergaminho.

— Deverá aprender a escrever em escocês, pois agora essa é sua língua. Vou mandar um dos Druidas ensinar a você.

— Obrigada, milorde.

— Não é nada que mereça um agradecimento. Esse é seu dever.

A futura Rainha. Roscille sente a garganta inchar, comprimida pela corrente de ouro. Ela observa o marido enquanto ele coloca a carta no bolso da capa e depois desaparece. Ela pensou que tinha criado um talismã de proteção, algo que poderia impedir o derramamento de sangue no campo de batalha ou nos lençóis de seu leito conjugal. No entanto, ela apenas criou um instrumento de violência.

Ainda assim, não tinha como Roscille saber disso. O mundo era diferente antes das bruxas proferirem aquela profecia. Agora, todos os olhares trocados entre Macbeth e o rei serão chamuscados pela fumaça, tocados pelo veneno.

As lampreias circulam sem parar na pequena piscina.

— Eu... eu ainda não fiz meu segundo pedido — gagueja Roscille.

Macbeth arqueia as sobrancelhas. Por um momento, ela teme ter julgado mal sua posição. Talvez Macbeth não seja obrigado a cumprir esse antigo costume, como ela pensava. Ou talvez a profecia o tenha imbuído de uma arrogância tão grande que ele já não se importa mais com suas correntes.

Contudo, ele simplesmente responde:

— Então faça-o agora.

Isso, ainda, é arrogância. Macbeth pensa que não há nada neste mundo que ele não possa possuir. Seja lá o que Roscille disser a seguir não será um obstáculo; será apenas uma maneira de ele reforçar a própria posição, provar sua força. Mas ela está ciente disso. Ela teve muitas horas para deliberar e escolher suas palavras. Seu pedido é uma maçã, e a primeira mordida doce não revelará o miolo podre da fruta.

— Existem tantas criaturas lindas e exóticas em Alba — diz ela. — Algumas que nunca vi antes. Ficaria muito feliz de ter uma capa, costurada com a pele de seis animais brancos diferentes.

O segundo pedido é um sucessor natural do primeiro. Na superfície, ainda mostra a inocência dos dezessete anos, as indulgências persistentes da corte de Barba-torta. Mas também mostra uma mudança que Roscille crê que o agradará. Ela deseja uma capa feita do solo da Escócia. Quer revestir o corpo com as belezas naturais de seu novo lar. Se antes era uma dama de Breizh, com um pé ainda submerso nas águas gélidas do Loire, agora começou sua travessia e depositou o outro pé com firmeza nas terras rochosas de Glammis.

E o pedido também revelará outra coisa: que ela não está mais tão determinada em manter o marido longe de sua cama. Esse pedido parecerá mais simples do que o primeiro, como se a resistência de menina estivesse anulada. Seis peles brancas podem ser obtidas em uma única caça, uma incursão tempestuosa entre as florestas e os campos, com as pontas de lanças reluzindo e as bochechas coradas. Isso pode ser realizado em uma única tarde.

Ao menos, é o que pensa Macbeth. Ele sorri, satisfeito com todas as coisas que Roscille arranjou para agradá-lo.

— Muito bem — diz ele. — Uma capa de peles brancas. Combinará lindamente com seu tom de pele.

Macbeth leva a mão até a bochecha dela. Ele está usando luvas, e o couro é tão macio quanto pétalas. Deve ter sido feita com couro de um novilho para ser tão suave assim.

— Obrigada — responde Roscille.

Ele tira a mão do rosto dela e diz:

— Seu pai me informou que você tinha certo carinho por animais.

A pele dela pulsa, acalorada, uma pressão que pode se transformar em pânico. Por que o Duque teria contado a Macbeth uma informação tão fútil? Por que ele imaginou que Macbeth gostaria de ouvir isso? Ela só consegue pensar no que aconteceu no estábulo naquele dia. O sangue brilhando na mão do pai; a morte invisível do rapaz. Será que ele contou essa história para Macbeth? O que mais Macbeth sabia?

O silêncio de Roscille se prolonga tanto que Macbeth estreita os olhos.

— Barba-torta relatou algo errôneo?

— Não — ela consegue dizer. — Ele não se equivocou.

Na presença de Macbeth, os cães se aquietaram, ganindo baixinho no canto do canil. Devem se lembrar da sensação das botas dele contra suas barrigas, os açoites nas costas. Roscille sente pena dos animais.

— Bem — diz Macbeth, aprumando a postura. — Vista-se com o que tiver de melhor. O rei está vindo.

O rei está vindo, e o castelo se prepara para sua chegada como um guerreiro se prepara para a batalha. O rei está vindo, e tudo que Roscille pode fazer é colocar o vestido mais bonito e os sapatos mais macios. Ela passa um bom tempo ponderando se deve cobrir ou não o cabelo. Não é tradição em Glammis, como esses últimos dias a ensinaram. Duncane, contudo, é um homem bastante devoto. É o tipo de homem que os bretões considerariam justo. Ele faz o chanceler vestir um hábito de linhas de ouro e o convida até a sala de estratégias para receber conselhos, a fim de garantir que cada guerra travada seja uma guerra sagrada. Saber que Roscille segue a modéstia apropriada para uma mulher cristã e casada o agradaria, embora ela tema que isso vá irritar o marido, ao escolher agradar o rei em vez dele.

A futura Rainha. Roscille abre o baú no pé da cama e tira de lá um vestido azul acinzentado. Foi costurado no estilo da corte de Barba-torta, mas não houve tempo para mandar fazer nenhum vestido que se adequasse aos costumes de Glammis. Roscille não sabe sequer qual seria a aparência de um vestido desses. Não há nenhuma outra mulher ali.

Vestir-se sem Hawise ainda é uma tarefa difícil. No fim, ela decide deixar o cabelo solto e descoberto, mas volta a usar o véu nupcial mais pesado. Duncane desejará uma barreira a mais de proteção contra seu olhar que carrega o toque da morte. Ele conhece as histórias. Fareja bruxaria como um cão de caça.

Ela ainda está inquieta com a pergunta de Macbeth no canil. Esse tempo todo, ela acreditou que ninguém mais em Glammis fosse astucioso; julgara ser um arminho solitário entre javalis ruidosos. Agora ela está começando a considerar que o marido tem artimanhas próprias, escondidas pelo exterior bruto. E não há nada mais perigoso do que uma criatura que finge ser uma coisa, quando, na verdade, é outra.

Desta vez, o véu nupcial é um peso reconfortante. Ela não quer ver esses homens — nenhum deles. Roscille sente que não pode mais confiar nos próprios olhos. Existe outro mundo, um que se espalha friamente debaixo daquele que ela sempre conheceu. Água escura e palavras mais sombrias ainda. Augúrios ensanguentados. As pedras da civilização que foram construídas sobre a loucura bruta e perversa.

Roscille não recebe o rei no pátio. Ela permanece no salão principal do castelo, com Fléance, enquanto Duncane e seus acompanhantes são guiados pelos corredores sinuosos. A cicatriz de Fléance está ficando azul-esbranquiçada, mas ainda se mantém alta e feia o suficiente para que qualquer um que o veja saiba que sua vida quase foi ceifada. Uma mentira, é óbvio, mas que diferença faz? A maior parte das coisas com as quais os homens se importam são de invenção própria — títulos, honras, coroas — e impostas para o resto do mundo.

— O chanceler não fará mais nenhuma cruentação — murmura Fléance. — Estamos seguros.

Roscille abre a boca para responder, mas então o arco de entrado do salão principal se enche de pessoas. O marido vem primeiro, muito maior que todos os outros presentes. Banquho está ao lado dele, seu braço direito. Logo atrás, um punhado de soldados, curiosamente vestidos de modo distinto dos escoceses que são: sem o tartan, com as barbas e os cabelos curtos.

Depois, Duncane aparece. Ele é tão pequeno e corcunda que ela quase não o enxerga entre os homens. Com os ombros encurvados, ele parece velho o suficiente para ser um avô ou tataravô. A barba curta é falhada e grisalha. Quando ele se aproxima da luz das tochas, Roscille consegue ver as marcas fundas em sua pele, as bolhas vermelhas do nariz e o brilho marejado dos olhos castigados pelo vento. Ele para um instante para tossir. Dois de seus homens o ajudam a subir no tablado, onde ele logo se afunda na cadeira de Macbeth.

An t-llgarach é seu apelido na Escócia. O que definha. Ninguém sabe o nome da doença, nem a causa. Dizem que Duncane costumava ter o vigor de um homem com metade da sua idade, até que um dia foi abatido, como se tivesse recebido uma praga diretamente de Deus. Mas isso não pode ser punição divina. Deve ser apenas um acidente cruel da natureza. Duncane é um soldado leal a Deus e um soldado poderoso. Ainda assim, Roscille não consegue imaginar que o homem a sua frente seja o mesmo que escreveu aquele tratado cruel que ela lera.

A abundância temerosa neſte período em noſa terra, de Bruxas ou feiticeiras, levou-me a grafar o ſeguinte tratado de minha autoria. Meu intuito com eſſe trabalho é comprovar apenas duas couſas: hum, que artes diabólicas exiſtiram & exiſtem. Dous, que tipo de julgamento & punição ſevera lhes cabe.

Ainda é um mistério para Roscille como Macbeth foi convencido a se casar com uma criatura como ela — e como ele é imprudente o suficiente para mostrá-la abertamente a um rei que detesta bruxas com cada gota doente do sangue que corre nas veias.

Macbeth sabe que não deve fazer careta ao ver o rei sentado em sua cadeira.

— Minha esposa, Lady Roscilla — ele a apresenta.

Duncane ergue o olhar anuviado para ela. Quando fala, é com uma clareza que contradiz seu estado debilitado e a pele morta acumulada nos cantos da boca.

— Não compreendo por que você sempre se sente compelido a se casar com mulheres tão controversas — diz ele. — Mas confio que manterá sua nova esposa tão mansa quanto a primeira.

Nova? A mente de Roscille tropeça nessas palavras. Ela é a segunda esposa de Macbeth? Ninguém a informou disso. Será que seu pai tinha sido informado? E o que aconteceu — ela precisa saber, *precisa* — com a primeira Senhora de Glammis, a outra Lady Macbeth?

— Roscille é dócil como um carneirinho — diz o marido.

O coração dela bate rápido diante dessa revelação. Deve haver um motivo para terem ocultado dela uma informação vital desse tipo. Talvez a primeira Lady Macbeth tenha sucumbido a alguma enfermidade; talvez o marido ainda sofra demais com a perda para tocar no assunto.

No entanto, Roscille não pode se deixar acreditar em um pensamento tão banal. Não quando o marido esconde um segundo mundo inteiro embaixo do castelo, com bruxas acorrentadas, forçadas a papagaiar profecias. Ele é traiçoeiro, como a lateral escorregadia e fria de um penhasco. E tem camadas, como faixas estriadas de erosão, verdes, brancas e com cor de ferrugem como os açoites deixados pelo mar. Cada vez que ela pensa que o conhece, o nível da água abaixa mais, e outro tom é revelado.

Roscille está em silêncio, apavorada, quando dois outros homens entram no salão.

São tão diferentes quanto as estações do inverno e do verão. Um deles é baixo, corpulento, com cabelos e barba acobreados. O rosto é de um vermelho agradável, como se a jornada até ali tivesse sido uma viagem vigorosa a cavalo, em vez de protegida dentro de uma carruagem. Os passos são robustos e ávidos. Ele vem até o tablado e se senta ao lado do rei, abrindo o maxilar protuberante para bocejar. Só pode ser um príncipe.

— Milorde — diz ele, acenando para Macbeth. — E Lady. Eu vos agradeço por nos receberem.

— Meu filho — diz Duncane. — Evander.

Evander, a variação em latim de um nome escocês comum. Iomhar ou Ivor, poderia ter escolhido qualquer um dos dois. Ainda assim, o rei escolheu latim. Isso não é insignificante.

O segundo homem também é um príncipe. O rei tem dois filhos. Mas esse homem não caminha da maneira cuidadosa de um príncipe nem se senta ao lado do pai. Em vez disso, para na beirada do tablado — escuro onde o irmão é claro, pálido onde o irmão é corado pelo Sol.

— Meu filho mais velho — diz o rei. — Lisander, príncipe de Cumberland.

Lisander também é um nome estranho para um escocês. A mãe (já morta, que faleceu ao dar à luz), uma prima distante de Æthelstan, era muito devota. Æthelstan agora se autodenominava de *rex Anglorum*, rei dos ingleses, e teve a autorização do papa para fazer tal coisa. Talvez aqueles nomes sejam para agradar ao povo de sua mãe morta. Em angevino, ele seria Landevale; em nórdico, Launfale. Em brezhoneg, Lanval.

Ele é muito bonito. Alto, mas não corpulento. Quando se move, é com uma graça surpreendente em seus membros que faz Roscille pensar no *capaill-uisce*, o cavalo d'água, que se transforma em homem para seduzir donzelas que o seguem até o lago e se afogam. (Se a mulher-serpente Melusina tivesse um consorte, seria uma criatura assim, pensa Roscille.) O cabelo do príncipe é preto e brilha como o oceano sob o luar. As feições são elegantes — quase delicadas, de uma forma incomum para homens.

É uma beleza que seria devidamente apreciada em Breizh, ou Anjou, ou até mesmo Paris, uma beleza que faria as meninas da cozinha ficarem com os joelhos fracos, que as fariam tropeçar, estabanadas, umas nas outras, só para atrair o olhar dele. Só que ali em Alba, Roscille sabe que deve ser motivo de desprezo, desconfiança, até mesmo avareza. *Que tipo de homem tem 20 anos e não carrega nenhuma cicatriz de batalha?* Um homem cuja coroa foi dada a ele como se dá um brinquedo a uma criança. Um homem cuja coroa pode ser retirada de suas mãos facilmente.

É verdade que o príncipe não possui nenhuma cicatriz que Roscille consiga ver. É estranho ver uma pele tão imaculada depois de passar semanas observando apenas o marido e seus homens, todos desgrenhados e grosseiros, cobertos de cicatrizes antigas. O rosto do príncipe é pálido e não tem barba, sem nenhuma marca exceto as olheiras escuras e profundas sob os olhos. Ele parece muito, muito cansado.

— Milorde. — Lisander assente para Macbeth, e então se vira para ela, falando em brezhoneg. — Lady Roscille. O que dizem é verdade. É tão linda que a própria Lua tem vergonha de se mostrar no céu.

Roscille. O nome bretão. As sílabas familiares não acariciam seus ouvidos há bastante tempo. Se os cortesões do Duque a vissem agora, saberiam que ela de fato consegue corar.

— Eu não sabia que o príncipe de Cumberland era um poeta — diz ela, sentindo o calor subir ao rosto.

— Mal sou um príncipe e muito menos um poeta.

A sala mergulha em um silêncio desconfortável. A sucessão de Duncane ainda é uma questão pendente, embora seja um mistério o porquê. Lisander é o mais velho; pelas leis de qualquer reino, sua cabeça deveria ser a próxima a usar a coroa. Duncane, entretanto, ainda não o declarou herdeiro.

Roscille se pergunta se ele sofre de alguma enfermidade, assim como o pai. Não, não parece ser o caso. Duncane teria rapidamente descartado um filho doente para favorecer o outro. Até mesmo um bastardo poderia ser nomeado, se o primeiro filho legítimo sofresse de alguma doença — os escoceses entenderiam; não há tempo a perder sentindo pena de um cavalo manco ou uma galinha que não bota ovos. Evander teria sido nomeado, e não haveriam mais perguntas. Mas ele não foi e, apesar do rosto cansado e pálido, o príncipe de Cumberland não parece sofrer de problemas de saúde.

Banquho pigarreia, encerrando o silêncio inquietante.

— Milordes. Espero que a viagem não tenha sido penosa.

— Não foi tão penosa — responde Evander. — Paramos e descansamos no castelo de Macduff. Fica a um dia de distância cavalgando.

Roscille não deixa de notar a forma como Macbeth enrijece com a menção do nome. Ela se pergunta se existe alguma discórdia particular entre ele e esse outro lorde, ou se simplesmente se incomoda com qualquer homem que tem o rei em seu círculo de companhias.

— Seus aposentos foram preparados — diz Banquho. — Espero que essa noite também possam descansar.

Evander começa então a agradecer os anfitriões, a falar sobre jantares e caças aos cervos, e, é óbvio, de cerimônias para nomear oficialmente Macbeth como Thane de Cawder. Lisander fica imóvel e em silêncio. O abismo entre os dois irmãos parece mais vasto do que antes. Deveria ser o filho mais velho a fazer tais arranjos e trocar cordialidades. Que estranhas circunstâncias ocorreram para inverter seus papéis de maneira tão extrema?

Escondida pelo véu, Roscille observa Lisander. Ela pensa que está sendo furtiva, mas não está — o olhar dele encontra o seu, como se pudesse senti--lo. Os olhos dele são tão verdes quanto a cauda de uma serpente e, no rosto cinzento, são curiosamente brilhantes como pedras preciosas.

É nesse momento que o marido pega a carta no bolso do manto. A carta de Roscille. O sangue dela fica gélido. Ele entrega o pergaminho ao rei, cujas mãos se elevam, tremendo, os dedos pesados pelos anéis de ouro. Demora um tempo considerável para os dedos finos conseguirem segurar a carta. Ele a encara, piscando, esforçando-se para limpar a umidade dos olhos, mas não consegue.

— Pai — diz Lisander. Ele dá um passo à frente e, sem mais outra palavra, o rei lhe entrega a carta.

O colar parece apertar ainda mais o pescoço de Roscille. Lisander rompe o selo e desdobra o papel.

— Foi descoberta entre os pertences do Thane de Cawder — diz Macbeth. — Por muito tempo, a traição se instaurou como algo podre em Cawder. Acredito que a carta é uma prova disso.

Os olhos de Lisander correm pela página. As bochechas de Roscille esquentam. Ele poderia encará-la com a mesma intensidade; ela sente o calor do seu olhar como se estivesse percorrendo a pele dela, em vez do papel. Fléance a guiou, mas talvez ainda exista algo em sua caligrafia que entregue a falsidade. Talvez exista algo inconscientemente feminino em sua escrita. Ou talvez seja apenas o fato de que os sentidos de Lisander não estão embotados como o do pai. Nenhuma doença do corpo deixa a mente intocada.

Duncane tem vivido essa existência póstuma há anos, desde o nascimento dos filhos. Há uma cicatriz de trepanação em sua testa: o lugar onde um Druida o cortou até o crânio para permitir que os espíritos malignos saíssem. Não funcionou, e agora ele carregará aquela marca mortificante para sempre, até sua morte lenta e miserável. Não existe honra em morrer de enfermidade.

Por fim, Lisander ergue o olhar.

— O escritor profere estar infeliz com seu governo — diz ele. — Mas apenas nos termos mais vagos. Não existe um plano para destronar a Casa de Dunkeld.

Roscille fica ainda mais vermelha. Ela escreveu a carta de maneira vaga de propósito — temia que as minúcias pudessem ser sua ruína —, mas agora o olhar de Macbeth se volta para ela, apenas por um instante. O mesmo medo da noite de núpcias invade seu corpo, gélido e familiar, como a água inundando os rios tributários costumeiros.

Duncane encara um ponto além — encara o nada, encara o ar cheio de poeira.

— Melhor matar a serpente enquanto ainda está no casulo — diz ele.

Um sorriso lento e satisfeito domina o rosto de Macbeth.

— Sabia que estava cumprindo a sua vontade — responde ele. — Se restar alguma serpente em Cawder, quebrarei suas espinhas e arrancarei suas presas.

O rei assente. É um gesto doloroso de se ver, a cabeça oscilando, frágil, no pescoço fino.

— Essa é, de fato, a minha vontade — retruca ele com a voz áspera.

Jantares, cerimônias. Nenhuma caçada ao cervo — ainda. Roscille não consegue deixar de se perguntar quando Macbeth partirá para cumprir seu segundo pedido. Ela se tranquiliza dizendo a si mesma que isso só deve ocorrer após a partida de Duncane. Por ora, ele está ocupado demais com outros assuntos.

Estão sentados no saguão principal, que foi reconfigurado para receber o rei. Uma mesa maior foi posta sobre o tablado, com espaço para Duncane e seus filhos, Macbeth e Roscille, e para Banquho, que ocupa a outra ponta. Duncane está ao centro — mas não de verdade. Há um número par de ocupantes, então não existe um meio exato. O centro seria em algum lugar entre Macbeth e Duncane. Neste instante, o centro é um espaço vazio, nada além de ar e respirações.

Roscille leva à boca pequenas colheradas do ensopado, tarefa nada fácil de se fazer sob a renda espessa do véu. Ela não o removeu, mal o levantou. Teme fazer isso na presença de Duncane. O véu, no entanto, permite que ela olhe para onde quiser sem ser notada. Ela olha para Lisander do outro lado da mesa, que deixa a maior parte da comida intocada. Ele a observava antes — ela sabe que não imaginou isso —, mas os olhos dele já não a buscam.

Ela se vê curiosa sobre aquelas olheiras escuras. O que mantém o príncipe de Cumberland acordado à noite? Seria ele um erudito, devoto como seu nome sugere, do tipo que passa horas mergulhado em alguma tarefa filosófica até que as velas se apaguem por completo? Talvez. Ou será que ele se entretém, como tantos outros homens, com as mulheres — ajudantes da cozinha ou escravas de prazer? Isso é mais difícil de imaginar. Decerto desagradaria ao pai, Duncane, o homem justo. Por algum motivo, esse pensamento também a desagrada. Desperta nela um sentimento estranho, serpenteante e verde, que invade sua barriga.

Ele é metade inglês — seria ele é o leão de Æthelstan, nobre e preeminente? Ou o unicórnio do sangue paterno, místico e puro? O cervo audacioso da Irlanda, ou o dragão escamado de Gales? Todas essas criaturas selvagens e livres, estampando a virtude dos homens. Pelo jeito que o olhar dele percorre o salão de forma tão límpida, ela se pergunta se ele é o arminho de Breizh: astucioso, um mestre do disfarce. Há um brilho naquele olhar que ela não consegue decifrar. Ela o observa até que os olhos de Lisander *finalmente* pousam sobre ela, e ela desvia os dela, sentindo a pele se arrepiar.

O recebimento do novo título de Macbeth se resume ao seguinte: o marido se ajoelha perante o rei. O rei faz um sinal da cruz com os dedos trêmulos e cheios de joias. A coroa dele, um simples aro de ferro, mal disfarça a marca da trepanação em sua testa. O contraste entre a coroa simples e os anéis espessos e reluzentes é marcante, mesmo à distância. Roscille descobrirá mais tarde que esses anéis são mais funcionais do que decorativos — servem para manter os dedos trêmulos do rei no lugar, impedindo que escorreguem das juntas. Fraqueza, fingindo-se de força.

— Thane de Cawder — diz ele. — Levante-se.

E Macbeth se levanta, sua grandiosidade deixando o rei diminuto. Faz com que o ritual pareça absurdo, tornando a imagem perversa. Um lobo ajoelhando-se para uma ovelha. Ele volta ao assento, e a refeição prossegue em silêncio por um bom tempo. Roscille se vira para Lisander outra vez. O príncipe de Cumberland que ousou falar com ela em brezhoneg.

Não há motivo algum para ele saber o idioma dela, e, ainda assim, ele sabe. Ela imagina Lisander falando outra vez: não apenas o que ele diria, mas a forma que a boca dele tomaria ao dizer, a carícia da língua nos lábios, o vislumbre rápido e branco dos dentes. Ela quer se banhar nas águas límpidas e azuis dos sons ditongos e das vogais do brezhoneg, e limpar a sujeira da Escócia. Para isso, teria que se despir por completo — tirar o véu, o colar de rubi — e revelar sua pele ao ar. Pensar nessas coisas enquanto olha para o príncipe de Cumberland faz com que o rosto dela esquente. Ela precisa desviar o olhar mais uma vez.

Quando o banquete chega ao fim e os criados começam a recolher as travessas, Evander entra numa conversa com Banquho, organizando a caçada para o dia seguinte (muito vinho foi bebido entre os dois, e as vozes são barulhentas, as sílabas chegando a arranhar o teto). O rei desce do tablado com a ajuda dos dois auxiliares, que mantiveram as espadas embainhadas ao lado do corpo o tempo todo. O rei em si não está armado. Ninguém entretém a fantasia de que ele é forte o bastante para erguer uma arma.

— Está satisfeito com os seus aposentos? — pergunta Macbeth.

Duncane pisca.

— Com os meus aposentos, sim. Mas, para meu filho, dê um quarto sem janelas.

Ele aponta para Lisander, que não diz nada para confirmar ou negar tal coisa. Um quarto sem janelas? Tanto Roscille quanto o marido ficam pasmos diante de um pedido tão estranho. Todas as explicações criadas pela mente dela soam vaziais e triviais: que ele não consegue dormir com o som do vento tão próximo, que o ar salgado o deixa enjoado, que tem medo de altura e não quer ser lembrado dos rochedos íngremes sobre os quais o castelo de Glammis foi construído. A expressão de Lisander não entrega nada.

Depois de um instante, Macbeth diz:

— Um quarto ao lado do pátio, então. Direi aos criados para mostrarem o caminho.

Todos partem: o rei, os auxiliares, Lisander, Evander, Fléance e Banquho. A sala se esvazia de todos os outros ocupantes, até mesmo os criados atarefados se vão. Roscille e o marido ficam a sós. O ar está pegajoso com o cheiro do banquete, espesso com o aroma de vinho e suor. Ela ajusta o colar no pescoço; sente a coceira ficar mais intensa sob o ouro.

Quando os passos dos outros homens desaparecem, Macbeth se vira para ela.

— Quase me desonrou — diz ele. — Com aquela carta.

Sua voz é áspera e baixa. A raiva aparece nas linhas do rosto dele, as linhas que a lembram que ele tem o dobro da idade dela, que ele teve uma esposa antes dela (*Como? Quem?*). O coração de Roscille estremece.

— Eu peço perdão, milorde — diz ela. — Eu não sabia... Não queria...

— O príncipe de Cumberland é muito astuto — interrompe Macbeth. — Existe a possibilidade de que ele tenha percebido a farsa. E tudo porque sua mão fraquejou. Foi por seu conselho que acusei Cawder de traição.

Ela se surpreende ao ouvi-lo admitir aquilo, que ele agiu sob a diretriz dela. Que foi tudo orquestrado pela mão dela. Roscille respira fundo, tentando se firmar.

— Peço perdão por ter fracassado com o senhor — responde ela baixinho. — Por favor, milorde, diga-me o que posso fazer para consertar isso.

Ela mal terminou de falar antes de Macbeth a agarrar pelo braço. Ele a puxa na direção dele. Roscille fecha os olhos e abaixa a cabeça, mordendo o lábio inferior com um choramingo.

Ela receberá um golpe: já viu acontecer centenas de vezes com mulheres, golpes desferidos pelos maridos, pais ou irmãos, amantes ou senhores. Um dos cortesãos do Duque mostrou a Hawise o dorso da mão dele e, durante uma semana, um hematoma violeta manchou a bochecha dela. Todas as vezes que Roscille olhava para a marca, ela era tomada por uma raiva doentia e feroz. Nunca bateram em Roscille, porque ela era uma dama nobre, uma filha zelosa e, agora, uma esposa. Foi tola o bastante para acreditar que o Duque jamais permitiria um ataque tão terrível contra sua pessoa. Porém, o pai que ela julgou conhecer desaparecera daquele mundo. Ele era, no máximo, um fantasma — nada sólido o suficiente para se colocar entre a mão de Macbeth e a bochecha dela.

No entanto, o marido não dá um tapa nela. Em vez disso, ele arranca o véu do seu rosto. Roscille fica tão chocada que não consegue evitar soltar um grito, um ruído curto, interrompido. Antes que possa se mexer ou falar verdadeiramente, a mão larga e cheia de calos de Macbeth cobre os olhos dela. Deixando-a sem visão por completo. O mundo fica escuro, nadando com estrelas turvas.

O outro braço dele a prende pela cintura, apertando-a contra seu peito. A boca de Macbeth fica ao pé do seu ouvido. A voz umedece a sua nuca.

— Eu sei o que você é — diz ele. — Dizem que você é amaldiçoada, uma cria de bruxa, mas não é verdade. Você é mais do que uma donzela azarada, fadada a ter uma beleza sobrenatural. Suas artimanhas vão além daquelas feitas pela filha bastarda de um duque. Eu conheço a bruxaria. Consigo sentir o cheiro do poder dentro de você, como a fumaça de uma pira acesa. O aroma que queima a pele. Você não encanta por acidente. Você compele.

— Por favor. — Ela engasga com a palavra, soluçando. — Eu não tenho poder nenhum.

— Não minta para mim — rosna ele. — Você é a minha esposa.

A mente dela se esvai entre as rachaduras do chão, caindo nas águas profundas.

— Eu nunca o machucaria, milorde, eu juro. Por favor. Não sou uma espiã ou traidora...

Ele gargalha de repente, e sua saliva atinge a bochecha dela.

— Me machucar? Eu não penso em você como espiã ou traidora. Se fosse, Barba-torta teria disfarçado melhor.

— Ele não teria... — As lágrimas fazem os olhos dela arderem. — Meu pai jamais trairia um aliado ou faria um acordo falso.

Só que ela não sabe disso. O pai se tornou uma figura obscura para ela. *Você é a criatura que eu quiser que seja.* Ainda assim, cega como está, ela não consegue ver as próprias mãos, se estão manchadas de sangue. Ela sente as pontas dos dentes — são afiadas ou cegas? Talvez tudo isso esteja acontecendo conforme seu pai planejou, um plano mais profundo e mais traiçoeiro do que ela poderia imaginar — ou talvez ela queira acreditar que exista uma estratégia por trás de tudo, porque isso é mais suportável do que pensar que o pai dela simplesmente a lançou no abismo para se afogar.

A mão de Macbeth é tão grande que também cobre seu nariz. Ela só consegue respirar pela boca, sorvendo o ar como um peixe fora d'água.

— Não pense mais no seu pai — diz ele. — Você não é mais uma dama de Breizh. Você é uma dama de Alba, de Glammis, de Cawder. Lady Macbeth. E se quiser, pode ser ainda mais.

Ela não consegue enxergar, mas seus outros sentidos se fortalecem como os homens chamados à batalha e sustentam os mecanismos de sua mente como espólios de guerra: sangue. Ela sente o gosto na língua. O cheiro no ar. Sente se acumular nas mãos dela e pingar no chão.

— Mais? — Ela consegue dizer.

Macbeth retira o braço que segurava pela cintura. De forma lenta, quase carinhosa, ele afasta os cabelos dela do rosto.

— Você é minha esposa — repete ele. Mais baixo, quase um sussurro. — Seu propósito está vinculado ao meu. E não sou um homem fraco. Fui reconhecido por profecia. Não existe um homem que desperdiçaria o que é seu por direito.

Roscille engole em seco. O rubi se pressiona mais na garganta.

— *O futuro Rei.*

— Sim. — Macbeth respira aquela palavra. — E agora você é a adaga em minha mão.

6

O véu está rasgado e não pode ser consertado. Macbeth a deixa ali, e Roscille cambaleia pelos corredores escuros, mantendo os olhos no chão. Sob seus pés, a água se eleva, encontrando o chão, e se dissipa outra vez, deixando labaredas de espuma que ela consegue ouvir, pela forma como escumam como gordura.

Ela se lembra de como as mãos do rei tremeram enquanto ele fazia o esforço de levar o cálice até a boca, como o vinho escorrera dos cantos abertos da boca, das gotas que manchavam o gibão. O Rei Duncane (um homem justo) não deixaria uma bruxa viver. Ele tolerar a presença de Roscille (cria de bruxa) é um milagre. Agora Macbeth está pedindo que ela roube o ar misericordioso dos pulmões dele.

Ela não fará isso. Ela não pode. Ela pode ter sido marcada pelas bruxas, pode ser mais astuciosa que seu sexo permite, mas não é uma assassina. Seu único encantamento foi um erro, uma tolice juvenil, que manchou as mãos do pai, e não as suas. Porém, talvez até essa seja uma absolvição que ela não merece ter. Em nenhum momento ela levantou a voz para impedir a adaga do pai. Em nenhum momento considerou que pudesse tê-lo condenado, aquele inconsequente rapaz do estábulo, ao convidar os lábios de plebeu dele a manchar o rosto nobre dela.

Talvez não seja a astúcia que se passa de geração em geração, e sim a crueldade. Uma criatura gélida desmamando outra.

Os passos cambaleantes de Roscille a levam até o parapeito, onde ela respira o ar gélido e denso da noite. Ela consegue sentir o cheiro do sal que seca em bolhas brancas nas pedras pretas. Consegue ouvir o mar revolto. A sensação do vento nas bochechas é surpreendentemente dolorida; elas estão queimadas pelas lágrimas. Pela primeira vez desde que chegou a Glammis, seu rosto está exposto, descoberto, livre. Ela pressiona as mãos contra as bochechas ardentes. Suas palmas são como duas pedras.

Ela olha para o penhasco íngreme abaixo. Imagina o corpo de Hawise despencando por ele, e depois imagina a si mesma no lugar dela, o véu rasgado flutuando como uma água-viva, os cabelos se espalhando como espuma do mar. A água engole essa Roscille da imaginação em menos de meio segundo. É rápido, sombrio e fatídico.

É difícil subir na balaustrada, porque a pedra é fria e escorregadia, e suas mãos estão frias e escorregadias, e os braços são como joios, tremendo. O véu rasgado sopra perto do rosto, açoitado pelo vento.

Agora ela imagina seu corpo juntando-se ao de Hawise no fundo do mar, os ossos curvados como moluscos. Seus olhos cheios de morte serão devorados pelos peixes, e a carne será sugada pelas enguias. O coração dela balança um pêndulo, oscilando entre o conforto e o medo.

Uma voz soa atrás dela, abrupta como um trovão.

— Lady Roscille?

É brezhoneg. Escutar seu idioma nativo faz com que seu sangue se transforme em vinho, rubro e doce. A surpresa a desequilibra, e seus pés escorregam da pedra. Os dedos dela procuram onde se segurar e encontram apenas o ar. A água escura vem em sua direção. Porém, antes que possa despencar, cair do penhasco e encontrar o mar, um par de braços fortes a enlaça pela cintura.

— Feche os olhos — diz aquela mesma voz baixa.

Ela os fecha. Lisander a levanta gentilmente do parapeito, como se ela não pesasse nada, com um braço sob os joelhos e o outro sob os ombros dela. Em Breizh, dizem que só as noivas são carregadas assim, que a imagem pareceria apropriada para um forasteiro, observando o véu rasgado caindo sobre os dois, se ele não soubesse que ela não era uma noiva, mas a esposa de outro homem.

Lisander a coloca de pé outra vez. Os joelhos de Roscille ainda estão fracos debaixo dela.

— Seja lá o que ele tenha feito — diz Lisander —, não é digno disso.

Os olhos dela ainda estão fechados, mas é claro que ele pode *vê-la*, o véu rasgado, as lágrimas em seu rosto. Naquele momento, ela é apenas uma mulher cujo marido a tratou com brutalidade. Lisander não precisa saber quais palavras foram trocadas. Ele não tem motivo para pensar que falaram de magia e assassinato. De traição contra o pai dele. Talvez ela devesse deixar escorrer lágrimas mais dramáticas. Deixá-lo acreditar que ela não passa de uma esposa maltratada.

— Por favor — sussurra ela. — Não conte ao meu marido.

— Não contarei. — Uma pausa. — Entretanto, meu pai gostaria de saber que ele trata a segunda esposa da mesma forma bruta que tratou a primeira.

Roscille pensa no tratado do Rei Duncane sobre as bruxas. *Meu intuito com eſſe trabalho é comprovar apenas duas couſas: hum, que artes diabólicas exiſtiram & exiſtem. Dous, que tipo de julgamento & punição ſevera lhes cabe.* Talvez ela tenha julgado mal a extensão da misericórdia dele. Talvez ele fique feliz em ver uma mulher marcada pelas bruxas casada com um homem que bem poderia ser seu carcereiro; talvez fosse essa a *punição severa* que ele mencionara.

Segunda esposa. Quando Roscille fala, a voz dela sai mais trêmula do que gostaria.

— E a primeira esposa também era cria de bruxas?

Silêncio. Roscille queria poder ver o rosto dele. Os olhos verdes cor de serpente e as olheiras exaustas sob eles.

— Alguns homens gostam de ver todas as mulheres serem tratadas de maneira grosseira, independentemente da proximidade que elas têm com bruxaria — diz ele por fim. — Mas seu marido tem o hábito de escolher esposas com suas próprias... mitologias. Isso irrita meu pai, é verdade.

Rei Duncane, que veste de ouro seus Druidas.

— Irrita você? — ela pergunta.

Ele exala, parecendo quase entretido.

— Meu pai é mais vigoroso do que parece. Não precisa se preocupar com o que eu penso.

— Eu só perguntei a opinião do príncipe de hoje — diz ela. — E não a do rei de amanhã. O quase-príncipe de hoje — acrescenta ela.

Sua intenção não é nada sutil, e ela não espera que Lisander vá fornecer a resposta que ela quer.

— Você se pergunta qual cabeça usará a coroa — diz ele. — O filho mais jovem, que tem a nobreza do leão e as graças douradas de um cavaleiro das histórias, cujo único defeito foi nascer depois? Ou o primogênito, cuja presença sombria faz com que os homens recuem, e a única vantagem é a ordem do seu nascimento?

Roscille respira fundo. Ela não pensou que ele declararia aquilo de forma tão direta.

— Eu sei como é — diz ela. — Os homens recuarem na sua presença.

Ela sente o ar mudar, a frieza evaporando. Um calor invade o espaço entre seus corpos, mas é um calor estranho, menos parecido com as chamas de uma fogueira, e mais como o calor da carne, aquecida pelo sangue que pulsa embaixo.

— Imagino que sim — comenta ele baixinho. — Assim como imagino que saiba... Glammis não é um lugar seguro para mulheres como você.

O coração de Roscille estremece.

— Me fale sobre ela. A esposa que veio antes.

Porém, antes que Lisander possa falar, uma comoção se instaura no saguão. Passos e vozes distantes, vozes que ela não reconhece — talvez os guardas do séquito de Duncane. Com uma mão no ombro dela, Lisander a guia do centro do corredor até a parede, pressionando ambos contra a pedra fria.

— O tempo foge de nós — afirma ele. — Mas... Lady Roscille. Se seu senhor marido colocar a mão em você, me conte em segredo os atos vis que ele comete nas sombras, e eu o deterei.

Inesperadamente, as palavras dele a atingem como uma flecha, cravando-se dolorosamente entre suas costelas. Não cabe a um príncipe se intrometer no modo como um lorde nobre trata sua esposa. Aquilo poderia ser considerado uma grande ofensa. Duncane com certeza não permitiria tal coisa — não permitiria que o filho, mesmo o menos favorito, perdesse sua honra ao defender uma bruxa. Ele é um príncipe, não um rei ou imperador. Que direito tem de resgatar um escravo da morte pelas presas da lampreia?

— Por quê? — ela consegue dizer. — Por que se desonrar por minha causa? Por que arriscar o que é seu por direito de nascimento?

O silêncio se estende, a noite parece se curvar e mudar ao redor deles. Por fim, Lisander diz:

— Eu não quero vê-la desabrigada. — Ele pausa. — E porque a coroa nunca foi minha para perdê-la.

Os dois vão embora, cada um voltando para o próprio quarto sem janelas. Ela abre os olhos por fim, e eles doem. Parece que os cílios se voltaram para dentro, pinicando a parte branca e macia. Ela abre os dedos e o véu rasgado cai no chão. Ela o observa descendo, a renda cobrindo a pedra.

Com aquela conversa, ela aprendeu três coisas.

A primeira: o marido tem uma preferência por mulheres feiticeiras.

A segunda: ele não hesitará em substituir uma esposa bruxa por outra.

Roscille imagina o destino da Primeira Esposa, imagina-a como Hawise, engolida pelas ondas sombrias. Não pode ter certeza, é claro, de que a Primeira Esposa se afogou. Porém, é a morte mais fácil em Glammis, onde o mar está sempre ali, sempre revolto e sempre faminto. Se Roscille não agradar a Macbeth, ela compartilhará daquele destino. É a adaga na mão dele ou a morte por orquestração do marido. *Glammis não é um lugar seguro para mulheres como você*. Macbeth é como Barba-torta nesse aspecto. Todas as coisas nesse castelo devem servi-lo.

A terceira: Lisander deseja protegê-la. Mesmo sendo um conhecimento incerto. O príncipe de Cumberland ainda é, em grande parte, um mistério para ela. Ela deveria ser indigna da atenção dele, apenas mais uma esposa maltratada de um lorde. Ele já deve ter visto centenas como ela, meninas encolhidas com seus hábitos brancos, com as coxas ainda manchadas de sangue, ou velhas matronas cujas bocas murcharam dentro do rosto. A própria mãe de Lisander provavelmente era uma dessas. E, se algum dia ele tiver uma filha, ela terá o mesmo destino.

Ela não sabe por que ele se colocou entre ela e a morte. E, no fundo, ela não pode ter a certeza de que fará isso outra vez. Ele disse a ela que não tinha uma herança a perder — mas sem a promessa de uma coroa, que poder ele tem, de fato, para salvá-la?

Roscille se inclina e encosta a testa na parede de pedra do castelo. No teatro atrás de suas pálpebras, ela observa as enguias circulando a piscina. Ouve o grito interrompido do garoto do estábulo quando ele morre. E pensa que, talvez, o veneno já tenha se espalhado e deixado seu coração sombrio.

Roscille nunca estivera nos aposentos do marido antes. Tem quase o dobro do tamanho do quarto dela, com uma grande janela com grades de ferro. Já amanheceu, e seu sono foi interrompido várias vezes. A luz cinzenta e reumática que entra pelas janelas faz a visão dela ondular. Ela substituiu o véu rasgado por outro, grata pela barreira criada entre seus olhos ardentes e o restante do mundo.

Atrás dela, há um tapete de urso, idêntico ao do seu quarto. O mesmo rosnado imortal, os mesmos dentes amarelos. Talvez tenham sido um casal, companheiros, mortos por lanças gêmeas.

A cama está atrás de Macbeth e também tem quase o dobro do tamanho da cama dela. Parece ser grande o suficiente para acomodar os dois ao mesmo tempo. Ver a cama faz o estômago de Roscille revirar. Ela se lembra da promessa do marido, o rito antigo que ele deve obedecer. Ela ainda tem mais dois pedidos. Duas tarefas impossíveis que a separam de lençóis manchados de sangue.

Diante dos pontos onde a luz entra pela janela, padrões quadriculados se formam. Há apenas dois quadros de luz entre ela e Macbeth. Quando ele expira, o véu de Roscille estremece.

— Diga-me — diz ele. — Diga-me como fará isso.

Tudo se estende diante dela, como um mapa desenrolado na mesa do conselho. O plano dele, as palavras dele, invadindo seu cérebro. Roscille respira fundo.

— Vou aos aposentos do rei no meio da noite. — A voz sai em um sussurro. — Enfeitiçarei seus auxiliares. E então o matarei.

— E diga-me porque não posso eu mesmo fazer isso.

— Porque — diz ela baixinho —, quando o rei for encontrado morto, o chanceler fará o rito da cruentação. E quando as palavras forem ditas sobre o corpo de Duncane, a ferida mortal começará a sangrar em sua presença.

Ele segura o rosto dela entre as mãos.

— Exatamente. E eu me certificarei de mantê-la longe do salão. Ninguém suspeitará que uma mulher seja capaz de tamanha violência.

Quando dito em voz alta, parece fácil. Simples. No entanto, o plano está cheio de lacunas, e Roscille pode cair por qualquer uma delas. E se ela não conseguir enfeitiçar os auxiliares? Ela só fez isso uma vez na vida, naquele dia no estábulo, e nunca mais. Não sabe quais são as margens e os contornos do seu poder. E se ela não puder matar o rei antes que ele grite e alerte alguém? E se ela não conseguir dar o golpe final?

E também há Lisander, as palavras dele ecoando em seu ouvido. *Eu não quero vê-la desabrigada*. Nem sequer uma promessa, apenas um desejo — e se nenhuma promessa foi feita, será que ele poderia considerar isso uma traição? Ainda assim, ela sente como se uma faca fosse fincada entre suas costelas quando pensa nele.

Tudo que consegue dizer é:

— Tenho medo de fracassar perante a ti, milorde.

Macbeth acaricia a bochecha dela com o dedão, logo abaixo de seus olhos.

— Você não fracassará. Você se lembra? Seu propósito foi consagrado. As bruxas recitaram a profecia. Eu não fracassei em Cawder, fracassei?

Ela balança a cabeça.

— Então sua mão também não hesitará.

Roscille não consegue olhar para ele. Ela apenas assente, o olhar fixo no chão.

— Sim, milorde.

A mão de Macbeth se afasta do rosto dela, descendo pelo pescoço, até alcançar a corrente do colar. Ele segura o rubi entre o indicador e o dedão.

— Minha espada foi certeira — diz ele, rouco. — O sangue de Cawder era tão grosso e quente enquanto me cobria que pensei que nunca mais ficaria limpo. O gibão e o tartan ficaram encharcados. Minhas mãos, vermelhas o bastante para macular qualquer santo. E, ainda assim, não hesitei; não me arrependo. O mundo é assim, cheio de violência.

Todos os homens gostariam de dizer isso: *Sim, minha vontade que é certa, meu desejo que é natural, todas as coisas são feitas para meu bel-prazer.* Até mesmo o Duque, que é mais avarento com sua violência, não é diferente. Ela imagina a mão do pai outra vez, escorregadia ao toque por causa do sangue.

— Trouxe de volta um título para mim e este colar para você — continua Macbeth, baixinho. — Dois desejos saciados em um só ato. E agora acontecerá o mesmo. A futura Rainha.

Ela quer tampar os ouvidos para não ouvir a voz dele. Ela não quer pensar que é responsável por isso, que deu início a tudo com um pedido, pelo rubi que agora arranha dolorosamente seu pescoço. Seu medo, transformado pelo apetite do marido, se expandiu monstruosamente com a ganância de Macbeth. Tudo isso porque ela não conseguia aceitar se submeter a ele, como todas as mulheres do mundo fizeram antes. Essa é a crueldade que a semente do pai dela fez nascer. Essa maldade, crescendo como parreiras verdes em suas veias.

Quando olha para as próprias mãos, por um instante ela vê vermelho. Vermelho, vermelho e mais vermelho. Ela sente o coração pular, aterrorizado. Porém, quando pisca, suas mãos estão pálidas outra vez, brancas, sacras e imaculadas. Mas não se manterão assim. Ela esconde as mãos nas mangas compridas do vestido para que fiquem fora de sua vista.

— Sim — sussurra ela, enfim. — Assim será.

Primeiro, ela precisa sobreviver a outro jantar com o rei. Esse jantar é apenas para Macbeth e seus preciosos convidados. Banquho está lá, é claro, assim como Fléance. As ações dela garantiram a ele um lugar à mesa, junto ao pai, e ele exibe, com orgulho, o terrível ferimento honroso.

Mas é Roscille que senta ao lado do marido. Não o homem que tem sido o braço direito de Macbeth. Ela consegue sentir o olhar de Banquho sobre ela a noite toda, sua raiva queimando a pele dela. Ele foi deslocado, a ordem de seu mundo se tornou desfavorável e bizarra.

Rei Duncane senta-se à cabeceira da mesa e se alimenta com certa dificuldade, derramando vinho no gibão, enquanto a comida cai antes que consiga colocá-la na boca. É horrível presenciar sua impotência e debilidade. Roscille encara o próprio prato. Macbeth se afasta, como se a vergonha do rei fosse contagiosa. Ou talvez seja por saber que essa é a última vez que verá Duncane vivo.

Entretanto, qualquer culpa que sinta agora não o desviará de sua decisão.

— Iremos caçar amanhã — diz Evander, ou Iomhar. — Banquho diz que o Sol estará alto. Um acontecimento raro em Glammis!

Ele solta uma risada alta, e o enorme salão vazio faz o som ecoar de volta. Roscille se encolhe.

— Um bom tempo é sinal de uma caçada proveitosa — diz Banquho.

Não haverá caçada alguma. Amanhã, haverá apenas um cadáver frio, filhos em luto e um reino rachando como o solo sob as raízes novas de uma árvore.

Lisander está sentado na outra ponta da mesa, em uma posição que permite que Roscille o observe. Assim como antes, ele come pouco e não diz quase nada, mas seu olhar ágil mostra que ele escuta atentamente às palavras ditas ao seu redor. E de vez em quando, seu olhar recai em Roscille. Ela sente sua pele esquentar quando isso acontece, o sangue sendo invocado à superfície.

Ela poderia arriscar uma confissão? Poderia revelar a intenção do marido e deixar que o rei o acorrente? Lisander disse que iria protegê-la — mas isso não significa que ele acreditará nela, ou que sua proteção será o bastante nessa corte composta por homens. Macbeth é primo de Duncane e acabou de se provar leal ao matar Cawder. Eles prefeririam matar

Roscille por traição contra seu senhor e marido, ou talvez apenas ririam de uma mulher com a mente fraca. *Ela é uma daquelas mártires prostradas que dizem ouvir a voz de Deus? Ela acredita que o vento fala com ela em augúrios? Melhor tomar cuidado com essa esposa ardilosa. Melhor ainda: corte a língua dela e costure seus lábios.*

Ninguém nota que ela tampouco consegue comer. Evander presidia o aposento com palavras tempestuosas até que o marido dela o interrompe.

— As acomodações estão confortáveis? — pergunta Macbeth.

Os olhos nebulosos do rei se acendem com interesse.

— Ah. Sim. Lisander?

Lisander ergue o olhar. Por um instante, Roscille teme e, ao mesmo tempo, torce para que ele olhe para ela. No entanto, ele simplesmente sustenta o olhar de Macbeth e responde:

— Confortáveis o suficiente.

— Ótimo — diz Macbeth. — Fico feliz que esteja satisfeito.

Roscille tem certeza de que ninguém exceto ela presta atenção aos dedos dele, apertando a beirada da mesa. As unhas roídas e amareladas fincando na madeira. O tempo passa lentamente, como um rio ainda coberto pelo gelo, e então o jantar acaba e os criados aparecem para retirar os pratos e a comida que não foi consumida.

Os auxiliares do rei o ajudam a se levantar da cadeira. Há uma mancha de vinho seco em seu queixo. Lisander se levanta ao mesmo momento que o pai e usa um guardanapo de tecido para limpar o queixo do rei. Aquele gesto de ternura a pega de surpresa, assim como deixa o restante do salão chocado. Não conseguem decidir se ele é um bom filho, por cuidar do pai de forma tão atenta, ou se é um filho ruim, por evidenciar o constrangimento dele. Duncane ergue a mão trêmula e segura a mão de Lisander. Ele beija os dedos do filho com os lábios secos e rachados e fecha os olhos. O momento parece interromper a progressão do tempo, e quando Duncane enfim solta a mão do filho e Lisander dá um passo para trás, os minutos voltam a correr, porém de forma estranha, como um navio atravessando águas turbulentas.

Mais cordialidades: boa noite, boa noite, boa noite. Caçada amanhã, temperatura alta, honras feitas.

Duncane sai mancando do salão, com os auxiliares ao lado e os filhos atrás. Os olhos de Macbeth repousam em Roscille, e ele acena com a cabeça de modo quase imperceptível.

Os corredores estão vazios, sem nenhum criado à vista; Macbeth garantiu isso. Roscille caminha lentamente, arrastando os sapatos na pedra. O impossível já aconteceu: ela não consegue mais ouvir o oceano. Ela precisa parar e prestar atenção, se acostumar com o ritmo, para ter certeza de que seus sentidos estão normais. A maioria das tochas nas paredes foi apagada, mas ela continua em direção às que ainda estão acesas (talvez isso também seja obra de Macbeth) e elas as guiam até os aposentos do Rei Duncane.

Os dois auxiliares do soberano estão na porta. Cochicham um para o outro com as vozes grossas e baixas, divertindo-se enquanto passam longas horas em seu posto. Eles não são bons guardas. Se fossem os homens de Barba-torta, não estariam conversando, nem rindo. Ficariam tão imóveis e silenciosos quanto peças do jogo de damas, com os braços cruzados nas costas. Roscille se aproxima deles.

Eles param de rir, mas os rostos ainda exibem o quanto estão descontraídos com suas bochechas vermelhas. Roscille não ficaria surpresa se tivessem roubado um pouco de vinho da cozinha. O da esquerda se endireita, pigarreando, e diz:

— Lady Macbeth. O que está fazendo aqui a essa hora da noite?

Obviamente, ela já havia pensado no que diria. Porém, as palavras transformam-se em cinzas em sua língua. As espadas dos homens estão embainhadas ao lado do corpo e, ao contrário das armas dos homens de seu marido, têm punhos de ouro. Roscille tenta enxergá-los pelo que são: criados, e desagradáveis, ainda por cima. As lâminas são irrelevantes ao objetivo dela. Eles não as erguerão na presença de uma dama.

Em vez de falar, ela ergue as mãos e dobra, cuidadosamente, o véu para trás. Os homens se sobressaltam, engasgando com seus protestos. Antes que possam levantar a voz, ela encontra o olhar de um, depois do outro, e diz:

— Silêncio.

Os dois fecham a boca. Seus olhos se fixam nela, sem piscar. A mudança os tomou tão repentinamente, a metamorfose quase invisível, sem contorcerem-se em pânico como uma ninfa transformada em árvore ou um mortal transformado em flor ou peixe. Roscille sente a garganta apertar.

Isso é poder. Com uma única palavra, um único olhar, ela organizou o mundo a seu gosto. É assim que os reis devem se sentir o tempo todo, como o pai deve se sentir quanto toda a Breizh se curva e se desdobra à sua vontade.

Os homens continuam em silêncio, encarando-a. Eles oscilam de leve, mas nunca desviam o olhar. Roscille respira fundo.

— Abram a porta — diz ela. — Deixem-me entrar no quarto.

Os corpos dos auxiliares se movem com a naturalidade da própria respiração.

O rei dorme sobre o colchão, de barriga para cima, com as mãos unidas sobre o peito. Seus roncos trêmulos preenchem o quarto.

Roscille se aproxima da cama. Duncane não se move. Ela consegue observar as feições dele como não pôde fazer antes, à distância: as sobrancelhas espessas, cheias de fios grisalhos. As rugas profundas que contornam a boca, sugerindo que ele devia sorrir facilmente e com frequência. Apesar da idade, o cabelo dele é espesso e cheio, e Roscille consegue ver alguns fios que preservaram a cor original: cobre, como os de Evander. O peito dele sobe e desce serenamente a cada respiração.

Este é um homem com um coração pulsante, pulmões inflados e sangue correndo quente nas veias, e Roscille não consegue fazer isso. Ela tapa a boca com a mão para que o rei não acorde com o seu choramingo sufocado.

Quando Macbeth lhe contou como matou o Thane de Cawder, ele fez parecer um prazer simples e inebriante. Como poderia ser assim?

Ela está com a adaga no corpete do vestido — a adaga de Macbeth, aquela que ele usou contra Cawder. Ungida, supõe, com a profecia das Lavandières. Mas quando ela começa a empunhá-la, algo lhe ocorre, algo que passou despercebido pelo marido. Ele tinha a certeza de que conseguiria mantê-la longe do Druida quando a cruentação fosse realizada, mas e se não conseguir? E se... Roscille não sabe a forma de seu poder, quanto tempo ele durará, se ela será capaz de plantar um pensamento nas mentes desses auxiliares que não se esvairá quando ela sumir de vista. E se quando ela desaparecer do corredor e eles piscarem por conta própria, como se tivessem acabado de despertar de um sonho profundo, eles se lembrarem da mulher que entrou no quarto e depois saiu com as mãos cobertas de sangue?

O pânico cresce como uma onda, depois se dissolve em uma espuma nauseante que faz seu estômago revirar. Pelo menos o rei não se mexe. Mesmo dormindo, ele ainda usa os anéis grossos e cheios de joias. Roscille se vira devagar e encara os dois auxiliares.

Eles não desviaram o olhar; nem sequer piscaram. Todo o divertimento grosseiro, a zombaria nos olhos e o enrubescer do vinho nas bochechas... desapareceu. A incerteza a deixa ainda mais nauseada. Será que o poder sempre parecerá tão incerto? Será que algum dia isso lhe parecerá tão natural que, quando for tirado dela, será como se alguém tivesse cortado sua garganta?

— Venham — diz ela, rouca. — Desembainhem suas espadas e...

Os homens se movem como estátuas de bronze que despertam em vida, reavivados apenas pela vontade dela. Eles se aproximam da cama do rei e desembainham as lâminas, e o sussurro do metal contra o couro faz Duncane enfim se mexer um pouco, as pálpebras tremularem. A única luz vem da lareira, um brilho distante alaranjado e firme, e ele já não consegue enxergar muito bem mesmo nas melhores circunstâncias, então agora não pode ver nada. Ele apenas consegue ouvir a presença de outros e...

Temeroso, estremece, gritando:

— Lisander! Lisander!

Por um instante, o coração de Roscille para de bater. Diante dela, um homem idoso, debilitado e confuso, ainda preso no mundo dos sonhos, clama pelo filho como uma mãe chora ao lado do berço vazio de seu bebê. Naquele momento, ela pensa que preferiria cortar o próprio pescoço do que feri-lo. Porém, os gritos do rei ficam mais altos, e alguém logo virá, então ela pressiona uma mão contra a boca dele (contra os mesmos lábios que beijaram os dedos de Lisander) para abafar suas palavras, enquanto seus olhos marejados refletem um terror profundo e cego.

— Matem-no — Roscille consegue dizer. — Por favor, sejam rápidos, por favor...

Ela mesma soa como uma criança. E então... jamais saberá se o medo que sentiu foi verdadeiro ou não. Porque é neste momento que sua mente se desprende do corpo, como se alguém tivesse enfiado uma trefina ao seu crânio, rachando-o e libertando a névoa sombria dos espíritos malignos. Ela observa a cena, fora de si, enquanto duas lâminas desaparecem dentro da barriga frouxa do rei. Os cabos são retorcidos. Duncane tosse, seu sangue escorrendo pelo queixo. As espadas, contudo, roubaram o seu fôlego e, com isso, também seus gritos.

As lâminas se revelam, brilhantes e de um vermelho escorregadio. As feridas que fizeram estão na maior parte escondidas sob os lençóis e a camisola do rei, mas o sangue transborda mesmo assim, encharcando o tecido, esguichando no chão. Cada segundo parece durar uma vida inteira. Roscille, ainda fora do seu corpo, ouve a si mesma arfar.

Os braços dos auxiliares despencam nas laterais do corpo. A ponta das lâminas goteja. Quanto tempo levará até que o poder dela se esgote? Esse é o pensamento que faz sua mente voltar; ela volta a ocupar o próprio corpo como uma possessão fantasmagórica. Ela não pode manter aqueles homens sob seu encanto para sempre. Seus olhos logo clarearão. Seus membros se moverão por vontade própria novamente. E em seguida, suas bocas irão se abrir, os lábios se mover, e dirão: *Foi a bruxa, aquela noiva estrangeira, aquela Lady Macbeth.*

Roscille sustenta o olhar de cada um. É mais fácil, desta vez. Já são inumanos, não mais do que conveniências que ela precisa lidar, espadas sem braços, ferramentas, peças de um tabuleiro. Não é o prazer que a preenche, exatamente, mas algo parecido que a toma. Ela fica saciada, empanturrada até, embora a comida que consumiu não tenha um sabor específico.

— Vocês pegarão suas espadas — diz, e agora a voz não tremula mais —, e as levarão ao coração um do outro. Precisarão pressionar com mais força do que pensam.

O sangue nas espadas nem sequer teve tempo de secar. Ainda está brilhando, com o tom de rubis, refletindo a luz do fogo. E desta vez, não há cobertores para impedir que Roscille veja: as lâminas são impelidas para a frente, cortando músculos e tendões do peito, dilacerando os ossos. Dois ferimentos espelhados. O sangue jorra quando as espadas são puxadas. Espirra no rosto de Roscille e na frente de seu vestido, tão quente quanto labaredas de fogo.

Roscille já roubou a humanidade dos dois, então eles não gritam quando morrem. Os corpos caem para frente em silêncio, como árvores derrubadas. Seus olhos nem se fecham. Desmoronam onde estavam, braços e pernas dobrados em ângulos estranhos e horríveis, bochechas contra a pedra fria.

O sangue se acumula. Começa a ensopar a barra do vestido. Os sapatos logo se encharcam, grudando-a ao chão. É o que todo homem diz quando mata outro pela primeira vez: *Eu não sabia que haveria tanto sangue*. Roscille odeia a si mesma por se permitir um pensamento tão comum e banal.

Há um balde de água no quarto dela, e Roscille o usa para lavar as mãos e o rosto. O vestido está arruinado. Ela se despe enquanto o sangue seca no algodão, deixando o tecido duro e com cor de ferrugem. Em seguida, acende a lareira e atira o vestido ao fogo. As faíscas entram em erupção.

Esta parte, pelo menos, é feita sem emoção, de modo objetivo. Roscille se ajoelha nua no tapete de urso e esfrega a pele até ficar ardendo e sensível. Depois lava as pontas do cabelo, o espaço embaixo das unhas. O sangue se prende em lugares curiosos e ardilosos: atrás da orelha, embaixo do queixo.

Ela esfrega até as veias azuis ficarem visíveis em sua pele, tão nítidas quanto rachaduras no gelo.

Quando quase está terminando, ela vê o próprio reflexo na água turva. Outrora, teria visto uma menina, linda, sim, mas estranha, sobretudo os olhos. Outrora, teria aberto a boca para ver se, de repente, os dentes haviam subitamente se tornado pontudos como os de um arminho. Ansiava tanto por aquele pequeno poder, qualquer coisa que a faria mais do que um corpo frouxo dentro de um vestido de noiva.

Agora, o que ela vê são as bochechas, enfim vermelhas, graças ao sangue do Rei Duncane. Ela se transformou? Ou simplesmente foi revelada? Tudo que sabe é que ela não é Roscille de Breizh, ou Rosele, Rosalie, nem mesmo Roscilla. Ela agora é apenas Lady Macbeth.

ATO III

O FUTURO REI

7

Ela acorda no mesmo lugar em que adormeceu, nua, sobre o tapete de urso, o cabelo ainda úmido grudado no corpo como se fosse uma mantilha. Ela se senta, esticando braços e pernas. A coisa mais estranha é que ela não chora. Nem mesmo sente vontade de chorar. Vasculha pelas roupas no baú até encontrar um vestido e o põe. Então, coloca o véu mais fino que tem.

Ela deveria aparentar estar paralisada pelo choque, inexpressiva, revelando apenas um atordoamento gélido nos olhos? Deveria chorar como uma criança em pânico e confusa? Deveria manter o olhar fixo no chão, como se não pudesse ouvir ou falar? Roscille de Breizh escolheria essa última opção. Não oferecer a eles nada que possa ser usado contra ela no futuro. A lógica parece simplista demais. É melhor ser uma coisa na superfície e por baixo dela. Talvez devesse mostrar seu luto abertamente. Talvez não fosse a coisa mais falsa a se fazer. Quando une as mãos, jura que ainda consegue sentir a leve viscosidade do sangue do rei.

O que Lady Macbeth fará? Não dá tempo de decidir. Em algum dos corredores sinuosos, alguém grita.

Ela é a última a chegar à cena: todos os homens que importam já estão presentes. O marido está parado de braços cruzados, a expressão indecifrável. Ele escolheu mostrar um semblante profundo e obscuro. Banquho, ao lado dele, tem o olhar focado, mas o peito está estufado, secretamente exultante por estar tão próximo de seu lorde outra vez, sem nenhuma esposa entre eles. Fléance se posiciona próximo ao pai, sem conseguir esconder a expressão tomada pelo horror e pela náusea, sua pele levemente esverdeada.

Roscille adentra mais o cômodo. Ainda passa despercebida por todos os homens, menos Macbeth. Ele a vê e acena para que chegue mais perto.

O sangue se espalhou por todos os cantos do cômodo. O quarto agora é algo vivo, com uma rede extensa de veias, fluindo diretamente dos corações dos três corpos empilhados. Roscille não consegue suportar mais do que uma rápida olhada. Ela vê a parte interna do pulso de um dos homens, um branco marmorizado, de alguma forma imaculado pela carnificina ao redor. Aquela ternura, curiosamente protegida no centro daquele massacre, reestabelece a memória dela. É um homem. *Era* um homem. Uma mãe já o segurou contra o peito. Uma amante já se pendurou a ele em lençóis encharcados de suor.

Evander arrastou o corpo do rei para longe da cama e agora segura os braços do pai contra o peito. As lágrimas encharcam seus cílios enquanto ele soluça abertamente, deixando escapar sons guturais de fúria e lamento. Esta é uma das únicas ocasiões em que um homem pode chorar sem ser humilhado por isso: quando o choro carrega a promessa da vingança.

Lisander se ajoelha em silêncio. Poderia ser uma postura de penitência, com o chanceler parado acima dele, mas seu rosto se mantém inexpressivo. Ela fica contente por aquele semblante impassível, porque vê-lo enlutado poderia destruí-la.

Ele estica a mão em direção a confusão de corpos e sangue e toca a garganta de um dos auxiliares. Pressiona dois dedos ali, como se procurasse um pulso.

— Já estão mortos há horas — constata, levantando-se. — Todo o sangue está seco, e o corpo já enrijeceu.

O tom do chanceler é sério.

— Faremos a cruentação de imediato.

— Eles pagarão por isso — rosna Evander. Ainda segurando o corpo do pai contra o peito, ele ergue o olhar feroz e úmido. — Seja qual for o traidor que fez isso... vou pendurá-lo e arrancar suas entranhas; vou enchê-las de leite e mel e deixar que os insetos se deleitem na carne amaciada. Eu vou...

— Os traidores já estão mortos — diz Lisander.

Evander substitui a raiva pela surpresa, o rosto corando.

— O quê? Como isso é possível?

— Nosso pai tem dois ferimentos — responde ele. — E as espadas de seus homens estão cobertas com o sangue dele. Ele foi morto pela mão dos auxiliares.

Roscille finalmente consegue chegar ao lado do marido. Ela observa o entendimento tomar conta da expressão de Macbeth aos poucos. Há uma gentileza que ela nunca viu ali antes, uma que parece suavizar as asperezas dele. Sem aviso, ele a agarra pelos ombros e a aperta contra o peito.

Roscille fica tão chocada quanto aliviada por seu rosto estar escondido no gibão dele e porque ninguém consegue ouvir como sua respiração acelera. Macbeth a segura com força, um braço em suas costas, a outra mão pressionando a cabeça dela contra o próprio peito, os dedos grandes envolvendo toda a extensão do crânio da esposa. Ele a segura como se *ela* fosse uma boia e ele um homem à beira de se afogar. Aquele gesto de afeição entre marido e esposa a surpreendeu mais do que qualquer outra coisa que ele pudesse fazer.

Por entre os dedos de Macbeth, Roscille observa o olhar de Lisander se voltar para ela. Não aparenta estar com raiva, mas, sim, curioso. Procura a dor secreta no rosto dela, a evidência do abuso do marido. Ela gostaria que ele não procurasse. Teme que, em vez disso, encontre sua traição venenosa.

— Não — diz Evander. — Esses homens eram leais e serviram nosso clã por anos. Não há motivos para uma traição. Ou para fazer *isso*. — A voz dele soa mais sufocada. — Nosso pai era amado por todos que o serviam. Não acredito nisso.

— O rito da cruentação revelará tudo — declara o chanceler. — E então, milorde, o senhor terá a sua vingança.

É a vez de Macbeth falar.

— Existe deslealdade em Glammis — diz ele. — Homens mascarados atacaram a minha esposa pouco tempo atrás. Esses mesmos homens podem ser os assassinos. Farei tudo em meu alcance para descobrir quem são. E então terei a vingança que também é devida a mim.

Perspicaz. Ele e o príncipe agora estão unidos por um propósito em comum. Roscille arrisca olhar para Fléance, para ver se ele é estável o suficiente para não reagir às palavras de Macbeth. O tom esverdeado desapareceu de suas bochechas; agora ele está tão pálido quanto os cadáveres no quarto. Mas isso é apenas um horror residual, pensa Roscille, não um medo genuíno de que sejam descobertos. É o que pensa.

Evander assente lentamente e inspira de uma forma trêmula que o faz parecer bem mais jovem. O luto o transforma em uma criança outra vez. Lisander estende a mão e a apoia no ombro do irmão, dando-lhe um aperto. É esse gesto de ternura que quase a destrói. Como são fáceis essas metamorfoses: homens engatinhando de volta à infância, máscaras frias deslizando e revelando rostos devastados por baixo. Roscille sabe como as mãos de Lisander podem ser secretamente gentis.

Tantos segredos, pensa ela, tantas mentiras, estendendo-se em todas as direções, prendendo-a a um homem ou outro. Outrora, ela temia que não ter aliados em Glammis, ninguém em quem confiar. Agora é uma criatura em uma concha, tudo espiralando a partir dela.

Se estivessem em Naoned, haveria uma costureira ajoelhada aos pés dela, medindo-a para fazer um vestido preto e um véu de luto da mesma cor. Mas ela está em Glammis, então Roscille — agora já acostumada a isso — veste a si mesma. Como queimou o vestido cinza prateado, ela não tem escolha a não ser usar um azul perolado, o decote fundo demais para demonstrar luto. No entanto, ela não acha que os homens notarão esse detalhe. A promessa de vingança a ser tomada, o sangue derramado e, é claro, uma coroa a ser reivindicada ofusca todo o resto.

Ela esvazia um balde na lareira, onde as chamas estalam e morrem. Pedaços de tecido cinza estão presos em meio à madeira carbonizada. Agora, o quarto só cheira a cinzas. Não há traição tingida de ferrugem no ar. Nesse momento, Roscille sai de si mesma e, como um espectro, Lady Macbeth assume seu lugar.

Os empregados do castelo estão reunidos no salão principal; é a primeira vez que Roscille vê todos juntos. Mensageiros, auxiliares, criados, soldados. Cozinheiros encolhidos em seus aventais sujos. Os tratadores do estábulo com botas cobertas de lama, encarando o chão. Os guardas parecem ser os mais arrependidos de todos. Sobretudo porque Evander está gritando com eles há quase uma hora, o rosto enrubescido pela raiva lasciva.

Para que vocês servem, se não conseguem proteger o rei da lâmina de um inimigo?

São surdos e não ouvem nenhum grito durante a noite?

Eu deveria pegar suas espadas e virá-las contra a barriga de vocês, assim sentirão a dor que meu pai sentiu.

Executarei todos vocês pelo crime da incompetência. É um pecado tão grave quanto a traição.

Macbeth permite essa situação. Evander é um príncipe, e é importante lembrar que a questão da sucessão ainda não foi resolvida. Duncane não está mais vivo para fazer valer sua vontade (seja lá qual tenha sido). Quando uma coroa cai, muitos braços se estendem para segurá-la. Haverá discórdia entre os irmãos — sempre há. E haverá abutres como o marido de Roscille, circulando acima.

O primogênito observa o irmão furioso em silêncio. Quando parece que ele nunca se cansará, Lisander coloca a mão no braço de Evander e diz:

— Basta. Já fez seu trabalho. Eles estão amedrontados.

É verdade — todos os mensageiros, auxiliares, criados e soldados, cozinheiros e rapazes do estábulo estão trêmulos. O peito de Evander sobe e desce em respirações pesadas.

— Nunca será o bastante — declara ele.

Ele tem a idade de Roscille, talvez um pouco mais velho. Dezessete, dezoito anos. Seria um garoto em Glammis, tão pueril quanto Fléance, sem nenhum ferimento de quase-morte para exibir com orgulho.

— Está atrapalhando suas próprias intenções — diz Lisander. — A cada momento que passa, o corpo de nosso pai fica mais frio.

Aquilo, por fim, o tranquiliza. Evander volta ao tablado e senta de cabeça baixa em sua cadeira. Roscille pensa que o vê limpando uma lágrima. Com a cabeça baixa daquela forma, ele sussurra:

— Chanceler.

É uma exibição vergonhosa. Roscille sabe que o marido pensa o mesmo. Ele não demonstrou força, e sim emoções desgovernadas. *Como ele poderá governar Alba, se não consegue governar a si próprio?* É o que todos os difamadores de Evander serão ensinados a repetir. Se existisse um registro sob o nome de cada irmão, Evander receberia uma marca de alerta no seu.

O corpo do rei fora deitado no tablado, as mãos unidas sobre o peito. Como Roscille o viu dormindo, quase parece que ele ainda está adormecido. Alguém até mesmo fechou suas pálpebras. O chanceler, segurando um crucifixo incrustrado de joias, ajoelha-se diante do corpo.

Os auxiliares mortos foram trazidos sem cerimônia alguma, os corpos deixados na beirada do tablado. O chanceler passa a mão por cima da túnica ensanguentada do rei, murmurando.

— Devo ficar sozinho com os cadáveres — afirma. — Se quiserem que eu descubra se os auxiliares foram mesmo os responsáveis pelos ferimentos do rei.

— Iremos testar dessa forma primeiro — diz Lisander.

Com sua graciosidade sobrenatural, ele desce do tablado. Está trajando o preto do luto, e o casaco de couro se ajusta perfeitamente ao seu corpo musculoso. As olheiras embaixo dos olhos estão mais evidentes do que nunca e, acima delas, seus olhos verdes penetrantes brilham. Um verde quase inumano, como musgo na manhã seguinte a uma tempestade. Uma cor que Roscille não via desde que deixou Breizh e foi para a inóspita Glammis.

E então, Lisander encontra o olhar dela. Ele parecia resoluto, destemido, até mesmo desafiador. O estômago de Roscille se revira de medo. *Ele não sabe. Não tem como saber.* Tudo que ele sabe é que, duas noites atrás, ela ficou diante do penhasco e pensou em se atirar dali. Sabe que ela carrega a marca da bruxaria. Sabe que o marido a trata com crueldade (embora isso não seja uma novidade). Tem consciência do peso dela em seus braços.

Não tem como ele saber como a garganta de Roscille se fecha ao vê-lo ou como a tensão se acumula no baixo ventre, semelhante a uma bobina de metal retesada, aquecida na forja. As bochechas de Roscille ficam quentes e ela desvia o olhar antes que ele tenha a chance de fazê-lo.

Macbeth a segura pelos ombros e a conduz para fora do salão. O toque dele é mais gentil do que ela esperava. Lisander e Evander mandam fechar as portas de madeira.

O chanceler trabalha tão rápido que mal sobra tempo para Roscille se preocupar. Ela tem pouco conhecimento sobre a cruentação, mas aparentemente é um rito fácil de realizar. Em poucos minutos, o chanceler os convoca, e Evander irrompe pelas portas.

— Descobriram alguma coisa? — exige saber, atravessando o salão, derrubando um banco de madeira ao passar. O arranhão da madeira na pedra faz Roscille se encolher.

No entanto, basta aproximar-se do tablado para saber. As duas feridas mortais do rei estão vazando. O sangue velho é lento, mais preto do que vermelho, como lama empurrada das margens pelo gelo derretido na primavera. Mas ele está sagrando de fato.

Evander solta um grito abafado e cai de joelhos. Esconde o rosto, embora isso não reprima o som de seu choro. Lisander coloca a mão no ombro do irmão novamente. Existe um significado ainda maior no gesto agora; fala muitas palavras mesmo sem dizer nada em voz alta. Roscille não tem irmãos e não compreende a afeição especial que nasce entre eles. Mas ela entende a mensagem que Lisander quer passar. Ele ama o irmão. Não haverá guerra entre eles pela coroa do pai. Ao menos, não será algo fácil de tramar.

— Estes homens não se voltariam contra o rei a troco de nada e dariam a própria vida por isso — constata Lisander. — Existe uma conspiração maior aqui. Em Glammis.

Ele se vira para Macbeth e, consequentemente, para Roscille. Esse tempo todo, os dois permaneceram juntos, marido e esposa. A mão e a adaga. Lorde e Lady Macbeth.

— Como eu já disse, existe deslealdade aqui — diz Macbeth. — Descontentamento está sendo semeado no meu clã. Fléance, venha aqui. Conte ao príncipe o que você sabe sobre isso.

A voz dele fica mais áspera ao dizer aquela palavra: *príncipe*. Hesitante, Fléance dá um passo à frente. O ferimento que Roscille lhe causou se destaca mesmo na meia-luz, ainda em processo de cicatrização, ainda um pouco medonho. Ninguém duvidará da honra dele.

— Levei a senhora para um passeio pelas terras — diz Fléance. — Ela estava ansiosa para conhecer melhor sua nova casa. Não havia motivos para pensar... Lorde Macbeth é um homem respeitado. Ele cuida bem de seu clã.

Ele faz uma pausa. Roscille fecha os olhos. Que pensem que ela se entristece ao lembrar daquele momento apavorante. Que pensem que não é nada além disso.

— Um homem sem inimigos é um homem sem poder — diz Macbeth. — Prossiga.

Fléance engole em seco, a garganta se contrai, distorcendo a ferida.

— Encontramos homens mascarados, três deles. Golpearam a senhora para que ficasse inconsciente. Eu lutei contra eles, mas não poderia ir atrás sem arriscar a vida de Lady Roscilla.

Os olhos de Lisander se voltam para ela.

— Lady Roscille, isso é verdade?

Roscille costumava pensar que não havia uma situação mais impotente do que a do silêncio forçado. De palavras que não significam nada, que não tocam ninguém. Mas agora ela é como um cão recebendo um comando: *fale*. Minta para proteger sua vida. Este é um castelo de consequências. Cada palavra possui um eco próprio.

— Sim — responde, encontrando o olhar dele. — Foi... Prefiro não contar a história novamente.

Lisander a encara por um longo tempo. Ela se lembra das palavras de Macbeth. *O príncipe de Cumberland é astuto demais.*

— Compreensível — diz Lisander, enfim. Em seguida, pisca e desvia o olhar.

Roscille respira fundo.

Palavras são trocadas entre os príncipes, o chanceler, Banquho e Macbeth. Um clã é nomeado, depois outro. Todos os homens que podem ser mortos por falsidade, cujas linhagens serão encerradas por causa das mentiras dela.

— Eu irei procurar esses traidores — declara Evander. — Eles conhecerão o ardor da lâmina, e eu experimentarei o gosto de seu sangue.

— Nosso Druida já fez a cruentação em todos os homens dos vilarejos vizinhos — diz Macbeth. — Mas ainda existem outros, em cidades mais distantes. Juro que não descansarei até que nós dois tenhamos nossa vingança. Em nome do Rei Duncane.

Evander assente.

— Então partiremos.

— Perdoem-me — diz o chanceler —, mas não posso deixar que esse assunto seja ignorado. Logo o mundo saberá que Alba não tem um rei. E um país sem um rei é um banquete para abutres.

Este é o homem que participou dos conselhos de guerra do rei. Ele tem razão: a paz com a Inglaterra é a paz de Duncane, a paz de sua falecida esposa, a paz alimentada pelo sangue saxão que corre nas veias de seus filhos. Æthelstan não tem amor pela Escócia fora isso. E os irlandeses, os nórdicos e os galeses afiam as próprias garras. A morte de um rei é uma ferida: não pode ser deixada sem tratamento por muito tempo. O sangue a ocupará.

O salão tine com o silêncio.

— Irmão — diz Evander. — Conhece a vontade de nosso pai. Precisa ser você.

O rosto de Lisander endurece. Ele não fala. Roscille fica tão confusa quanto os outros naquele salão silencioso — qualquer homem se lançaria na oportunidade de reivindicar aquele poder fácil, presenteado a ele como um vinho a ser degustado.

— E você sabe que a mente do nosso pai era nublada pelo sentimentalismo — Lisander responde.

Evander balança a cabeça exasperadamente.

— Não. É dever dos vivos respeitar os desejos dos mortos. O corpo do nosso pai pode ter sido debilitado, mas seu raciocínio, não. Você é o mais velho. Você é...

— Inadequado — Lisander interrompe.

Ele fala em saxão. Murmúrios se espalham entre os homens ali reunidos. Nem todos conhecem saxão, e muitos não entenderão. Até mesmo os que compreendem estão perplexos. Lisander é uma presença desconcertante, sombria e silenciosa enquanto o irmão é vivaz e reluzente, mas isso por si só não é motivo suficiente para que ele seja preterido. Homens muito mais inadequados já governaram reinos antes.

— Você recusa o que qualquer outro homem mataria milhares para receber — responde Evander, em saxão raivoso. — Você não se considera um homem. É a sua mente que está nublada pelo sentimentalismo nessa questão, irmão.

O ar no salão fica denso e quente, como se tomado por fumaça. Por um momento demorado, nenhum dos príncipes fala. Então, piscando e pigarreando, o chanceler dá um passo em frente.

— Podemos adiar a coroação até voltarmos para Moray — diz ele, em escocês, para acalmar ânimos. — Mas os inimigos de Alba são numerosos e estão famintos. Não devemos demonstrar fraqueza.

É quase engraçado ouvi-lo dizer isso — a Escócia tem sido governada pela fraqueza há décadas; por um rei doente e moribundo. Moray é a cidade escolhida para o trono de Duncane. Fica pelo menos a uma semana de Glammis, a cavalo. É tempo o bastante para as notícias se espalharem como sinal de fumaça; tempo o bastante para lordes distantes reunirem seus exércitos e reis distantes consultarem seus conselhos de guerra e procurar a benção de seus sacerdotes.

— Vamos para Moray, então — diz Lisander. — E se perguntarem, podemos dizer que o rei morreu de doença. Não seria uma surpresa.

— E não vingar o assassinato de nosso pai? — exige Evander. — Não. Eu não vou para Moray até ter encontrado os traidores e vê-los morrer. Qualquer outra ordem será manchada até que isso seja feito. O clã Dunkeld já...

Ele para de falar abruptamente. Sim, existem rumores sobre o clã de Duncane; com um padecer tão misterioso, terrível e duradouro, como não haveria suspeita de que seja um castigo divino? É dito com frequência que foi por isso que Duncane se casou com uma mulher devota, por isso ele vestia os

Druidas em ouro e os convidava para participar dos conselhos. Tudo isso é uma penitência silenciosa por um crime secreto. Óbvio, são apenas histórias, verdadeiras na mente de alguns e cinzas na língua dos outros.

— Vamos partir agora — diz Macbeth para Evander. — Eu o levarei a todos os vilarejos que ficam a um dia de distância. Fléance, você também virá. Levarei meu próprio Druida. E encontrarei esses traidores, sob pena morte.

O rosto corado e alegre de Evander está estranhamente pálido e, mesmo assim, ele e Lisander mal parecem irmãos. O peito dele se infla.

— Certo. Irei com você e o garoto. Lisander, você e o chanceler devem se preparar para partir para Moray.

— Nós não deveríamos nos separar nesse momento — adverte Lisander, rapidamente. — Isso demonstrará fraqueza. Vamos para Moray juntos, agora. Podemos retornar a Glammis com a força de um exército.

Macbeth parece prestes a dizer alguma coisa, mas a resposta de Evander é imediata.

— Não deixarei Glammis sem molhar minha espada — retruca. — Nós devemos ao menos isso ao nosso pai.

Os dois irmãos travam uma guerra silenciosa. Separar-se e ficar ou se unir e partir? Mas Evander é o Sol, e seu calor e sua fúria não podem ser amenizados pelo raciocínio frio e distante de Lisander. Por fim, o irmão mais velho desvia o olhar.

Roscille conhece o marido há tempo o bastante para saber decifrar sua expressão, mesmo que seus olhos tentem esconder as chamas. Agora é o tremular de seus lábios que o entrega. Embora ele não ouse sorrir, sua satisfação é nítida.

Para Fléance, Macbeth diz:

— Sele os cavalos.

Fléance, ainda irritado por ter sido chamado de *garoto*, abaixa a cabeça e sai da sala em passadas revoltadas.

— Devo acompanhá-los, milorde? — pergunta Banquho.

— Sim, pode ser — diz Macbeth.

Agora é Banquho que fumega: ficou em segundo plano.

Macbeth então se vira para Lisander e depois para Roscille.

— Desejo uma viagem segura — diz ele. — Minha esposa irá garantir que partam com suprimentos e acompanhados de nossa boa vontade.

Macbeth e seu grupo deixam o castelo, e Roscille sente dificuldade para respirar. É o colar, que se aperta ao redor de seu pescoço como uma serpente. É o olhar de Lisander, a presença marcante do príncipe, e o fato de que estão sozinhos pela primeira vez desde a noite em que ele a salvou e prometeu protegê-la, oferta que ela rejeitou de maneira cruel. Em vez disso, encharcou as mãos no sangue do pai dele. E a forma como o marido a olhou antes de partir, a forma como disse *esposa,* as três sílabas caindo como pedras sobre ela. Quando o olhar dele se desviou dela para Lisander, foi como um corte afiado. Havia três outras sílabas ocultas naquele olhar.

Mate-o.

Ela não pode fazer isso. É demais; ele não pode esperar que ela faça isso. Ela acabou de limpar as mãos. Causou a morte a três homens diferentes. É isso que significa, de fato, ser Lady Macbeth? Feiticeira, assassina, a adaga na mão do marido? Ou talvez ela sempre tenha sido assim. Todos os cortesãos de Barba-torta, le Tricheur — estavam certos em temê-la. Glammis arrancou os trajes da inocência e revelou a falta de humanidade que espreitava por baixo.

Lisander a observava em silêncio. Mesmo neste salão praticamente escuro, os cabelos pretos refletem a luz escassa e brilham. Ele afasta os fios do rosto, um gesto comum e rápido que faz a garganta de Roscille se fechar ainda mais. A mão dele se move com tanta destreza, que Roscille percebe os tendões na parte interna de seu pulso flexionando.

— Vou pedir que preparem comida para sua jornada na cozinha — diz ela, em voz baixa. — Deixe-me dar essa ordem. Espere... espere aqui...

Lisander assente. Seus lábios se abrem, e Roscille também fica momentaneamente fascinada por essa simples ação — a fenda delicada, o movimento hábil da língua.

— Estarei em meus aposentos — diz ele.

E então, antes que Roscille possa dizer mais uma palavra, ele sai do salão.

A cozinha. Roscille nunca esteve ali antes, mas ao menos neste lugar há pouca diferença entre o castelo de Macbeth e do Duque. Há tábuas de corte sujas de sangue, cestas de maçãs e raízes, tranças de alho penduradas e um cheiro que mistura fogo-gordura-ferrugem no ar. Os cozinheiros gaguejam cumprimentos, tão surpresos em ver a Lady ali quanto ela mesma. Ela os dispensa com um gesto e eles se dispersam.

A adaga de Macbeth ainda está em seus aposentos, mas ela não irá usá-la. Se ela realmente tiver que matar Lisander, não pode fazer isso com a mesma lâmina que o marido usou para matar Cawder; não pode dar a ele a morte feia e brusca de um estranho a outro estranho. Uma faca de cozinha é o que mais se aproxima de uma *arma feminina* — talvez torne a ferida mortal de Lisander digna de suspeita, mas isso pouco importa agora. Quando o Sol se pôr, a linhagem de Duncane estará terminada.

O futuro Rei.

Há uma parte da cozinha onde cavilhas de madeira foram enfiadas nas paredes, e os instrumentos estão penduradas nelas. Lâminas e mais lâminas, algumas serrilhadas, outras lisas, algumas feitas para cortar e picar, outras para serrar e abrir. A mão de Roscille paira diante de seus olhos. Parece tão branca quanto as mãos apodrecidas das lavadeiras. A mão treme.

Ela pega a menor faca, aquela cuja ausência chamará menos atenção, aquela que caberá com mais facilidade dentro de seu corpete. O metal é frio contra a pele. Seu corpo não o aquece. Ela é uma mulher-serpente, sem sangue. Quando sai da cozinha, não escuta sequer o som dos próprios passos no chão, apenas a maré que se eleva da escuridão abaixo, como se procurasse a luz.

É fácil encontrar o quarto de Lisander: na direção do pátio, sem janelas.

Roscille não bate na porta, apenas entra. O quarto não é muito diferente do seu: igualmente pequeno, embora não tenha o tapete luxuoso de urso. Lisander está ajoelhado diante do baú, as mãos esguias trabalhando rápido para guardar suas coisas. Roupas, um saco de dormir. Ela tenta ver se tem alguma lâmina reluzindo entre os tecidos, mas não encontra nada. Se Lisander carrega armas, estão bem disfarçadas.

Não vai importar, ela diz para si mesma. *Quando eu levantar o véu, nada mais vai importar.*

Lisander ergue o olhar para ela.

— Lady Roscille.

Ele sabe. Ela não entende como ele sabe, nem como consegue identificar essa compreensão nele, mas as veias de Roscille se transformam em gelo de repente. É algo nos olhos dele, aqueles olhos verdes deslumbrantes e irreais. O coração dela vacila. As mãos de Lisander se fecham na beirada do baú.

Roscille dá um passo em frente, sentindo a faca contra as costelas. Lisander começa a se levantar, mas assim que fica de pé, ela ergue a mão e não apenas levanta o véu, mas o arranca, tirando-o de si, deixando que vá ao chão.

Sem proteção alguma, os olhares dos dois se encontram.

Ela só conheceu esse sentimento uma única vez, com o rapaz do estábulo, mas anos se passaram desde então, e assim como seu corpo amadureceu, as suas paixões também amadureceram. Floresceram, vermelhas e intensas, rápidas como calêndulas. Roscille dá outro passo e cai, e Lisander a segura, seus braços nos braços dela, a boca na boca dela.

Assim que a firma, ele a pressiona contra si. A mão dela encontra a nuca dele, e a pele ali é tão macia quanto ela imaginava que seria, como as pétalas aveludadas de uma rosa. Seus lábios se entreabrem para receber a língua dele, e ele a move sem dificuldade, como se o corpo dele tivesse sido feito para aquele único propósito. Um dos braços de Lisander envolve a cintura de Roscille, e o outro se enreda no cabelo dela, inclinando a cabeça para trás para beijar o queixo dela, descendo pelo pescoço.

Roscille choraminga, um som agudo e suplicante que ela jamais imaginou ser capaz de fazer. Aquele calor que se acumula em seu ventre segue mais para baixo, mais fundo, até se tornar um pulsar entre as coxas. E então, como se esse desejo transbordasse de seu corpo, Lisander a segura firme pela cintura, levanta-a com uma facilidade habilidosa e a deita na cama embaixo dele.

Ele olha para ela, diretamente para seus olhos. Nenhum homem mortal fez isso e viveu para contar a história. O cabelo dela se espalha, prateado, nos lençóis.

— Você é linda — ele sussurra.

Ela não sabe o que a leva a sussurrar de volta:

— Aberração. Estranha.

— Não — diz Lisander. — Você foi obrigada a se encaixar em uma forma que a confina. Que não serve para você.

Roscille não consegue descobrir onde a compulsão dela termina e a dele começa. Se aquelas são palavras dela, que simplesmente entraram na boca dele. Ela analisa isso por um momento, com uma pontada de culpa e arrependimento — e então compreende que ela não se importa. O ar é pesado, espesso e doce. Seja lá qual for a origem do fogo, consome ambos.

Os lábios de Lisander roçam o pescoço dela, e outro som a escapa, sem permissão. Ela se sente envergonhada pelo desejo, então pressiona o rosto contra o ombro dele, abafando o gemido em sua jaqueta — de couro, também incrivelmente macio. A boca dele deixará marcas; ela já as viu em uma centena de criadas antes, uma constelação de hematomas roxo e vermelho surgindo quando o sangue é puxado até a superfície, mas não é derramado.

Roscille quase protesta, porque isso sem dúvida é algo que o marido não permitirá, mesmo com sua ordem (*Mate-o*). Antes que ela possa parar, Lisander abre o colar dela. Ele o remove de seu pescoço, e a joia se perde entre os lençóis.

— Como odiei ver você usando isso — murmura ele.

Roscille ergue o rosto.

— Por quê?

— São os espólios da conquista de Cawder, não? Terrível orgulho do seu marido como uma marca em você.

Roscille se sente ousada o suficiente para capturar o rosto de Lisander entre as mãos, virando o queixo dele em sua direção.

— E se eu dissesse que não é apenas o orgulho dele, mas minha proteção? É como um escudo.

Ele ergue o canto da boca.

— Então permitirei que vista a armadura outra vez quando acabarmos.

Lisander desliza entre as coxas dela. Os quadris dele a abrem. Ele beija a boca dela outra vez, e os dedos dela se atrapalham com as amarrações da jaqueta do príncipe, mas ele não fica ali por tempo o bastante para que ela consiga soltá-las: os lábios dele descem até a clavícula dela, e depois seguem a linha do corpete — *a faca, a faca,* ela pensa, tomada por um instante de pânico, mas logo o medo se dissolve em ondas de prazer — até que a cabeça dele se aninhe entre os joelhos dela.

Lisander beija as coxas de Roscille, apertando a carne, que é branca e macia graças a vida pacata de nobre, até chegar àquele lugar que ela mal ousou tocar por si própria — primeiro, porque é pecado uma mulher encontrar prazer sozinha, na ausência de um homem, e segundo porque ela não quer ser enfraquecida por seus desejos, escravizada à luxúria do corpo. Sempre acreditou que não pode confiar na própria forma, que trairá sua mente calculista.

Agora, Roscille já não se importa mais com essas convicções. Ela agarra os lençóis enquanto Lisander se move entre suas coxas com a boca quente e doce, e algo cresce dentro dela, como sangue tentando romper a pele. Ela ergue os quadris da cama e leva a mão à boca para abafar o som vergonhoso e humano demais. Jamais sentira o próprio corpo dessa maneira tão terrível e maravilhosa.

De repente, Lisander para. Ele ergue a cabeça e se inclina sobre ela, não tão gentil, e aperta a faca por cima do corpete dela.

O coração de Roscille para, mas ela não consegue falar. Quando ele encontra o olhar dela, não há mais nenhuma ternura lânguida ali. É como um vidro verde e afiado.

— Espere… — ela engasga, tentando falar.

Ela tenta empurrá-lo para longe e levantar da cama. Mas então a mão de Lisander se fecha ao redor do pescoço dela.

8

A mão dele não faz pressão suficiente para machucá-la, não de verdade — a não ser que ela tente resistir, e então é mais pânico do que dor, a sensação do fôlego deixando seu corpo lentamente. Roscille emite um ruído de protesto, sem palavras, enquanto a outra mão de Lisander desliza por baixo do corpete e retira a faca dali. Ele a examina por um instante, soltando um suspiro baixo, quase como uma risada abafada, e então joga a faca para longe. A faca bate na pedra, longe do alcance.

— Macbeth deve ser um guerreiro miserável, se manda a esposa fazer um trabalho tão sujo em nome dele.

— Por favor — diz ela. — Me solte.

— Para você tentar me enfeitiçar outra vez?

— Eu não... eu não sou...

— Você *é* — diz Lisander. — Você é o que dizem ser, Roscille de Breizh. *Bruxa.*

Ele usa a palavra bretã, não a escocesa. Roscille agarra o pulso dele com as duas mãos, tentando se soltar, mas os esforços são em vão porque ele é forte demais. Lágrimas brotam nos cantos de sua visão. Ela fecha os olhos e diz:

— Não sou nada além da adaga na mão de meu marido.

As palavras são vazias; sem eco. Lisander solta outro suspiro meio risada.

— Você até pode convencer outros disso, aqueles que se deleitam com a ideia de que mulheres não têm poder algum além daqueles que os homens lhe concedem. — Com a mão livre, ele ajeita as saias dela sobre as coxas. Um gesto absurdo, quase cavalheiresco, como se quisesse ajudá-la a recuperar a modéstia perdida. — Você pode não ter empunhado a lâmina, mas sei que aqueles homens morreram por orquestração sua.

Roscilla agora sabe que não vai vencer ao fingir inocência, então tenta a raiva, que só a faz soar petulante.

— E como sabe disso? O próprio chanceler fez a cruentação.

— O chanceler não tem sabedoria, é apenas um ritual rudimentar.

— É ousado da sua parte desonrar o conselheiro favorito de seu pai.

— Não tão ousado quanto assassinar meu pai enquanto ele dormia.

Roscille não tem uma resposta para isso. Ela pressiona os lábios, calando-se.

De forma inesperada, Lisander afrouxa o aperto, só o bastante para Roscille empurrar a mão dele e colocar-se sentada na cama. Os olhos dela ardem. Ela tenta ver, por cima do ombro dele, o reluzir da faca no chão, mas não a encontra. E Lisander, com seu corpo esguio e forte, está entre ela e a porta.

— Não tente fugir — avisa ele.

— Nem pretendia.

Uma série de eventos incrédulos se desdobra: Lisander amarra outra vez os cordões de sua jaqueta, desamarrados por Roscille. Ele vasculha os lençóis até encontrar o colar de rubi e o estende a ela. Está enroscado na mão dele como uma serpente gélida. Ela o arranca de seus dedos, o rosto ardendo.

— Obrigada — diz ela.

Lisander assente.

De súbito, Roscille é tomada por uma humilhação nova. Os últimos momentos repassam por sua mente: ela, atrevida, se deixando cair nos braços dele, Lisander a pressionando na cama e a beijando até tirar seu fôlego, enquanto ela acreditava que ele estava sob seu feitiço lascivo. Ele não estava enfeitiçado de verdade, e aquelas palavras passionais que arderam dentro dela foram ditas sob uma falsa pretensão. Ele estava apenas preocupado com a faca no corpete dela, e em como tirar aquela arma dali.

— Não estava falando a verdade, então? — As palavras escapam de Roscille antes que possa impedi-las. A pergunta feita por uma menininha vaidosa e frívola.

— Eu não deveria fazer a mesma pergunta a você? — O olhar afiado de Lisander encontra o dela. — Todos os seus desejos são fingidos, meios para alcançar um fim, uma forma de levar a adaga até meu pescoço?

Ela se sente quase entorpecida de vergonha.

— Você me chama de bruxa. Tais criaturas não têm sentimentos.

— Eu não acredito nisso.

Ele diz isso sem hesitar, e com tanta convicção que a surpreende. Ela o observa, a pele ainda quente. O cabelo dele está bagunçado pelos esforços dos dois, mas ainda brilha, como o oceano sob o luar. O nariz estreito, talhado como se tivesse sido feito pelo cinzel de um escultor; as maçãs do rosto afiadas sob as sombras fundas da insônia. Um hematoma roxo começa a aparecer no pescoço dele. Roscille sente uma satisfação estranha e devassa ao perceber que ela também o marcou.

— O que vai fazer comigo? — pergunta ela, por fim. — Cortar minha garganta aqui na sua cama?

O olhar de Lisander vai para um canto, onde Roscille finalmente avista a faca, a lâmina brilhando sob a luz suave da lareira. Bastariam dois passos para ele alcançá-la. Mais dois passos e o golpe do braço armado para cortar a carne dela. Ela não tem como impedir a própria morte. Seus olhos não o enfeitiçam; sua única proteção é o frágil colar. Agora sente-se ainda mais humilhada por ter chamado essa quinquilharia idiota de *escudo* um dia.

— Não — diz ele.

Ali, porém, Lisander hesita. Roscille pode culpá-lo por isso? Foi até o quarto dele com uma faca. Orquestrou a morte do pai dele. E deu a ele a morte de uma bruxa, assim, as espadas apenas alcançando o coração do Rei Duncane graças aos seus poderes de compulsão. Não poderia haver desgraça maior ao nome do rei.

Além do mais, lançou Alba em direção ao caos. Empurrou-o na direção de uma coroa que ele jamais desejou. E, por mais que se esforce, Roscille não consegue encontrar um motivo para que ele a poupe agora.

Roscille ergue o queixo.

— Por que não?

— Você não tem nenhuma utilidade para mim se estiver morta — diz Lisander. — Se for preciso negociar com seu marido, não seria bom começar a negociação presenteando-o com o cadáver da esposa. — Ele faz uma pausa. — Mas suponho que talvez esteja sendo esperançoso demais ao acreditar que ele possa permitir uma troca de palavras antes de erguer a espada.

Roscille pensa em Macbeth, no seu tamanho aterrorizante. Tornou-se ordinária para ela e, portanto, menos aterrorizante, mas sempre que Roscille está fora de si, com a mente fora do corpo, ele se torna uma montanha outra vez, uma imensa criatura rochosa, alimentada e formada pelo solo de Glammis. Lisander é forte e ágil como um espírito da água, mas ela não consegue imaginar como ele poderia se comparar ao marido, o noivo de Belona.

Ela não deveria se angustiar por isso. Deveria deixá-la aliviada. Momentos atrás, pensou que morreria com os dedos de Lisander apertando seu pescoço. De repente, leva a mão ao pescoço, onde os hematomas feitos pela boca de Lisander pulsam. O medo se acumula no estômago dela.

Como se pressentisse esse temor, Lisander diz:

— O colar vai escondê-los.

Ela sente o rosto corar, rápido.

— Não vai me entregar?

— Entregar você condenaria nós dois, Lady Roscille. Macbeth precisa mesmo de mais um motivo para querer me matar? — Ele balança a cabeça e se cala por um instante. E então, lentamente, diz: — Prometi que eu a protegeria dele. Não pretendo quebrar esse voto.

— Não pensei que fosse o tipo de homem que cumpre seus votos simplesmente porque os fez, mesmo quando não têm mais utilidade.

Lisander não responde; apenas a encara, o olhar estranhamente suave. O silêncio e a imobilidade dele obrigam Roscille a encarar a realidade de sua situação, que é comprometedora. Embora tenha permitido que ela se sentasse, ele mantém um braço ao redor de sua coxa, segurando-a na cama.

E então, de maneira abrupta, um canto da boca dele se ergue.

— É um jeito astuto de dizer que me considera desonrado.

Roscille tenta manter a própria expressão serena e distante.

— Por que outro motivo recusaria a coroa? Para desdenhar do desejo de seu falecido pai?

O rosto de Lisander finalmente se fecha. Ele fica em pé, tirando o braço da perna dela, e Roscille não consegue evitar sentir-se vazia com a perda de seu toque.

— Não me agrada fazer isso — diz ele. — Mas você não me deu escolha. Levante-se.

Roscille fica de pé. Suas pernas estão trêmulas; o espaço entre as coxas ainda está molhado.

Lisander pega o lençol. Ele rasga um pedaço com facilidade, mal flexionando os músculos. Roscille se surpreende com essa força graciosa e sutil, que parece quase sobre-humana. Ele guia os braços dela para trás e amarra seus pulsos juntos. O tecido não é áspero, mas o nó é apertado o suficiente para irritar sua pele.

Em seguida, ele a deixa parada ali e atravessa o quarto para recuperar o véu que ela deixou cair. Quando Lisander se abaixa, Roscille vê a forma como a coluna dele pressiona o couro da jaqueta; consegue contar cada vértebra, que sobressae como nadadeiras afiadas.

Quando se aproxima novamente, ele mantém o olhar no chão, mas quando está diante dela, mais perto, ergue o olhar e a encara diretamente nos olhos, prendendo-a ali.

Roscille o encara de volta, o queixo trêmulo em desafio.

Sem desviar o olhar em momento algum, Lisander recoloca o véu sobre ela. Seus movimentos são meticulosos e, ainda assim, mais gentis do que ela merece. Quando o tecido volta a cobrir os olhos dela, ele a encara por um breve momento antes de, finalmente, desviar o olhar.

Do baú, ele pega uma espada embainhada. Os movimentos são feitos com destreza mais uma vez: a espada é erguida e encaixada no cinto em apenas um piscar de olhos.

— Venha — diz ele, chamando-a para a porta. A voz dele é dura e fria.

Roscille não tem escolha a não ser obedecer.

Os pensamentos dela estão tão confusos que não teve tempo de refletir sobre o assunto. Agora, sem outra ocupação, enquanto Lisander a empurra através do batente e para dentro do corredor, a descoberta se força para dentro da mente dela. Nenhum homem mortal jamais olhou em seus olhos e continuou vivo, e ainda assim Lisander o fez. Continua se movendo, respirando e com o sangue correndo nas veias. Ele não foi compelido ou enfeitiçado. Roscille olha por cima do ombro para o quarto sem janelas, e os olhos dela encontram as marcas estranhas gravadas nas paredes de pedra, sem um padrão específico, nada que seus sentidos possam decifrar. E compreende, com a certeza súbita e cortante de um raio, que Lisander não é um mortal.

Enquanto é conduzida pelos corredores longos e sinuosos, Roscille tenta inventar desculpas para quando Macbeth, inevitavelmente, exigir que ela se explique.

Ele era forte demais, milorde, e sabia que eu estava indo até lá. Sinto muito. Ele é astuto demais, como o senhor já mencionou.

Posso me sair melhor. Não quero desapontá-lo. Não o desonrarei.

E quanto aos hematomas no seu pescoço: *É por causa do colar, milorde. Sua honra deixou marcas em mim.* Tudo soa lamurioso e estúpido, até mesmo para ela. Roscille perdeu sua inocência. É um truque que lhe foi proibido, uma máscara que não pode mais usar. Roscille de Breizh era tímida; Lady Macbeth, não.

Lisander a força a caminhar mais rápido, e, quando chegam ao pátio, ela está ofegante. O chanceler também está ali, com o rosto vermelho devido ao exercício atípico, depois de passar anos desfrutando do luxo ao lado do Rei Duncane. Ele se inclina com as mãos nos joelhos, o que o faz parecer muito mais velho.

Há outro homem escondido dentro do chanceler: um fazendeiro, um pescador, um pastor. O monge que ele deve ter sido um dia, com a cabeça raspada quase tão careca quanto a de um bebê, antes de ser arrancado de sua abadia silenciosa para servir ao rei. Roscille vê esses homens sobrepostos, como os anéis de uma árvore, com o mais antigo próximo ao centro. Ela fica surpresa por ainda conseguir vislumbrar tal coisa, considerando a criatura gélida que se tornou. Porém, quando pisca, a visão se dissipa.

A barbacã se abre com um rangido. Três cavalos entram no pátio, levantando poeira. Cavalos assustados, com o branco dos olhos revirados visíveis, bufando e salivando. Um cavaleiro é Banquho e o outro, Fléance. O último é Macbeth.

Os tartans estão rasgados e as testas encharcadas de suor, mas Roscille não vê nenhum ferimento. Embora não exibam feridas abertas, o cheiro de sangue se espalha pelo ar. Macbeth respira fundo enquanto desmonta do cavalo, a fúria transbordando de seu corpo em ondas.

— Seu covarde dissimulado — rosna Macbeth. — Tire as mãos da minha esposa.

— Covarde? — ecoa Lisander. — Foi você que mandou sua esposa fazer seu trabalho sujo.

A ponta da espada de Lisander pressiona contra a base das costas de Roscille. Se qualquer um dos dois fizer algum movimento brusco e desajeitado, ela será atravessada pela espada como um porco em um espeto.

— A covardia corre no sangue de Duncane. — Macbeth começa a cercá-los, a própria lâmina reluzindo. — Seu irmão fugiu como um cervo assustado ao ver nossas espadas. Primeiro ele procurará abrigo no castelo daquele idiota, Macduff, e depois seguirá para a corte de Æthelstan. Covarde demais para lutar suas batalhas por conta própria.

— A maioria julgaria ser mais covarde erguer três espadas contra a espada de um único homem. — Lisander acena com a cabeça na direção de Banquho e Fléance, ainda montados em seus cavalos. — O homem que você considera como seu braço direito é desajeitado, Thane de Glammis. Dificilmente poderia ser considerado mais habilidoso do que o filho emburrado. Os três foram superados por um homem que mal saiu da infância.

Com um grunhido furioso, Banquho desce da sela. Fléance segue o pai, o peito ofegante, e daquele ponto de vista até o ferimento de quase morte parece leve, pálido, drenado da honra.

Macbeth não abre a boca para defendê-los. Em vez disso, abre um pequeno sorriso.

— Está nítido que compreende a delicadeza de sua posição, príncipe de Cumberland — diz ele. — Uma espada nunca triunfará contra três e, ao contrário de seu irmão, você não tem para onde fugir.

O vento sopra em uma rajada poderosa e avassaladora pelo pátio, atingindo o véu de Roscille. Ela espera que isso justifique a forma como seus olhos se enchem de água e que o marido não a veja chorar — e, se ver, que pense que o motivo é o temor que sente pela própria vida, e não pelo luto que ela acredita estar próximo. O golpe da espada que apagará Lisander da Terra.

Mas se Lisander sente medo, não demonstra. Os olhos verdes continuam firmes.

— Sugiro que também repense sua posição, Thane de Glammis — diz ele. — Meu irmão chegará à corte de Æthelstan em uma semana e, quando chegar, toda a Inglaterra se mobilizará pela causa dele. Nomeie-se rei se assim escolher, mas Alba é uma nação em pedaços. Quantos outros thanes se juntarão a você quando souberem que isso significa enfrentar o exército de Æthelstan? Sou sua única esperança de ganhar aliados na Escócia e de obter a paz com a Inglaterra. Evander negociará pela minha vida, mas não fará concessões por um cadáver. E você sabe muito bem que o leão sempre devora o unicórnio.

Macbeth fica imóvel. O vento sopra em seus cabelos e barba, trançando-os com o frio. O sangue de Roscille congela nas veias. Lisander não pisca e não vacila.

O marido pode ser um artífice da violência, mas não perdeu todo o juízo. Roscille sabe a essa altura que ele é mais do que um bruto ignorante. Esses momentos demorados correm como água, subindo, descendo, banhando as margens, recuando, subindo e descendo novamente, afogando a areia com rastros de espuma.

Por fim, Macbeth fala entredentes:

— Solte a espada — diz ele a Lisander. Em seguida, por cima do ombro, chama Banquho e Fléance: — Acorrentem-no e coloquem-no em uma cela.

A pressão nas costas de Roscille é aliviada quando a espada de Lisander cai no chão. Ela suspira, mas não há um alívio verdadeiro da tensão e do terror enquanto Macbeth caminha em sua direção e a segura pelos ombros, puxando o corpo pequeno dela contra seu torso colossal.

— Sinto muito... — ela começa.

— Não — diz ele, baixo, mas firme. — Agora não.

Ela não consegue se obrigar a assistir quando Banquho e Fléance cercam Lisander, segurando os braços dele, e o arrastam para fora do pátio. Mas também não consegue desviar o olhar. Ela encontra o olhar de Lisander, que continua gélido, indecifrável e espantosamente verdes.

— Traidor! — grita uma voz trêmula de repente. — Você, Macbeth, traiçoeiro, apóstata! Você matou o rei enquanto ele dormia!

Macbeth se vira lentamente. É o chanceler que grita do outro lado do pátio, tremendo dentro das vestes elegantes, segurando o crucifixo de pedras preciosas nos dedos finos e enrugados.

— Silêncio — ordena Banquho.

Macbeth levanta a mão.

— Pense bem em sua situação, chanceler. Seu antigo mestre está morto e não pode mais protegê-lo. Está preso aqui, no castelo de quem o matou. Agora, você tem duas opções: pode se curvar a mim ou pode acompanhar Duncane no túmulo.

O chanceler treme como um junco ao vento. Ele tenta falar, mas as palavras não saem. Os olhos de Roscille, que ainda está pressionada contra o peito de Macbeth, ficam embaçados e começam a arder, e ela respira com dificuldade.

Depois de alguns minutos de silêncio, o chanceler se ajoelha. Deixa o crucifixo no chão de terra e ergue os braços acima da cabeça. Ele se inclina para a frente, com o rosto contra o chão empoeirado e as mãos espalmadas na terra. É uma súplica genuína. Uma rendição completa. Macbeth irá saborear aquela visão como se saboreasse o álcool mais intenso.

Macbeth se aproxima dele. Seus passos são ruidosos como pedras caindo de uma altura enorme. Ao alcançar o chanceler prostrado, inclina a cabeça para o lado, considerando a pose passiva daquele homem. A vergonha emana dele como nuvens de poeira.

A lâmina corta o pescoço curvado do chanceler, rápida e certeira. Macbeth já matou tantos homens que ele sabe exatamente onde acertar, como causar o ferimento perfeito. Ele constrói cada morte com um toque de astúcia. Às vezes, haverá um sangramento ostensivo, uma respiração ofegante, uma morte longa e arrastada, se isso servir aos seus propósitos. Porém, agora é brutal e breve. O chanceler não teve últimas palavras. O corpo já caído mal se move da posição anterior. Há um único espasmo, como um peixe fora d'água. E então, apenas um círculo vermelho que se expande cada vez mais na terra.

— Não preciso de outro sacerdote tagarela — diz Macbeth.

Ele puxa a espada, girando-a sutilmente, o que gera um som de ossos rachando. Ele levanta a lâmina e lambe a ponta, saboreando a morte cuidadosamente elaborada do chanceler. E assim também criou essa mensagem, mostrada a todos que podem ver o vermelho que mancha seus lábios: presenciamos o rito do *primeiro* sangue, o que significa que mais sangue será derramado em breve.

Macbeth não vai ao salão para matar sua sede com vinho ou espalhar mapas sobre a mesa de guerra. Em vez disso, vai para seu quarto. Roscille foi comandada a segui-lo com um gesto brusco de cabeça. Ela o acompanha em silêncio e, quando chegam ao quarto, ele a conduz para dentro e fecha a porta atrás dela. Durante todo esse tempo, ele nem sequer olhou para ela, nem para seus olhos através do véu.

Um criado entra com um balde de água. Roscille fica de pé sobre o tapete de urso, com as mãos entrelaçadas na frente do corpo, o olhar fixo na cabeça do animal morto, rezando para que pareça arrependida o suficiente para agradá-lo, rezando para que os olhos dele não foquem em seu pescoço por muito tempo.

Ela ergue a cabeça apenas quando ouve o marido largar a espada com um baque indecoroso no chão; a arma atinge a pedra, a lâmina ainda vermelha. Então ele desamarra o gibão e puxa a camisa pela cabeça.

A boca de Roscille fica seca de medo. Não, pensa ela. Não, ainda há dois pedidos que ele precisa cumprir, ainda restam duas provações antes dos lençóis e das coxas manchadas de sangue e do terror de uma criança crescendo em seu ventre — mas talvez o fracasso dela e a raiva dele tenham feito Macbeth não deixar de se importar com o antigo costume. A bile lhe sobe à garganta.

Porém, o marido ainda não a encara quando diz:

— Traga a água e o pano.

Com movimentos lentos e travados, Roscille se ajoelha ao lado do balde. Ela molha o pano na água, depois puxa e torce, até que esteja úmido, mas não pingando. Então, ela se levanta outra vez. Macbeth finalmente se vira para ela, nu da cabeça até a cintura, e a encara cheio de expectativa.

Roscille nunca viu tanto do marido ou de qualquer outro homem antes. O peitoral é uma paisagem escarpada, com colinas largas e vales estreitos, com áreas compridas como margens de rios secos, os ossos encaixados em um quebra-cabeças complexo sob a pele. A pele é cheia de cicatrizes. Uma larga e curta no ombro esquerdo; outra comprida e sinuosa no abdome. Ela se altera graças a proeminência dos músculos, tornando-a ainda mais macabra e bizarra. Pela forma como se sobressai, o ferimento deve ter sido terrível. Profundo.

Com as mãos trêmulas, Roscille se aproxima dele. Uma camada fina de suor e sujeira cobre a pele Macbeth. Ela ergue o pano e o passa pelo pescoço dele. Este parece o lugar menos assustador para começar. Afinal, ela já viu essa parte antes, perto da primeira cicatriz de quase-morte. A pulsação de Macbeth se agita sob a mão dela.

Roscille é uma dama nobre que nunca limpou nada na vida. Só agora que Hawise lhe foi arrancada que ela aprendeu a se lavar sozinha. Ela esfrega, hesitante, a linha da clavícula do marido.

Macbeth grunhe.

— Não sou feito de vidro.

Ela sente o pescoço pinicar.

— Perdão, milorde.

Ela esfrega com mais força, no começo com o pano entre o polegar e o indicador, e depois, quando alcança a parte mais larga do peito, abre o pano sob a palma da mão. O coração de Macbeth ressoa em batidas firmes. Ela o sente vibrando através da pele.

Quando Roscille se ajoelha para enxaguar o pano e mergulhá-lo na água limpa, Macbeth diz:

— Você não o matou.

Os dedos dela se fecham ao redor do pano. O único som no quarto é da água pingando, pingando e pingando. A água está fria, e, agora, a mão dela também.

— Não — diz lentamente. — Não matei.

A água forma uma pequena poça no chão. O marido a observa através do véu. Será que ele sabe? Será que verá como os lábios dela estão levemente inchados e macios ao toque? Será que o colar deslizará para revelar as marcas vermelhas deixadas pela boca de outro homem? Será que ele sente o cheiro de adultério nela, como o sangue que alerta o faro de um cão? Roscille respira tão fundo que o ar puxa o véu para dentro da boca.

Se quisesse, poderia revelar Lisander pelo que ele é, ou melhor, pelo que ele não é: um homem mortal. No entanto, o que isso mudaria? Um segredo só tem valor enquanto não é revelado. Depois, vira pó. Ela não consegue ver como revelar esse segredo a beneficiaria naquele momento.

E Lisander é o único homem vivo — desde que continue vivo — que pode realmente olhar nos olhos dela, sem precisar de proteção. Quando ela se for desse mundo, percebe Roscille, um pedaço de sua alma irá com ele — o conhecimento clandestino e místico que ela quase tem medo de descobrir. *O que você vê dentro de mim? Fale a verdade. Diga-me o que os homens mortais não podem contar.*

— É bom — diz Macbeth. — Ele é mais útil para nós vivo.

O nó em seu estômago se desfaz um pouco.

— Como refém?

— Sim, como refém. Quem sabe quanto Æthelstan concederá para que o príncipe retorne em segurança? Enquanto isso, ele poderá nos fornecer um bom conhecimento sobre nossos inimigos. Seus planos e seus poderes. Quantos escoceses se aliarão ao irmão e o tamanho do exército que Æthelstan conseguirá reunir na Inglaterra. Ele não revelará essas informações de graça, é claro. Mas há maneiras de fazer os homens falarem.

Roscille sente a garganta fechar. Isso não é nenhuma novidade para ela, que cresceu na corte de Alan Varvek. O Duque é avarento com a violência, mas, quando a gasta, é com extravagância. As câmaras de tortura são tão opulentas quanto os salões de banquetes. Os metais de seus cavaletes estão sempre lubrificados, para que não façam barulho quando as vítimas gritam. Suas serras são afiadas semanalmente. Os melhores ferreiros de Breizh criaram os espetos da cadeira. Sua roda de despedaçamento nunca quebrou.

Ela precisa engolir em seco antes de conseguir perguntar:

— Isso não afetará o valor dele como refém? Evander pode pagar menos por um bem danificado.

Macbeth bufa.

— Nenhum homem sai ileso e limpo em uma guerra. Até mesmo um principezinho mimado sabe disso. — Ele olha para o pano pingando na mão dela. — Continue.

Roscille ergue a mão e esfrega o peito dele novamente. Ele é sólido e impenetrável. Nada cede sob seu toque. Ela torce para que ele não sinta o tremor dos seus dedos. Se fechar os olhos por um breve momento, se sequer piscar, ela poderá ver a escuridão da masmorra, pontilhada pela luz de lâminas prateadas. Se estivesse sozinha, vomitaria.

Se Macbeth nota a tremedeira, não comenta. Em vez disso, diz:

— Eu confiarei isso a você.

Um choque percorre a espinha de Roscille, como se ela tivesse sido cutucada.

— Como?

— Parto para Moray amanhã, com os exércitos de Glammis e Cawder unidos. Assim que tomar o trono de Duncane, o restante de Alba cairá de joelhos diante de mim. E enquanto eu estiver longe, você é a Senhora de Glammis. O interrogatório do príncipe será sua responsabilidade, e o castelo inteiro ficará sob seus cuidados.

Roscille para de esfregar a pele do marido.

— Me deixará sozinha aqui?

Macbeth confunde a pergunta dela com apego. Afeição. Ele sorri.

— Não ficarei fora por muito tempo — responde. — E quando eu voltar, Glammis será a nova sede do poder em Alba. Eu serei o Rei, e você será a futura Rainha.

A mente dela se volta para um lugar sombrio. Dessa vez, não uma masmorra imaginária, mas o porão, com o ar sujo e úmido. Com suas águas revoltas e as correntes sendo chacoalhadas. As Lavandières brilhando no escuro, exibindo partes da pele macilenta. Seus olhos cegos estão nebulosos demais para reter a luz das tochas. O augúrio delas se ergue da água como neblina, sílabas proféticas arranhando o teto irregular.

Salve, Macbeth, Thane de Glammis.

Salve, Macbeth, Thane de Cawder.

Salve, Macbeth, o futuro Rei.

— Não sei como cuidar de um castelo — constata Roscille por fim, fraca.

— Você terá ajuda. Deixarei Banquho e Fléance aqui.

O espanto domina seus pensamentos. Fléance provou ser, ainda que falsamente, um soldado hábil, cujo tempo no campo de batalha foi prometido. O jovem jurou que não seria abandonado outra vez. Mas e Banquho?

— Mas, milorde —a confusão na voz dela é genuína —, Banquho é seu braço direito.

O olhar de Macbeth pousa sobre ela por um bom tempo. Ela não consegue decifrar as emoções por trás dos olhos do marido. Pensa nas palavras de Lisander. *O homem que você considera como seu braço direito é desajeitado.* Talvez essas palavras, ditas apenas para provocar e irritar, sejam mais verdadeiras do que imaginava.

— Um grande guerreiro sabe lutar igualmente bem com a mão esquerda — declara Macbeth por fim. — Eles deixaram o príncipe escapar. Não posso me dar ao luxo de que falhem outra vez. — Ele faz uma pausa. — E não me esqueci da traição dentro do meu clã. Não arriscarei que sua vida caia nas mãos de outros covardes mascarados. Banquho e o filho a servirão e protegerão na minha ausência.

Isso é apego? Afeição? Decerto, a intenção deve ser punir Banquho e Fléance pelos extremos do fracasso, mas seria punição o suficiente ser deixado para trás sem sofrer a indignidade de servir a uma mulher em vez de seu senhor. Ele desonra seus homens mais leais para alimentar a honra da esposa. Roscille se esforça para interpretar o olhar no rosto de Macbeth.

Ela tenta ver a si mesma através dos olhos dele. Ali está a noiva estrangeira que está aprendendo a falar escocês como uma nativa. Ali está uma menina pedindo por uma capa feito com as criaturas de seu novo lar. Ali está sua

Lady, que matou por ele três vezes, e então lavou o sangue das mãos e fingiu se encolher e choramingar sob o véu. Ali está uma bruxa que usa correntes como pulseiras, que chama sua algema de *escudo*. Ali está a esposa que o serviu de todas as maneiras que uma esposa deve servir ao marido. Exceto uma.

Ela se refez para agradá-lo. Ela se encaixa confortavelmente na ordem do mundo de Macbeth. E, por isso, conquistou a profecia *dele*. *A futura Rainha*.

Uma visão se estende diante dela, um sonho acordado. A piscina de lampreias, delimitada por pedras organizadas, as enguias nadando em círculos infinitos. Seus corpos esguios se retorcem para dentro e para fora da água, as espinhas prateadas trançando a escuridão. Luz e sombra, sombra e luz. O reflexo dela ondula no centro da piscina.

As lampreias se voltam para ela, as bocas cegas procurando carne. Em pouco tempo, Roscille de Breizh foi consumida. Lady Macbeth está acima da água, e as enguias voltam a circular, aguardando a próxima criatura que será empurrada até seus dentes.

— Sua fé em mim me honra, milorde — sussurra Roscille.

Ele não sabe que, no passado, ela rezou por sua morte. Tentou empurrá-lo para a lâmina dos inimigos. Ele não sabe que ela, prazerosamente, abriu as pernas para outro homem.

— Você provou que é digna de ser honrada — diz Macbeth. Ele pega o pano da mão dela e o joga no balde. — Sei que Glammis ficará bem sob seus cuidados. E ficarei no aguardo de um mensageiro trazendo a confissão do príncipe em breve.

Roscille engole em seco.

Subitamente, Macbeth a segura pelos ombros e a puxa contra si, esmagando o corpo dela contra seu peito nu. Sua pele é fria e úmida. Dura e áspera, quase como uma pedra. Roscille sente a imobilidade dele se espalhar por ela, como líquen branco florescendo na madeira morta.

Então, ele se inclina e pressiona um beijo brusco na testa dela, por cima do tecido do véu. Seus lábios são ásperos. O beijo a faz lembrar da língua de um cão arranhando sua palma. Ele a segura com mais força depois disso, apenas por um instante, e ela é tomada pelo pavor, perguntando-se se deveria retribuir o gesto de alguma forma.

Mas então Macbeth a solta e atravessa o quarto em passos largos. Aproxima-se do enorme guarda-roupa de carvalho. Abre uma das portas, as dobradiças antigas rangendo. Suas mãos vasculham por algo lá dentro.

Depois de um tempo, ele se volta para ela outra vez. Uma mão está fechada em punho, a outra, com a palma voltada para cima. Sobre a palma, há uma chave enferrujada.

— Isso também ficará sob seu cuidado — diz Macbeth. — Caso deseje buscar conselhos durante minha ausência.

A chave enferrujada que se encaixa na fechadura enferrujada. A fechadura enferrujada de uma porta enferrujada. Atrás da porta enferrujada fica a escuridão imperfeita, talhada por foices de luz. Uma única tocha, pulsando, fazendo a água ondular e recuar.

Ali está a magia primordial sobre a qual o poder de Macbeth foi construído, volumoso como raízes na chuva. Roscille se lembra de outra história antiga, a história de um nobre que cortou as árvores de um bosque sagrado. Aninhada dentro de uma dessas árvores, estava uma ninfa da floresta. O machado cortou com precisão a pele delicada, a divindade tenra partindo-se sob a lâmina. Quando a deusa a quem o bosque era dedicado viu a morte da ninfa, ela mandou que o espírito da Fome amaldiçoasse esse nobre, para que sempre estivesse faminto e que sua fome jamais fosse saciada. Ele comeu tudo que estava ao alcance de suas mãos e, por fim, devorou a si mesmo.

Este nobre era um tolo. Deveria ter mantido a ninfa acorrentada e obrigado a deusa a obedecer às suas ordens. Roscille aceita a chave e a coloca dentro do corpete do vestido. O metal frio desliza suavemente na sua pele gelada.

No pátio novamente, durante o crepúsculo, todos os soldados estão vestidos e preparados. Os cavalos bufam e levantam poeira. Tudo é banhado por uma fraca luz cinzenta, passando pelas nuvens que se estendem sobre Glammis como um pano molhado. Homens se empurrando se acotovelam para caber no pequeno espaço, e ainda há mais soldados além dos portões abertos, descendo a grande colina. Roscille consegue contar meia dúzia de estandartes de guerra diferentes acima da massa de homens barbudos. Cada um ostentando o símbolo de um clã, e os homens reunidos usando tartans idênticos sob eles.

Raposa Invernal, Cabra-montesa e Manto de Doninha estão entre eles, gritando acima do barulho incoerente. Macbeth pavoneia seu cavalo diante da multidão, de um lado a outro, sob aplausos crescentes.

— Salve, Macbeth! — gritam os homens. — Rei da Escócia!

Suas espadas cortam o ar.

Apenas dois homens estão sem armadura ou cavalo. Banquho e Fléance estão de pé, cada um de um lado de Roscille, com as espadas ao lado do corpo e de braços cruzados. Nenhum dos dois esconde a expressão: nuvens de tempestade florescem e explodem em seus rostos, e os olhos ardem vermelhos como brasas. A cicatriz de Fléance não parece tão chamativa quanto ele esperava. Sob aquela luz, esconde-se na pele.

Manto de Doninha cavalga até Macbeth, aproximando os flancos de seus cavalos. Ele está em sua posição à direita de Macbeth. É onde Banquho deveria estar.

O vento aumenta, soprando o véu de Roscille contra o rosto. No passado, ela teria estremecido, mas agora o frio de Glammis está infiltrado em sua medula, e ela não sente nada.

— Vamos entrar — diz ela.

Ela se vira e, com uma fúria mal escondida, Banquho e Fléance a acompanham. Os homens ainda estão entoando aclamações, mas, conforme ela adentra o castelo, os cantos são engolidos pelo vento, perdidos pela distância.

9

Tudo que Roscille sabe sobre cuidar de um castelo foi o que aprendeu observando a corte de Barba-torta. Pela lei, a esposa do Duque é Adelaide, que não é sua mãe, mas ainda assim é o motivo pelo qual Roscille existe.

Adelaide não é bela, embora isso por si só não seja uma desculpa para desdenhar dos votos de casamento, não com a quantidade de sacerdotes que Barba-torta é obrigado a manter em sua companhia, sob pena de sofrer recriminações da Casa de Capeto e do próprio papa. É uma consequência infeliz de sua descendência. A Casa de Blois, de onde vem, é um grupo de pele áspera, olhos úmidos e nariz comprido, o resultado de muitos casamentos entre primos. Nem mesmo uma infusão de sangue angevino seria capaz de corrigir aquilo — Adelaide é prima de le Tricheur, a quem Roscille quase matara de susto.

Não, o problema de Adelaide não é sua beleza — ou melhor, a falta dela —, mas sim o fato de Adelaide ser simplória, como um cavalariço que levou um coice de cavalo na cabeça ou um bebê deixado dormindo de lado no berço por tempo demais. Os humores de Adelaide estão perpetuamente desequilibrados. Ela está impregnada com uma mistura calamitosa de bile escura e pus branco, resultando em uma mente doente. Em um esforço de reequilibrar esses humores, Adelaide passou pela trepanação não uma, não duas, mas três vezes. O ato deixou metade da boca dela aberta, em um ricto permanente, e ela precisa carregar um lenço consigo sempre, para limpar a saliva que se acumula no canto dos lábios. Quando fala, é com um gemido rouco, como o de um sapo.

Mesmo esse desequilíbrio não é de todo imperdoável, nem motivo para rejeitar uma esposa de uma casa tão antiga e nobre, mesmo sendo pouco atraente. Esses humores, no entanto, concederam a Adelaide um temperamento tanto fleumático quanto melancólico, o que significa que ela deve ficar longe de objetos afiados. Ela precisa ter um grupo de damas ao seu lado para mantê-la longe de janelas abertas e quedas longas, de nós em cordas amarrados com rapidez e vestidos pesados. À noite, às vezes é possível ouvi-la se queimando com cera quente e gemendo como se estivesse em êxtase. Os pulsos são deformados por cicatrizes em círculos, as lesões sobrepostas umas às outras, como ondas em um lago.

O suicídio, obviamente, é um pecado na visão do papa, e Roscille estava na sala quando Barba-torta declarou aos padres:

— Se é o desejo da minha esposa recusar os deveres terrenos, então eu não deveria mais ser obrigado a cumprir meus próprios votos feitos na Terra.

Havia certa lógica na declaração, o que fez a testa dos sacerdotes enrugarem e suas cabeças balançarem sobre os pescoços finos. Levaram aquela lógica de volta à Casa de Capeto, que a levou até o papa. O papa decretou que não anulará o casamento, pois isso também é um pecado, mas libertará Alan Varvek, Duque de Breizh, de forma extraoficial dos seus vínculos matrimoniais.

Então ali estava o pai dela, levando ao leito aberta e descaradamente as segundas ou terceiras filhas dos lordes de seus feudos. Ele não se rebaixará ao nível de levar criadas para o quarto, porque elas tendem a ter ideias acima de sua posição social quando acreditam que foram escolhidas pela vontade divina para carregar o filho de um duque. Garotas nobres sabem que não devem esperar nenhuma elevação em posição apenas porque o Duque as acha atraentes o suficiente para procriar.

A mãe de Roscille foi uma dessas segundas ou terceiras filhas, mas seu nome se perdeu no tempo e a vida foi arrancada dela no leito em que deu à luz. Porém, qualquer lição que uma mãe poderia ensinar a uma filha, Roscille aprendeu observando Adelaide. Com ela, aprendeu todas as coisas que nunca, jamais deveria fazer; todas as coisas que nunca, jamais deveria ser. Ela precisa ser linda. Precisa manter a mente afiada como uma lâmina. E precisa sempre se manter segura próxima de objetos afiados. A loucura, dentre todas as coisas, é o traço mais imperdoável em uma mulher.

No primeiro dia de ausência do marido, Roscille se senta à mesa de Macbeth e escuta os relatos de seus súditos no lugar dele. Como algumas ovelhas sofreram de uma peste e os pastores não poderão arcar com os custos dos tributos. Como amantes de duas famílias rivais desejam se casar e esperam receber a permissão de seu senhor para fazer isso. Como uma mulher dormiu com metade dos homens do vilarejo e causou tanto alvoroço que deve ser enviada para um convento para se redimir. Que pena que nenhum desses jovens meninos sabe ler em latim. Seria possível Lorde Macbeth ceder um Druida ou dois para ensiná-los?

Roscille diz: nós iremos receber tributos menores das famílias pastoris este ano. Diz: essas famílias não brigarão mais por ofensas mesquinhas e antigas, ou o Lorde irá voltar e espalhar o cérebro de seus filhos na parede. Diz: tragam esta mulher impura ao castelo, e ela pagará os pecados ao esfregar meu chão e bordar meus vestidos. Diz: eu mandarei dois Druidas nas manhãs de domingo para ensinar os meninos.

Banquho e Fléance estão sentados ao lado dela enquanto Roscille escuta as queixas e resolve as disputas. Quando o último homem vai embora, Banquho diz:

— Não mandará esses Druidas.

— Por que não?

— Porque ainda há perfídia em Glammis. Desperdiça seu tempo satisfazendo essas lamúrias mesquinhas. Deveria gastar seus recursos procurando a origem da traição, em vez de mimar os aldeões. Todos são traidores em potencial. Todos.

Roscille olha para Fléance, atrás de Banquho, que abaixa a cabeça para evitar o olhar dela. É demais esperar que ele a apoie abertamente na frente do pai, mas ela quer envergonhá-lo um pouco ao encontrar os olhos dele. Fica satisfeita quando o rubor surge em suas bochechas.

Ela se vira para Banquho e diz:

— Se tratar todos os homens como traidores, com o tempo, traidores serão.

A boca de Banquho se retorce.

— E essa mulher que você pretende trazer ao castelo? Ela também pode ser uma traidora, pronta para abusar de sua posição. A senhora se senta aqui, cobiçando belos vestidos, enquanto Glammis se volta contra seu Thane. Isso não é hora de encher os salões com criadas avoadas.

— Ou essa mulher é avoada ou é uma traidora. Ela não pode ser as duas coisas. — Roscille se levanta da mesa. — E esse é o tipo de traição que nasce da insatisfação. Quanto mais você trata o povo mal, mais insatisfeitos ficarão. Essas simples justiças irão inspirar a amabilidade entre os súditos de Macbeth.

— Por que é a amabilidade que deseja inspirar? O medo oferecerá o mesmo resultado.

Talvez, entre o povo bruto da Escócia, o medo realmente traga o mesmo resultado. Mas Roscille não quer que mais ninguém seja punido por suas mentiras. Ela se pergunta se o pai veria aquilo como fraqueza; que criatura inteligente se recusaria a sacrificar seres inferiores para se proteger? O pensamento se revira em sua mente. Ela não é mais Roscille de Breizh. Ela é Lady Macbeth e, na ausência do marido, Glammis é sua para governar.

— Essa é a minha função, Lorde Banquho — diz ela. — O Lorde deixou essas questões sob minha responsabilidade. Se não atender aos meus desejos, enfrentará a ira do meu marido quando ele retornar.

Banquho fica em silêncio por um tempo, com os dedos tensos na lateral do corpo, como se lutasse contra o instinto de sacar a espada. Ele respira fundo, inflando o peito, e então fala:

— Mas também há os desejos do rei que precisam ser atendidos, Lady Macbeth. Ele está aguardando o conhecimento que a senhora irá extrair dos gritos do príncipe.

Roscille não responde. Banquho se endireita, satisfeito com o silêncio dela. Ele pensa que lutaram e ele desferiu o golpe final. E é por isso que ele é apenas um tático, não um estrategista. Banquho enxerga apenas o que está diante dos olhos e ao alcance das mãos. Tem o poder pequeno de um nobre e não o domínio completo de um imperador. Acredita que as lampreias devoram segundo sua vontade, mas, na verdade, são apenas bocas cegas que mastigam qualquer coisa que os dentes encontrarem.

Roscille pega suas coisas e sai do salão sem dizer mais nada.

A masmorra. Ela nunca esteve lá antes. Não é um local adequado para damas. Seu vestido se arrasta pelas poças enlameadas, e a cada passo que dá, ratos guincham e fogem para cantos escuros. A luz da tocha brilha nas paredes úmidas e no chão coberto de sujeira. Nas paredes, há ferramentas penduradas como em um depósito de jardim. Longos chicotes com crostas de sangue. Um chicote gato de nove caudas pegando poeira. Facas de todos os formatos e tamanhos, com os cabos enferrujados. É um espaço pequeno, pesado e abafado, como todos os cômodos de Glammis. Não há nenhum cavalete resplandecente. O Duque ficaria descontente com aquilo. A tortura, como todas as coisas sob influência dele, é algo sofisticado e complexo. Não se assemelha em nada com esses escoceses bárbaros e seus métodos comuns e grosseiros de extrair dor.

Roscille se aproxima da cela mais próxima. As barras de metal são frias e sua pele congela ao agarrá-las.

— Não pensei que viria — diz Lisander.

Ela sente um frio na barriga.

— Por que eu não viria?

— Porque esses assuntos estão abaixo das preocupações de uma rainha.

— Está zombando de mim.

Lisander bufa antes de emergir da escuridão da cela. Seu rosto está mais pálido do que o normal, as olheiras estão mais fundas e chamativas, mas os olhos ainda são penetrantes e verdes demais. Até mesmo seus passos lentos são graciosos. Ele não se curva ou se arrasta como um prisioneiro. Levará mais do que um dia para o príncipe abandonar sua postura.

— O que há para zombar? Duncane foi morto pelas mãos do seu marido. Macbeth se autoproclama rei, e sua esposa deve ser a rainha.

— Ele mal pode ser considerado um rei — diz Roscille —, e eu menos ainda.

A surpresa toma o rosto dele, seguida pela diversão.

— Vejo que já viveu entre os bárbaros escoceses tempo o suficiente para compreender.

— Não preciso viver entre bárbaros para compreender que quanto maior é a ascensão de alguém, pior é a queda. Quanto mais alta é uma torre, mais precária é sua construção. Até mesmo crianças com seus blocos de montar sabem disso.

— Agora é você que está zombando de mim.

— Não — diz Roscille. — Não estou. Eu não quero... eu nunca quis isso. Nunca quis ser rainha. Sou tão enfadonha quanto um cão. Estou apenas tentando sobreviver nesse mundo cruel.

Essa confissão deveria ser vergonhosa, mas Lisander não a olha com desdém ou repulsa. Em vez disso, ele se aproxima dela lentamente. Leva as mãos até a grade e seus dedos se fecham ao redor do metal, a poucos centímetros de onde os dedos de Roscille seguram.

— Para não perturbar a estrutura do mundo — começa ele —, você passou a vida toda sendo amordaçada. Mas um cachorro amordaçado só consegue pensar na própria miséria e nas correntes que o prendem. Eles podem até roubar o poder do seu corpo, mas não podem roubar sua mente.

Será que não podem mesmo? Roscille pensa em Adelaide, cuja mente é sua própria carrasca, fazendo seu corpo trair a si mesmo, desejando dor em vez de prazer. Este é o maior medo de Roscille, muito além do terror de coxas e lençóis manchados de sangue, maior do que a queda no oceano frio. A loucura. Se não conseguir pensar, ela se tornará um nada.

— Como sabe disso? — pergunta ela, quase em um sussurro.

— Porque eu olhei nos seus olhos — diz Lisander.

Roscille sente como se uma pedra tivesse se instalado em sua garganta. Ela precisa engolir em seco para não se engasgar.

— Eles virão — ela consegue dizer. — Banquho e Fléance. Recebi ordens para torturá-lo até que você diga o que sabe. Vão usar todas as ferramentas disponíveis para fazê-lo falar.

— Não vão conseguir. — O tom dele é monótono. Um fato, não uma vangloriação.

— Mas... — ela começa, mas então para.

O que mais poderia dizer? Que tem uma dívida dupla com ele, a primeira por não deixá-la morrer e a segunda por não tê-la matado? Essa coisa que os une não parece uma dívida; não há um registro, nem tinta. Eles são dois peixes em um lago, circulando um em volta do outro, encurralados naquele arranjo de pedras. Seus ritmos são idênticos enquanto impulsionam seus corpos prateados pela água, para dentro e para fora, como agulhas perfurando um tecido preto. Ele é o único que verdadeiramente a enxerga de verdade. E ela não sabe o porquê, ainda não, mas seus olhos são dois espelhos, projetando o reflexo de Lisander para ele mesmo.

Ela se lembra de ver o relevo das vértebras da coluna de Lisander se projetando da pele quando ele se curvou. Sua carne, tão fina, oferecendo uma proteção sutil às veias. O coração e os pulmões, isolados de maneira tão precária. Ela quer vomitar, talvez gritar.

—Não sinto dor como os outros homens — diz Lisander, como se pudesse ler os pensamentos de Roscille. — Você deve ter ouvido falar que a linhagem de Duncane é amaldiçoada.

Ela abre a boca para responder, mas então ouve passos vindo da escada. Ela dá um pulo, tomada pelo pânico.

— Não podem saber que estou aqui — diz ela, diminuindo o tom de voz. — Vão se perguntar porque ainda não ordenei que a tortura comece.

Lisander assente.

— Vá — ele diz.

Então ela parte, mas não consegue evitar uma última olhada. Roscille imaginou que o veria recuar para as sombras da cela, mas, mesmo a distância, os olhos do príncipe brilham no escuro, dois faróis de luz verde sobrenatural.

Roscille ordena que tragam a mulher adúltera, Senga, ao castelo. Ela deve ser cinco ou dez anos mais velha do que Roscille, não velha o suficiente para ser mãe dela, porém, o bastante para ter a testa marcada por rugas finas e delicadas de preocupação. Essas rugas surgem com mais facilidade na testa de plebeus do que na testa de damas nobres. Ela fica satisfeita ao ver que Senga é muito parecida com Hawise. Tem ombros largos, longos cabelos loiros e um rosto sério que não demonstra medo. Quando se coloca diante de Roscille, seu olhar não vacila, embora Fléance a tenha arrastado pátio adentro pela trança.

Senga nem sequer recua quando Roscille repete os rumores que ouviu sobre ela, todas as coisas lascivas e nada cristãs que fez. Ela pergunta se são verdadeiros. Senga simplesmente assente.

— Os habitantes da sua aldeia querem que você seja enviada a um lugar para aprender sobre a castidade — diz Roscille.

O sotaque de Senga é tão grosseiro e provinciano que Roscille sente dificuldade em entender quando ela responde:

— Se devo ir a um convento, irei sem causar problemas.

— Não — declara Roscille. — Você será minha dama de companhia. Entendeu?

Ela precisa usar a palavra bretã para "dama de companhia". Até onde sabe, essa palavra nem existe em escocês. E se existe, nunca a ouviu sendo usada pelos homens de Glammis.

— Devo banhar e vestir a senhora e costurar seus vestidos? Como uma criada? — pergunta Senga, em escocês.

— Também me fará companhia.

Os olhos de Senga se estreitam, como se esperasse.

— Gostaria que bordasse meus vestidos no estilo de Alba. Em troca, ensinarei você a ler e a escrever. Em seu escocês nativo, se ainda não souber, ou, se já souber, em latim.

Há algo no olhar de Senga que faz Roscille acreditar que ela concordará. Uma astúcia afiada que, sem dúvida, não é apreciada pelos homens vulgares de seu vilarejo. Ela é corajosa o suficiente para ficar diante de sua senhora sem tremer e, quando seus pecados foram relatados, não tentou se desculpar.

Ousada e imperturbável. Esse é o tipo de mulher que Roscille deseja manter ao seu lado.

— Sim, milady — diz Senga. — Posso fazer isso.

Os dedos de Senga são ásperos e calejados pelo trabalho nas fazendas, mas logo se tornarão macios graças ao luxo da vida na corte: três refeições por dia, preparadas por criados, uma cama de pena em vez de palha, sapatos de veludo em vez de sandálias de madeira pesada. Mesmo o caminhar torto será corrigido assim que as costas não sofrerem o fardo de carregar baldes do poço.

Enquanto entrega uma agulha e um rolo de linha para Senga, Roscille se permite imaginar Glammis aos seus cuidados, para sempre. Mandará que monges venham da abadia com livros para que uma pequena biblioteca possa ser construída. Pedirá que músicos toquem durante o jantar e organizará torneios e combates a cavalo com lanças. Barba-torta fazia tudo isso — e talvez ela consiga fazer ainda mais.

Talvez Roscille possa trazer mais mulheres com força de vontade férrea. Banirá homens como Banquho, de temperamento vaidoso e desagradável. Punirá severamente qualquer homem que ouse levantar a mão para as criadas. Lutará apenas em guerras justas. Quando tiver um poder como esse, não precisará mais infligir pequenas crueldades para sobreviver. Não precisa ser a criatura fria criada por seu pai.

São esses os sonhos de Lady Macbeth? Certamente não são os desejos do marido que foram infundidos nela. Ainda assim, ela só poderia esperar obter esse poder por meio dele. *A futura Rainha*. As palavras dele. O destino dela, criado para agradá-lo.

Mas ela se deixa levar por esse sonho por mais alguns instantes, enquanto Senga começa a costurar.

Ela e Senga estão conversando no grande salão quando Banquho entra. A fúria o envolve, irradiando como uma névoa invisível. O branco de seus olhos está tomado por fios vermelhos. Ele atravessa por entre as mesas do salão em passos rápidos e longos, e então pula para subir o tablado. Quando espalma as mãos com força na mesa diante de Roscille, o livro dela quase cai e Senga se sobressalta, espetando o dedo com a agulha. Uma gota de sangue escorre e cai ao chão.

— Trouxe essa mulher até aqui contra minha vontade? — Banquho exige saber.

Os olhos de Roscille pousam em Senga.

— Está dispensada — diz ela.

Senga hesita. Roscille a salvou do convento, e esse ato teceu uma lealdade tênue entre as duas. A raiva na voz de Banquho faz o medo transparecer nos olhos dela, que teme por sua senhora. Mas Roscille apenas a encara intensamente, sem piscar, e então Senga sai às pressas do salão, levando o bordado inacabado.

— E pediu ao meu filho para fazer isso sem que eu soubesse? Ele disse que foi até o vilarejo e arrastou essa mulher até aqui com as próprias mãos.

— É da vontade de Macbeth que eu tenha autoridade em Glammis durante a ausência dele — relembra Roscille. — Se não concorda, deve expressar sua queixa ao meu marido quando ele voltar.

— Ele a deixou para cuidar do castelo de *Glammis* — rosna Banquho. — Aqui não é Naoned, e a senhora não é mais uma nobre de Breizh. É a rainha de Alba. Não transformará este lugar em uma imitação indecorosa da corte extravagante de Barba-torta. Essa não é a vontade de Macbeth.

A voz dele enche o salão vazio e ecoa ao redor, pressionando-a. Roscille respira fundo para se recompor, mas é um fôlego parco e trêmulo. Talvez tenha ido longe demais.

— Sinto muito que nossos valores não estejam alinhados, lorde Banquho — diz ela, esforçando-se para soar diplomática, até respeitosa. — Aguardarei pelo retorno de Macbeth antes de fazer mais mudanças ao castelo.

Isso é razoável. Um gesto de consideração aos desejos dele. Banquho certamente reconhecerá isso.

Mas ele não para.

— Forçou meu filho a agir contra a vontade do pai. Não tem respeito pela ordem nem pelos costumes do nosso povo, Lady Roscille.

—Sinto muito por isso — diz ela. — Não pedirei tal coisa a Fléance de novo.

Agora, com certeza, a raiva dele irá se dissipar. Ela cedeu a ele, fez tudo que pôde, exceto cair de joelhos pedindo perdão. Se julgou mal a posição que tinha, está tentando corrigir isso.

— E fracassou no único dever que tinha. — Banquho cospe as palavras. — O antigo príncipe de Cumberland dorme tranquilo em sua cela. Sem um único ferimento no corpo, nenhum grito a ser ouvido.

Roscille se enrijece.

— Ele não dorme em paz. Sabe que é um prisioneiro. Está na escuridão e sozinho há dias; isso já é um tormento por si só.

— Não é esse o tormento que nosso rei Macbeth tinha em mente.

Roscille sustenta o olhar de Banquho. Recorda-se do momento em que o conheceu, quando ele orgulhosamente declarou ser o braço direito de Macbeth, e como, desde então, a posição dele foi desmoronando como lama em uma tempestade, tornando-se escorregadia e inalcançável. Sua derrocada foi, em boa parte, causada por ela. Roscille chegou a afastar o filho dele.

Os homens se tornam mais cruéis quando estão desesperados. Quando não têm onde firmar os pés. Talvez ela não devesse ter sido tão impertinente, considerando sua própria posição precária. Ainda está sozinha. E todos os homens ao seu redor são bocarras cegas e famintas.

— Pois bem — diz ela, mas sua voz vacila, e Banquho com certeza notou. — Vamos, então.

A mente de Roscille fervilha ao entrar na masmorra, com Banquho e Fléance logo atrás. A luz da tocha se acumula sobre ângulos agudos e bordas cortantes do cômodo. Ao descer, ela tenta evitar as poças de imundície, para não sujar os sapatos finos, mas Banquho e Fléance pisam nelas sem nenhum cuidado — calçam botas, e a água não importa para eles —, então a barra de seu vestido acaba encharcada do mesmo jeito.

Ela encaixa a tocha em uma das arandelas e respira o ar úmido e o odor terrível da masmorra. A luz da tocha se alastra, mas ilumina apenas parte da cela de Lisander; o restante permanece encoberto pelas sombras.

Ele dá um passo em direção à luz. O rosto pálido como osso não demonstra sentimento algum.

— Lady Roscille.

As palmas dela estão úmidas de suor, e as mãos tremem.

— Lisander. Sabe por que estou aqui. Devo pedir a você que nos conte o plano de seu irmão. Quantos homens ele conseguirá reunir em sua causa. O tamanho dos exércitos de Æthelstan...

Ela para de falar. Sente como se a boca estivesse cheia de algodão.

— E você sabe que não posso contar nada disso — responde Lisander.

— Palavras são um desperdício de tempo — sibila Banquho. — Faça-o gritar, e ele falará. Me dê permissão para fazê-lo.

O olhar de Roscille sobe para os instrumentos na parede. A serra de ossos com o cabo enferrujado. Ela imagina a carne se partindo sob a lâmina, o branco aberto, mostrando um vermelho vulgar. Então pensa na boca de Lisander sobre a sua boca, seu queixo, seu pescoço. Os hematomas desapareceram, mas a lembrança ainda é ardente, aquecendo a pele que costuma ser gélida sob o colar de Macbeth. *Como odiei ver você usando isso.*

— Não — diz ela.

Fléance abre e fecha os lábios estupidamente, como uma truta. O olhar de Banquho é tomado por nuvens e depois endurece, raivoso.

— Macbeth deveria saber que isso não é trabalho para uma mulher — grunhe ele, passando por ela. — Tem a mente fraca e o corpo frágil, como todas de seu sexo. Talvez tenha enfeitiçado alguém com esse rostinho bonito, mas, fora isso, não tem valor nem utilidade. Afaste-se. Eu cumprirei os desejos do rei.

Ele segura o chicote e o tira do gancho. Em seguida, se vira, os músculos nos braços e ombros retesando como pedras ásperas em uma avalanche. Porém, Roscille não se move, permanecendo entre ele e a cela.

— Posso ser mulher — declara ela —, mas enfeiticei você. Você foi enganado.

O olhar nos olhos de Banquho. Roscille já o viu muitas vezes, a fúria desorientada de um homem que não está acostumado a ser desafiado por outros, cujo alicerce do mundo é seu poder absoluto.

— O que disse?

— Disse que foi enganado, lorde Banquho. — Ela eleva a voz. — Não havia nenhum homem mascarado. Seu filho estava com raiva por ter sido deixado para trás e por não ter uma oportunidade de provar seu valor no campo de batalha, então arquitetou um plano para que pudesse fingir ser o herói.

Ela altera levemente os fatos, não por achar que conseguirá convencer com a mentira, mas porque Fléance não resistirá a corrigi-la de imediato, e, portanto, revelará sua verdadeira participação no plano.

— Ela está mentindo! — Fléance grita, como ela previra. — O plano foi dela, não meu...

Mas então ele se cala. Desonrou-se de tal forma que a mancha se estenderá por toda a sua linhagem; todos os filhos que tiver terão de carregar essa vergonha durante toda a vida, saberão o motivo pelos quais foram preteridos, de novo e de novo, sendo alvos de sorrisos cínicos e olhares desdenhosos. Ele confessou não apenas ter cometido uma traição, mas também de ter sido manipulado por uma mulher, uma noiva estrangeira de dezessete anos que se esconde sob um véu. A vergonha se estenderá para trás também, afetando até Banquho.

Por isso, faz sentido o que Banquho diz a seguir. Ele não tem outra escolha senão responder:

— Não proteja a honra dela, Fléance. É óbvio que ela mente. Ela quer arrancar seu heroísmo. Quer desonrar o nome da nossa família.

Os lábios de Fléance se retraem. Ele foi desonrado duas vezes, por não ter simplesmente negado a história. Uma estupidez sobreposta à outra. *Meu filho tolo*, Banquho deve estar pensando. Se estivessem a sós, o pai já teria o esbofeteado.

Mas não estão sozinhos, e Fléance apenas abaixa a cabeça em penitência fingida.

— Tem razão, pai — diz ele. — Não deveria tentar preservar a honra de uma mulher que não possui nada no coração a não ser mentiras e maldade.

Roscille entende o que está acontecendo antes de Fléance. São atores, ensaiando suas falas. Dirão exatamente as mesmas palavras a Macbeth quando ele voltar, com esse mesmo tom de voz baixo e arrependido, de cabeças baixas e expressões sombrias. Fingirão luto e surpresa. O frio invade o corpo de Roscille, transformando seu sangue em gelo.

— Meu marido deixou o castelo sob meus cuidados na ausência dele — afirma ela, levantando a voz. — Ele confia em mim. Acreditará na minha palavra acima da sua.

Ainda assim, não consegue sequer fingir certeza. Está tremendo tanto que os dentes começaram a bater.

— É mesmo? — Banquho aperta ainda mais o chicote. — Existem histórias sobre a senhora, Lady Roscilla. Como leva os homens à loucura só com o olhar. Talvez Macbeth tenha sido acometido dessa loucura ou apenas se comovido pela beleza de seu rosto. Porém, quando eu tiver o ouvido dele em particular, ele saberá a verdade.

Banquho avança. Roscille dá um passo para trás, mas não há outro lugar para onde ir além das grades gélidas da cela atrás de si.

— Ofereço o seguinte — prossegue Banquho. — Afaste-se agora e me deixe continuar com a tortura do príncipe, e Macbeth jamais saberá de sua traição.

Ele pretende enterrar a verdade do filho junto com a dela. A confissão da farsa de Fléance é vergonhosa demais para justificar o que poderia oferecer em troca — a punição de Roscille. É melhor manter todas as palavras ditas nessa masmorra em segredo, sem revelar nada a Macbeth.

Sabendo disso, ela supõem ter algum poder sobre ele. Os dois serão condenados pela mesma confissão.

— Não — declara ela. — O destino do seu filho está ligado ao meu. Não tenho nada a temer vindo de você. Saia daqui.

Os olhos de Banquho são dois pontos prateados e brilhantes, como a ponta de uma adaga.

— Coloca-se entre mim e o príncipe destituído — diz ele, a voz baixa e rouca. — Por quê?

Por quê? Porque ela não é uma criatura fria que deseja ver outra alma inocente sangrar por causa de suas mentiras. Porque interrompeu o fluxo do veneno que vem da semente de seu pai e brota dentro dela; ela não é mais o arminho dele, assim como não é o unicórnio de Alba. Graças a Lisander, que a salvou e depois a poupou, e se isso não é uma dívida selada entre os dois, é algo mais inebriante, mais forte — uma corda dourada esticada sobre um abismo. Porque agora ela é o imperador, e tem o poder de impedir que homens sejam devorados pelos dentes afiados das enguias.

— Roscille — começa Lisander, com a voz rouca. — Não faça isso.

Porém, ela não havia previsto o que via enquanto, desafiadora, sustentava o olhar de Banquho. Ela não considerou a raiva além da razão.

Banquho dá um passo à frente, e Lisander estende a mão entre as grades, como se pudesse segurá-lo, mas ele está longe demais e não consegue — num piscar de olhos, Banquho prendeu os dois pulsos dela em uma das mãos. Roscille se debate para arrancar o véu, para capturar Banquho ou Fléance na mira do seu olhar, mas então a outra mão de Banquho espalma o rosto dela, forçando os olhos dela a fecharem, deixando-a cega. O pânico animalesco a domina, e ela se contorce, engasgando em protestos mal formulados.

Ela é escorregadia como um peixe: Banquho e Fléance precisam trabalhar juntos para imobilizá-la. No canto, há uma mesa permanentemente manchada de sangue, de modo que a madeira passou a ter uma cor vermelha opaca, e eles a prendem ali. Cordas prendem seus pulsos, torcendo seus braços acima da cabeça. A bochecha dela está amassada contra a madeira, esfregando o véu de renda contra a pele irritada. As saias dela são levantadas, e o frio súbito da sala em suas pernas nuas a faz gritar.

— Soltem-na! — Ela ouve Lisander sacudindo as grades da sala, mas não consegue vê-lo. — Arranquem a pele do meu corpo, eu receberei a punição de bom grado, mas deixem-na em paz!

Se Lisander tivesse refletido um pouco, não teria feito isso — não teria gritado. Ele não protestaria contra a tortura de uma mulher que deveria ser sua inimiga. Assistiria tranquilamente enquanto ela fosse chicoteada em seu lugar. Talvez recuasse diante da barbaridade do ato, mas jamais contestaria. Por sorte, Banquho e Fléance estão ocupados demais com a tarefa para prestar atenção. A violência acumulada há tanto tempo acaba abafando todos os sentidos de ambos.

— Aqui. — A voz de Banquho é áspera. — Vou segurá-la. Fique com o chicote.

Ao menos ela ouve Fléance expirar, hesitante. Mas é só isso: uma breve respiração no ar frio e úmido. E então o mesmo ar sibila quando ele levanta o chicote e o desce sobre a parte de trás das coxas dela.

A dor vai além do que uma dama nobre consegue imaginar. Roscille nunca tinha sentido a ardência de um chicote antes. Isso é para criados, escravos e meninas plebeias que se esquecem do seu lugar. Quando o primeiro golpe a atinge, ela ainda é capaz de pensar, mesmo em meio à névoa vermelha na mente: *Este foi o pior, e os golpes serão cada vez mais fáceis de suportar.*

Mas ela está enganada. A dor vai se acumulando como pedras. O açoite do chicote não fica mais fácil de suportar por causa da expectativa; a cada golpe, sua pele arde, como óleo quente na carne.

Ela precisa se tornar um animal para sobreviver a isso. A cada chicotada, Roscille imagina que o corpo não é mais seu corpo, que ela é, na verdade, uma mulher-serpente como Melusina, e que, em vez de pernas, tem uma cauda com escamas, espessa e cheia de músculos e gordura, impenetrável diante das fracas armas dos homens. Fléance respira com dificuldade, corado no seu sonho febril de poder. Ela sabe disso sem nem mesmo ver o rosto dele.

Um grito escapa da garganta de Roscille. Sua mente está vermelha, vermelha e vermelha, sufocada pela névoa e pelo ar sujo. A distância, ela ouve as grades da cela sendo sacudidas. Roscille se pergunta se Lisander está pensando em como acariciou as coxas dela com a mão, apertando a carne com desejo, e como essa carne está arruinada agora, esfolada em tiras, feia e encharcada de sangue.

A dor é intensa o bastante para preencher horas, mas uma pequena parte intocada do cérebro dela sabe que se passaram apenas alguns minutos. Ela implora — *por favor, parem, por favor, por favor* —, mas talvez as palavras foram ditas apenas mentalmente. Ela parou de se debater nas mãos de Banquho. De que adianta tentar lutar? Só deixarão seus agressores mais felizes.

Este é o grande momento que os homens almejam: arrancar gritos da boca das mulheres, seja por amor, seja por violência.

Palavras são ditas entre os dois, roucas e sussurradas, então ela não consegue distingui-las. Porém, seja lá o que foi dito, faz Fléance pausar. A ausência repentina de dor é um abismo que se enche imediatamente de terror, um terror de que a dor volte. Como um cão burro e insensato, Roscille choraminga só de pensar.

Então Banquho a solta. Com os braços soltos, sem nada para segurá-la, o corpo de Roscille desliza frouxo até o chão. A pedra fria é um alívio. Espalha a sua dormência pelas bochechas, mãos, coxas ainda expostas. Mais palavras são ditas acima da cabeça dela.

Fléance: Veja, ela jaz como se estivesse morta. Se nós tivermos matado a senhora, Macbeth jamais nos perdoará.

Banquho: Não, ela não está morta. Vamos deixá-la aqui agora. Chamaremos um médico quando ela acordar de manhã. Não é assim tão ruim. Quando Macbeth retornar, ela já não estará mancando.

Fléance: Tem certeza?

Banquho: Sim.

Fléance: Então vamos.

A masmorra cheira como um açougue. Roscille fica deitada de barriga para baixo no chão. Algo molhado e escorregadio desce entre as pernas dela, manchando a pedra. Até mesmo um mísero movimento é agonizante. Ela mal consegue abrir os olhos.

Através dos cílios úmidos, ela vê Lisander. Ele está ajoelhado no chão, com uma mão entre as grades da cela. A mão dele cobre a dela. Sua pele é mais fria do que imaginava que seria, mas tudo parece frio agora se comparado ao fogo quente que corre pelas suas coxas.

— Roscille — sussurra ele.

— Não é culpa sua. Eu escolhi isso.

Ela pensa ter dito as palavras em voz alta, mas a voz é tão baixa que mal soa como a dela.

— Escute. — Ele fala no idioma dela, em brezhoneg, mesmo que não tenha motivo para sabê-lo, e muito menos articular aqueles sons de forma tão terna. — Eu consegui me manter acordado por dois dias. Não tenho muito tempo antes que me domine. Então deixe-me contar tudo antes que você veja.

Ato IV

Les Deus Amanz, Les Deux Amants

10

— Havia um rei em Alba, um rei virtuoso e nobre, que sempre buscou fazer o que era correto e era bastante enaltecido por isso. Ele se casou com uma mulher digna, bela e de boa família. Eles se amavam como os peixes amam a água, um amor tão profundo que a ausência de um no mundo era inconcebível ao outro. Então, pela pureza do amor que compartilhavam, a rainha ficou grávida de um filho.

"No pináculo de sua fama e ostentando tanta sorte, o rei foi caçar na floresta. Era o nascer do Sol, e os cavaleiros e caçadores estavam alegres em seu propósito. Estavam à procura de um cervo poderoso, um que pudesse ser exibido com orgulho no grandioso salão real. O rei cavalgava à frente, com os cães e os caçadores seguindo logo atrás, e um escudeiro ao seu lado, carregando seu arco de caça, aljava e lança.

"No entanto, o rei foi conduzido por um caminho estranho por seu cavalo, afastando-se do grupo. E então ele viu, sob uma árvore frondosa, uma corça com seu filhote. A criatura tinha o mais puro tom de branco — era uma corça, mas, estranhamente, tinha chifres.

"*Seu pelo será um prêmio adorável para minha esposa vestir*, pensou o rei. Ele puxou o arco e atirou a flecha. A flecha atingiu a pata do animal, que, de imediato, caiu ao chão. Mas então a flecha virou no meio do voo, desviando o caminho, e acertou o rei na coxa com tanta violência que ele foi tomado por uma fúria repentina e intensa.

"A corça jazia sobre a grama. Ela suspirava, agonizando, e então, espantosamente, começou a se transformar. Ela assumiu a forma de uma mulher nua, linda além de qualquer concepção, com o cabelo da cor do luar.

"O rei, de fato, amava sua esposa imensamente e também queria muito honrá-la com a pele da criatura. Porém, a natureza dos homens é de tal forma que não pode ser dissolvida por simples afeição. O rei ainda tinha os desejos, os apetites e os vícios de um homem. Então, quando estocou na mulher que sangrava, não foi com a ponta da espada.

"Quando terminou, o sangue dela havia encharcado a grama. Ela se esforçou para erguer a cabeça e proferiu o seguinte discurso:

"'Eu morrerei aqui, digna de lástima, morta pelas mãos gananciosas de um mortal. Você me chamará de feiticeira e bruxa; por séculos e séculos, os filhos primogênitos de sua linhagem carregarão a marca de minha magia vingativa. Assim como roubou de mim a minha forma natural, assim também meu poder roubará a forma de seus filhos.'

"Então, a mulher — a bruxa — deitou a cabeça sobre a grama e morreu, e a terra engoliu seu corpo, de modo que, quando o escudeiro do rei finalmente o encontrou, havia apenas o filhote, tremendo e balindo pela mãe. O escudeiro levou o rei ferido de volta ao castelo, onde seu ferimento foi enfaixado e tratado. E quando viu sua esposa com a barriga inchada, caiu de joelhos diante dela e confessou tudo.

"O rei nunca fora um homem muito devoto. No entanto, enquanto o filho crescia no ventre da mãe, ele rezava sem parar, na esperança de ser libertado da maldição da bruxa. Convocou sacerdotes, vestiu-os com robes de ouro, e manteve uma dúzia deles sempre ao seu lado, rezando pela absolvição.

"O rei nunca recebeu uma resposta de Deus. O filho nasceu em meio ao sangue, suor e escuridão, e ele temeu que a maldição pudesse levar sua esposa também. Mas ela não morreu, embora o filho a quem dera à luz fosse uma criança estranha, de cabelos escuros quando os dois pais eram louros, de pele pálida enquanto a mãe e o pai eram vistosos e avermelhados.

"Durante dias, a criança não dormiu. Chorou por todas as horas das noites, contorcendo-se, como se em uma agonia oculta. A rainha não conseguia acalmá-lo, e ele não queria se alimentar. Até que quando finalmente a criança caiu num sono agitado, o rei contemplou o fruto da maldição da bruxa: o filho se transformou em um monstro enquanto dormia em seu berço.

"No início, era fácil contê-lo. A criatura tinha o corpo e a força de uma criança. Era possível amarrá-lo na cama. Porém, conforme o garoto crescia, o demônio monstruoso que o acometia no sono também cresceu. Um quarto separado foi construído para ele, sem janelas, apenas com uma pequena porta de ferro, estreita demais para a besta escapar. Todos os criados do castelo fizeram um juramento secreto, forçados a jamais falar sobre os rugidos que ouviam pelos corredores, sob pena de morte.

"A rainha deu à luz a outro filho, este parecido com os pais em aparência e maneiras, mortal, sem a mancha da maldição da bruxa. Porém, seu nascimento enfraqueceu a rainha, e logo depois ela morreu. Na ausência de sua amada, o rei também acabou adoecendo, embora não tenha sido misericordiosamente aliviado de sua existência póstuma. Ele envelheceu, diminuindo-se cada vez mais em agonia. Seu filho primogênito também envelheceu e, assim como ele, também envelheceu o monstro.

"Em seu luto e fúria, o rei buscou por todas as bruxas e feiticeiras do reino, qualquer mulher que demonstrasse alguma estranheza. Contudo, quando eram questionadas, todas diziam a mesma coisa: que a maldição da bruxa não poderia ser desfeita por nenhuma outra, exceto pela própria bruxa. E a bruxa que amaldiçoara seu filho já estava morta.

"E foi assim que a coroa de Alba passou a ser usada por um rei fraco e, por herança, prometida a um monstro."

A voz de Lisander foi ficando cada vez mais baixa, quase inaudível. Enquanto fala, sua mão segura a de Roscille com força. Ela ergue o olhar desprotegido e encontra os olhos do príncipe. Eles brilham como se estivessem sendo iluminados pelas tochas. As pupilas são tão pretas que ela consegue ver o próprio reflexo ali. Seu rosto, finalmente revelado: pele sem sangue, queixo pontudo e alguma coisa estranha, alguma coisa *errada*, que não consegue identificar. Uma aberração que a atravessa como uma rachadura na própria terra.

— Então agora você já ouviu e descobriu tudo. — A voz dele é tensa, como se algo estivesse pressionando sua garganta. — Eu sou a maldição de Alba e a vergonha do meu pai. Qualquer afeição que ele tinha por mim nasceu da culpa, nada mais. Ele queria me apontar como rei porque pensou que isso poderia absolvê-lo. Porém, ao fazer isso, deixaria a Escócia nas mãos de uma criatura vil e cruel. A besta que eu sou não se importa com coroas, ritos ou vidas inocentes.

Com grande dificuldade, Roscille ergue a cabeça.

— Você acha que isso me assusta?

Ele não responde. As pálpebras estão ficando cada vez mais pesadas.

— Então você não é um homem mortal. Já vi o que fazem os homens mortais. Prefiro um monstro que se revela abertamente.

As pernas dela parecem tão rígidas que ela teme nunca mais conseguir movê-las de novo. O sangue está secando, prendendo-a no chão.

— As grades da cela são frágeis — sussurra ele. — Elas não serão o suficiente para me conter. Eu não sei o que a besta vai fazer. O que eu vou fazer.

Roscille estica a mão, juntando sua palma com a de Lisander, e entrelaça os dedos com os dele.

— Fique — pede ela. — Fique aqui até não poder mais. Por favor.

— Eu ficarei. — A voz dele é rouca. Fraca.

Roscille acreditava estar preparada para o que vê, mas seu raciocínio não retornou por completo. A mente está presa no animal que é seu corpo, ainda sentindo a ardência de cada chicotada. E de qualquer forma, não há como se preparar. Sob a penumbra, ela assiste as roupas de Lisander se rasgarem. Os ossos pressionando contra a pele. Ouve o som molhado de pele rompendo — ela conhece bem esse som agora — e o peito dele, que antes era pálido, imaculado, está coberto de escamas. Elas têm a mesma cor verde de seus olhos, iridescentes sob o brilho da tocha.

É horrível, lindo, horrível e perversamente lindo outra vez. Ela consegue ver até mesmo como a forma mortal de Lisander foi feita para isso, uma crisálida que guarda cautelosamente o monstro dentro de si. O rosto do príncipe some do alcance da luz e, quando surge novamente, o que aparece em seu lugar é a cabeça de um dragão — ela já examinara a péssima reprodução da imagem da criatura milhares de vezes em tapeçarias e nas flâmulas orgulhosas do reino de Gales, e agora ela está ali, viva respirando diante de Roscille.

Escamas e dentes em formato de Lua crescente, cada um do tamanho de uma adaga.

Seu corpo se enrosca como a serpente que é, e em seguida se estica, as asas se abrindo nas costas. Parecem finas como papel, estranhamente frágeis, como se não estivessem prontas para voar. A última parte a mudar é a mão dele, ainda presa na dela. Os dedos de Lisander se abrem com a mesma violência, revelando as garras.

Lisander estava certo: a cela não pode contê-lo. Os dentes do dragão rompem facilmente o metal, quebrando as barras como se fossem galhos. E então ele está livre, o corpo comprido se desenrolando, as escamas cintilando. Ela fica espantada com a força que ele exibe, a musculatura espessa que se curva sobre ela de forma quase protetora, talvez até possessiva. Dragões são criaturas ciumentas, devotas aos seus tesouros.

Roscille leva a mão ao peitoral do dragão, descendo pela linha comprida da barriga. As escamas são ásperas e lisas ao mesmo tempo, como pedras no leito de um rio, e ela não sente medo. Se esta for a morte diferente que a aguarda, então implorará por ela. Prefere ser devorada do que ter cada pedaço seu desmembrado.

Ela foi virada de costas e o dragão está sobre ela. As coxas queimam. Embora seja uma criatura de sangue frio, a proximidade e a pressão do corpo dele a enchem de calor. Ela abre a boca para falar, mas tudo que consegue fazer é gemer, parte dolorida, parte algo a mais.

Em seguida, o dragão se afasta e, batendo as asas, sobe a escada e atravessa porta. Gritos ecoam por toda masmorra, assim como o tilintar do metal. O cheiro de fogo e cinzas. Todo esse alvoroço parece se desenrolar em segundos, mas deve ter continuado por muito mais tempo. E quando o silêncio chega, Roscille sabe que a criatura se foi, fecha os olhos e deixa que lágrimas quentes escorram pelas bochechas.

A ironia que a enlouqueceria, se ela permitisse: Banquho envia Senga para cuidar dos ferimentos dela. Parece que ele decidiu que isso é trabalho de mulher e que é bom ter uma mulher ali, afinal.

Primeiro, Senga a levanta do chão e a arrasta escada acima, levando-a para o quarto. A dor se tornou uma amiga familiar. Roscille não emite som algum até ser jogada, com pouca cerimônia, na cama, e depois deixa escapar uma mera lufada de ar — parte alívio, parte expulsando a agonia leal demais.

— Isso aconteceu por minha causa? — pergunta Senga. — Ou por causa do príncipe que escapou?

Roscille pressiona o rosto no colchão. Não consegue pensar em uma resposta. A pergunta é simples — qual foi o motivo —, mas a resposta é rasa. Pela primeira vez desde que chegou a Glammis, sua mente não se contorce dentro de um abismo cada vez menor, tentando se libertar aos poucos. Agora ela é apenas carne, enrolada em tecido. É assim que se sente enquanto as mãos duras de Senga esfregam água fria e bálsamos curativos de plebeus em suas coxas.

Eles não mandaram um Druida ou um médico para fazer esse trabalho porque não querem que ela fale com um homem a quem possa encantar. Mulheres não podem ser enfeitiçadas; Barba-torta declarou isso há muito tempo, e ela nunca cobriu o rosto na presença de Hawise. Mas pouco importa que Roscille mal consiga se concentrar em não se transformar em cadáver. Seus seios doem por terem sido pressionados contra a madeira, e agora, contra o colchão.

Um bom tempo se passa antes que a dor se transforme em algo suportável. Aos poucos, de forma gradativa e dolorosa, sua consciência vai retornando. Roscille analisa o que deu errado. Percebe que superestimou sua própria inteligência, assim como a ira dos homens que perderam seu poder. Ela permitiu que o coração a guiasse. Se não tivesse dito nada enquanto Lisander era o alvo — se ela mesma tivesse segurado o chicote —, ainda seria uma rainha de pele de porcelana, sem rachaduras no rosto, sem lampreias mordiscando seus tornozelos e pés despidos. Porém, seu maior fracasso, talvez, tenha sido acreditar que poderia ser alguma outra coisa: mais do que o arminho do pai, com seus dentes impiedosos, ou mais do que Lady Macbeth, arrastada pela vontade do marido como um cão na coleira. A arrogância da esperança.

Ela dorme em horas estranhas, cada sono invadido por sonhos estranhos. No começo, Roscille teme que a dor apareça nesses sonhos, mas não: são sonhos de escamas e dentes. O calor e a força do corpo do dragão sobre o seu. Ela não conta isso a Senga, nem a mais ninguém. Ela nem transforma as imagens em palavras. Não sabe como.

Enquanto isso, Senga lhe traz comida e notícias do castelo. A comida: pão duro e carne de carneiro escocês. Ela pecaria por um pedaço de fruta fresca e suculenta, madura o bastante para ser partida ao meio com os dedos. Só que nada cresce em Glammis. As notícias: Banquho assumiu as tarefas diárias do castelo. Parou de enviar os Druidas aos vilarejos, mas deixou Senga ficar ali, por enquanto.

Macbeth retornará em breve.

Fléance a visita uma vez. Ele usa um lenço para cobrir os olhos; não quer correr riscos. A parte dela que ainda é uma menina de dezessete anos, um animal lambendo as próprias feridas, quer insultá-lo — dizer que ele parece uma mulher tola, encolhendo-se e recuando diante dela. Quase vale a promessa de mais dor, ao imaginar a forma que o rosto dele se contorceria de repulsa com aquelas palavras. No fim, ela só diz:

— Qual é o estado de sua honra agora?

Ele respira fundo, estufando o peito.

— Não tem o direito de falar comigo sobre honra.

— Por que não? — Roscille se senta, gemendo. A dor ainda espreita dentro dela como uma cobra enroscada, pronta para dar o bote a qualquer momento. — Então você me bateu, como já aconteceu com milhares de mulheres antes. Não há honra no que fez. E vai dizer ao meu marido que implorei por isso? Para ser flagelada pelo meu fracasso? Ele não vai me culpar, pois me culpar o desonraria. Foi ele que deixou Glammis em minhas mãos. Meus fracassos são os fracassos dele. Portanto, mantenha-se firme com suas mentiras, mas saiba que elas não salvarão você. Se disser que não tenho honra, então não tenho honra nenhuma a perder.

Fléance fica em silêncio. A ferida entre o pescoço e o ombro parece lisa, bem curada, discreta. Deve envergonhá-lo tanto quanto o ferimento mais antigo na orelha. A cicatriz de uma criança. Um menino brincando de ser homem. É tudo que ele é, tudo o que sempre será. Nem mesmo Roscille poderia transformá-lo em outra coisa.

— Você é uma bruxa — acusa ele, por fim.

— E, ainda assim, brincou tão bem comigo, sendo a bruxa que sou. Ajudando meus planos com avidez. Essa vergonha não desaparecerá, Fléance, filho de Banquho. Não importa quantas mentiras conte nessa vida, o veneno se infiltra através das gerações. Saia daqui. Não quero mais vê-lo.

Logo, Macbeth está de volta. Roscille não sai para recebê-lo no pátio, mas ela ouve os portões rangerem ao serem abertos e centenas de cascos batendo na terra. O quarto dela não tem janelas, então não pode vê-lo, não pode ver se está sorrindo em seu retorno, exibindo a bandeira do seu clã com orgulho, coberta de sangue e poeira, mas alegre com o triunfo violento. Isso é o melhor que ela pode esperar.

Ela teve muito tempo para pensar no que dizer a ele. No entanto, a resposta correta é: nada. Isso é o que os homens mais gostam de ouvir das mulheres. Ele moldará o próprio mundo, e Roscille se colocará no lugar que ele criou para ela sem protestar. Ela se sente recém-chegada em Glammis novamente, uma noiva estrangeira de olhos arregalados, gaguejando em escocês e se escondendo sob o véu. As coxas ainda estão tão doloridas que não consegue dormir de costas no colchão. Fica deitada de bruços, o vestido puxado sobre os quadris, tentando afastar a dor.

O som turbulento de passos a fazem pular da cama. São os passos do marido, o andar de um guerreiro, autoritário e inabalável. Passos mais suaves e hesitantes seguem os dele.

Macbeth empurra a porta, seguido por dois criados. Ela ergue o olhar lentamente sob o véu, encarando-o. Não há sangue em sua barba, mas ele está coberto pelo suor de uma longa jornada, o rosto vermelho e açoitado pelo vento. Há rugas em sua testa que a esposa não lembra de ter visto quando ele partiu. Enquanto caminha até ela, Roscille percebe, espantada, que os passos arrogantes não eram espontâneos. O marido dela está mancando.

O choque dessa raiva a faz esquecer do seu plano anterior de ficar em silêncio.

— Milorde — diz ela, alarmada. — Está ferido.

— Não é nada — responde ele.

Os criados carregam um baú grande entre eles. Pela maneira como seus braços tremem, Roscille pressupõe que o baú é bem pesado e deve estar cheio. Sob a orientação de Macbeth, eles o depositam diante dele, e depois são dispensados.

— Devo tratar seu ferimento? — pergunta Roscille, dócil.

É uma coisa estúpida de se dizer; não é uma Druida ou criada. Porém, ela está desorientada. Nunca considerou o marido um ser falível. Ele sempre pareceu impenetrável como uma rocha.

— Esqueça a ferida — declara ele. — Banquho me contou o que aconteceu aqui enquanto estive fora.

O estômago dela é tomado pelo pavor. Diante disso, ela faz a segunda melhor coisa que qualquer mulher pode fazer. Leva as mãos ao peito e diz:

— Milorde, eu sinto muito. Fracassei com o senhor, o desonrei. Não há punição no mundo que eu não mereça.

Mas Macbeth não fica satisfeito com a súplica. Ela deveria ter imaginado — o marido pode até ser mortal, mas não é um homem comum. Ele procura bruxas para tê-las como esposa. Ele quer mulheres com unhas e dentes. Não muito afiados, é óbvio.

— Esqueça a ideia de honra também — diz ele. — Já ouvi essa palavra tantas vezes de Banquho, honra e honra e honra. Basta. Estou farto disso. A honra é algo imaginário, o refúgio de homens fracos. Apenas o poder é real. Então, escute o que tenho a dizer, Lady Macbeth. Eu conquistei Moray. A cidade agora é minha. Lancei a coroa de Duncane no fogo e, com o material derretido, forjei a minha própria coroa.

Roscille ergue o olhar e faz com que o rosto se transforme em uma máscara de admiração.

— *O futuro Rei.*

— E muitos dos aliados de Duncane abandonaram seus votos e se submeteram. Os thanes que não fizeram o mesmo serão destruídos rapidamente, pois Æthelstan não os terá também. Esses animais burros esquecem o quanto os ingleses detestam Alba. O leão e o unicórnio jamais poderão conviver em paz.

Suas palavras estrondeiam como trovões. O ódio entre os ingleses e escoceses é tão antigo quanto o próprio mundo. E a cada ano que passa, mais sangue derramado irriga as raízes e faz a inimizade brotar novamente.

— Isso é bom — diz Roscille, hesitante. — Toda Alba ficará de joelhos diante Macbeth.

Ele assente com um único aceno de cabeça.

— É por isso que digo: deixe a honra de lado. Esqueça esses pequenos ferimentos. A fuga do príncipe é o melhor presente que eu poderia ter recebido. Agora a ilha inteira saberá que a linhagem de Duncane gera monstros. Enviei mensageiros para espalhar as notícias por todos os lados. Bardos cantarão canções sobre isso na corte de cada nobre. Arautos farão anúncios nas ruas. E o homem que me trouxer a cabeça do dragão será recompensado tão generosamente que os filhos de seus filhos jamais precisarão se preocupar com nada na vida.

Por um instante, as palavras somem de Roscille.

— Mas como um homem conseguirá matar uma fera como aquela? — ela finalmente consegue dizer, com a voz fraca.

— Todas as feras podem ser mortas. — Os olhos dele fixam nela. — Abra o baú.

Ela precisa se ajoelhar para abri-lo. Dobrar as pernas desta forma é pura agonia, mas ela morde o lábio para abafar o protesto que quase escapa de sua garganta. Os dedos se atrapalham com as travas, mas eles estão frágeis, enfraquecidos pelos dias de desuso, dias nos quais ela sequer conseguia erguer uma pena. Com grande dificuldade, abre o trinco e levanta a tapa.

Dentro do baú está um ninho de pelos brancos, pálidos e puros como a neve. Roscille pisca, incrédula. Lentamente, ela enfia as mãos dentro do baú e puxa seu conteúdo para fora: a capa.

Ela segura aquela coisa morta. Ao virá-lo, vê a pele macia de um coelho, até mesmo suas patinhas, intactas. Em seguida, há uma raposa, com sua longa cauda comprida, seguido por uma ave, um cisne, com as penas tão lisas quanto flechas. Depois, o pelo desgrenhado de uma cabra-montesa, escovado de uma maneira impecável. E, por último, o arminho, a criatura do brasão de armas de Alan Varvek.

A capa tem um capuz, algo que mulheres geralmente não têm. Há uma crina de cavalo nas costas, que sobe como uma espinha dorsal. Roscille passa os dedos por ela, sem conseguir acreditar, a mente repetindo uma única palavra, de novo e de novo: *não* e *não* e *não* e *não*. No topo do capuz ficam duas orelhas, achatadas, como se a criatura estivesse amedrontada mesmo depois da morte. E então há o chifre, espiralando, iridescente e semelhante a uma concha com a ponta brilhante.

Ele conseguiu. Cumpriu a condição que ela considerava impossível, pois existem apenas seis animais brancos que vivem no solo da Escócia, e um deles é o unicórnio. Ela não acreditou que ele ousaria, que o Rei de Alba seria tão insolente a ponto de matar o símbolo do próprio reino. Mas Macbeth é ousado o suficiente para fazer qualquer coisa.

— Essa criatura maldita atacou dois cães com o chifre — Macbeth dizia. — Nunca cace com os cães de outro homem, com cães que não alimentou com as próprias mãos. Foi erro meu, e não o cometerei outra vez. Também não use homens que não são do seu próprio clã. Outro erro. Um sujeito corria todo desajeitado e deixou a lança passar de raspão sobre minha perna. Mandei prendê-lo no pelourinho por dois dias e meio. — Ele bufa. — Outro rei teria ordenado que fosse desmembrado na roda. Que saibam que Macbeth é um homem justo, capaz de demonstrar misericórdia.

Enquanto fala, ele começa a tirar o tartan. Roscille fica chocada demais para se mexer, e a voz dele a atravessa como água. Ele joga o tecido xadrez imundo para o lado. Uma mancha se esparrama lentamente sob as meias de lã azul, quase preta. Um ferimento que não cicatrizou. Ela consegue ver a lança deslizando na pele tenra atrás do joelho — imagine se qualquer parte de Macbeth poderia ser considerada *delicada* —, o olhar horrorizado no rosto do homem, a consciência de seu erro imperdoável. O marido, cuspindo veneno e fúria.

Ignorante ao horror da esposa — ou talvez indiferente —, Macbeth diz:

— Vista-a.

A capa. Ele está falando da capa. Roscille lentamente coloca as seis mortes sobre os ombros. Tem um fecho na frente, onde a boca do arminho se une à cauda em um círculo perfeito em volta do pescoço. Acima, o rubi cor de sangue brilha.

Macbeth a observa por um longo momento. Então, estende a mão e segura o rosto dela. Segura o queixo de Roscille entre os dedos e vira o rosto dela de um lado para o outro, como se ela fosse uma peça de cerâmica que ele examina em busca de rachaduras.

— Linda — declara ele, por fim.

O orgulho em sua voz — como se ele fosse o primeiro a pronunciar aquela palavra, como se o termo fosse uma bandeira que ele fincou em Roscille. Ele nunca a fez se lembrar de Barba-torta até então, mas fala no mesmo tom que o pai usou quando declarou: *talvez você tenha sido amaldiçoada por uma bruxa.*

— Obrigada, milorde — diz ela baixinho. — Receber esse presente é uma honra.

Ela percebe que cometeu um erro tarde demais. A expressão no rosto de Macbeth se torna tempestuosa.

— Já disse que não quero mais ouvir essa palavra. É uma virtude que está abaixo de mim.

— Desculpe. — Roscille olha para o chão.

Ou pelo menos, ela tenta. Macbeth ergue o queixo dela, forçando-a a encará-lo nos olhos outra vez. Ele inclina a cabeça para o lado, como se estivesse ponderando.

— Mostre-me — diz ele.

A mente dela acelera.

— O quê?

— Banquho me contou o que aconteceu durante minha ausência. Eu gostaria de ver o estado do corpo da minha esposa.

Por um instante, Roscille fica completamente imóvel. Seus pensamentos desaparecem e se dissolvem como fumaça no ar. A pressão dos dedos de Macbeth em seu queixo a traz de volta à realidade, o suficiente para que ela consiga seguir esse comando sem pensar. Com movimentos lentos e hesitantes, ela desabotoa a capa. A mistura de peles cai no chão e se acumula ao redor dos seus pés, como um amontoado de neve. Seus pés estão descalços há dias, dias que passou apenas dormindo e vivendo com a dor ao seu lado na sua cama, como uma amante.

Macbeth a solta e ela se vira de costas para ele. Roscille leva as mãos aos quadris. Está usando um dos vestidos que Senga bordou para ela no estilo de Alba. Um padrão simples e discreto que seria considerado feio na corte do pai. Seus dedos tremem enquanto levanta as saias, expondo a parte de trás das coxas para Macbeth.

Roscille ouve quando ele expira. Escuta o marido se aproximar, abaixando-se para examiná-la. Ela sabe que ele irá tocá-la, mas, quando o faz, precisa morder o lábio para não emitir nenhum som. Ele cutuca a pele de suas coxas, apertando-a com um escrutínio distante. As lágrimas se acumulam nos olhos dela. Ele deve saber que dói, mas não se importa.

Macbeth se põe de pé novamente, com outra respiração rápida que, desta vez, expõe sua própria dor, que se espalha em espiral a partir do ferimento no joelho.

— Olhe para mim — ordena ele.

Roscille abaixa as saias e se vira.

— Você não deveria ter permitido isso.

O coração dela dispara.

— Por quê?

— Lorde Varvek jurou que a filha que me ofereceu era a donzela mais linda do mundo. Agora você arruinou sua própria figura e diminuiu o valor da nossa aliança matrimonial.

A garganta de Roscille se fecha. Ela mal é capaz de pronunciar as palavras:

— Eu sinto muito.

— Não se desculpe — diz ele. — Você é uma rainha.

E de repente Macbeth diminui o espaço entre os dois e pressiona sua boca na dela. Ele a beija através do véu. A renda roça os lábios de Roscille até ficarem doloridos. Os braços dele envolvem sua cintura, puxando-a contra si, e ela se sente pequena como uma criança, uma boneca. Ela consegue se desvencilhar, parando aquele beijo forçado.

— Ainda falta uma condição... — começa ela. Mas os olhos de Macbeth se tornam sombrios.

— Chega, Roscille — interrompe ele. — Já tolerei esse costume e seus desejos frívolos por tempo suficiente. Você é minha esposa e este é o seu dever. Eu sou seu marido e este é o meu direito.

Ela leva as mãos ao véu numa tentativa de removê-lo, mas ele prende os pulsos dela na lateral do corpo. Só precisa de um dos braços para fazer isso. O outro, ele estica para apagar as velas com o indicador e o polegar. O quarto é dominado pela escuridão.

Ele a coloca na cama e começa a tirar o vestido de Roscille pelas costas. O ar frio crepita em sua pele. O corpo pesado do marido se assoma sobre o dela. E então Macbeth, Thane de Glammis, Thane de Cawder, Rei de Alba, o homem justo, toma o que lhe é devido.

Ela fica tão brava consigo mesma por isso: o silêncio.

A abadia em Naoned tinha um livro de santos que relatava todos os seus diversos martírios. Roscille se lembra de ler sobre uma mulher que foi condenada à morte por se recusar a negar sua fé em Deus — ela foi queimada viva na fogueira. O livro declarou que ela não protestou, que nem sequer gritou enquanto o fogo devorava sua carne. Roscille roubou o livro da biblioteca dos monges e o levou até o pai. Na época, ainda era tola o bastante para acreditar que Barba-torta possuía algum interesse em cultivar a mente de sua filha bastarda.

— Qual é o sentido de ser um martírio se não gritar? — questionou ela. — Não seria como se não importasse com sua própria vida para protestar o seu fim?

O Duque a encarou com um interesse tépido.

— Nenhuma agonia mundana é maior do que o que a sua imaginação pode conjurar — disse ele. — Não havia necessidade alguma dessa menina gritar. Todo mundo que a olhava podia imaginar a dor que ela sentiu. A dor é o protesto.

11

O amanhecer entra pelas rachaduras estreitas da parede, aquela luz cinzenta e discreta. Roscille está deitada de lado, debaixo das cobertas, com as mãos em prece embaixo da bochecha. Ao lado dela, o corpo de Macbeth parece prestes a perfurar os lençóis. Seus ombros nus sobem e descem no ritmo da respiração profunda e comprida do sono.

Já se passaram horas, horas que Roscille não conseguiu preencher com o próprio sono. O tempo passou por ela como o ar através de uma concha vazia. Ainda passa. Estranhamente, ela descobre que não tem medo de nada, nem mesmo da dor que a atinge ao mexer braços e pernas. Afinal, eles não parecem mais seus membros. Ela se movimenta aos poucos, meio rígida: deslizando os braços para fora debaixo de si. Apoiando-se nos cotovelos. Depois nos joelhos. Seu corpo não está mais coberto. Ela olha na direção de Macbeth, para se certificar que o sono dele não foi perturbado, e vê que a respiração continua estável.

Ela estuda o quarto, agora preenchido pela luz. Seu vestido está no chão, a costura feita cautelosamente por Senga, rasgada. Os lençóis brancos amarfanhados, com manchas de sangue em vários estágios. O sangue mais velho está seco e sujo, como ferrugem. O sangue novo, intenso e vívido, ainda está úmido o bastante para que os dedos sejam tingidos de vermelhos caso o toque. Quando passa a mão na parte de trás das pernas, apenas pedaços duros e pretos de sangue saem. Entre as coxas, ele ainda está fresco, dando uma sensação escorregadia.

A capa está no chão, onde Roscille a deixou. Ela se ajoelha — o que a faz ser tomada por um choque de dor — e aperta a veste contra o peito. É incrivelmente macia, e ela poderia passar horas e horas sentindo todas aquelas variações de maciez, as penas ou o pelo, a textura brilhante do chifre do unicórnio. O restante das suas roupas está no baú ao pé da cama. Ela teme que Macbeth acorde se tentar abri-lo. Então coloca a capa sobre os ombros, prende-a na altura das clavículas e cruza os braços sobre o peito para cobrir o corpo nu.

Ela pega mais uma coisa da mesa ao lado da cama, e em seguida sai silenciosamente pela porta.

Ela caminha pelos corredores sinuosos, o mar subindo e descendo sob seus pés. Chega ao pátio, sentindo o ar salgado dali. Seus olhos ardem. Não há ninguém ali para detê-la. Nem mesmo os cavalos nos estábulos relincham, apenas soltam fumaça pálida pelas narinas. Ela se lembra do frio que sentiu quando esteve no pátio pela primeira vez; agora, nem estremece.

A barbacã está fechada, é óbvio, então ela precisa se espremer por entre as grades. Isso é bem fácil, afinal, ninguém projeta as defesas de um castelo pensando no corpo de uma mulher. Logo, está andando descalça na grama áspera da colina. O orvalho deixa sua pele exposta úmida. Atrás dela, o mar soa agitado e insistente, mas Roscille não deseja sua aspereza, seu ímpeto violento, sua maré que rosna e esmaga. Ela fica enjoada só de pensar. Em vez disso, continua descendo a colina, a sola dos pés ardendo à medida que o solo se inclina abaixo dela.

Ela para diante de um pequeno bosque. As árvores são lustrosas e inacreditavelmente verdes, como se tivessem sido alimentadas por uma tempestade recente, embora não chova há semanas em Glammis.

A clareira está como ela se lembrava — sendo a única diferença a ausência do sangue de Fléance, que não mancha mais a grama. Da última vez que esteve ali, ela era Lady Roscille, ainda em atrito com seu novo reino, nova língua, novo nome. Agora, tudo se desprende dela, como a pele de uma cobra.

Os galhos entrelaçados protegem o bosque do vento, então não há som, exceto seus próprios passos à medida que se aproxima do lago. A água é límpida e mostra seu reflexo ondulante. Roscille observa a si mesma enquanto desaparece dentro dela. Primeiro os tornozelos, depois as pernas, os quadris, os seios, até que esteja submersa até a garganta. Seus cabelos, mechas prateadas, flutuam ao redor.

Ela sente o sangue sumindo do corpo, mas, curiosamente, não mancha a água. O lago permanece límpido, como uma pedra preciosa refratando a luz. Suas pernas estão escorregadias e, ao tocá-las, percebe que a textura terrível da cicatriz desapareceu. A água a sustenta com perfeição. Ela não precisa nadar para continuar boiando.

Este momento também parece suspenso no tempo. Sem o canto dos pássaros, os grilos madrugadores ou o farfalhar entre os arbustos. É um lugar feérico, sustentado por uma magia sobrenatural. Ou pelo menos é o que ela pensa. De repente, os sons retornam: pássaros piando nos galhos, grilos zumbindo, animais piscando olhos amarelos em meio às raízes. O alívio que ela sente é como um fôlego contido enfim expelido. Ela toca o corpo. A dor está de volta também — mas vai se afastando, pouco a pouco, conforme ela afunda cada vez mais na água. Até que, por fim, ela submerge completamente.

Ela resistiu por tanto tempo a essa morte pela água, lutou contra o destino de Hawise e da Primeira Esposa. Agora, parece que é o único poder que lhe resta. Talvez a Primeira Esposa tenha pensado o mesmo.

Debaixo da água, há um som abafado — grande e pesado —, e Roscille emerge em pânico. Galhos se quebram e gravetos se partem. Ela se vira, nadando até alcançar um ponto onde seus pés tocam o chão. Ela ainda está meio imersa, apenas a cabeça e o torso à mostra, quando vê a serpente deslizar para dentro da clareira.

A criatura parece ao mesmo tempo maior e menor do que da primeira vez que a viu, na escuridão turva da masmorra. O corpo longo se move com músculos pulsantes, cobertos por escamas brilhantes. A cabeça é imensa, maior do que a envergadura dos braços de Roscille. A cauda desliza pelo campo, cortando a grama em seu rastro. As estruturas pontiagudas em suas costas a fazem parecer mais uma criatura da água do que do fogo, embora ela sinta o cheiro da fumaça que paira no ar, tingindo-o de um tom de cinza nebuloso. Entre as pedras e o metal enferrujado do castelo, essa criatura era uma abominação, uma afronta à natureza, algo impossível de compreender. O tom esverdeado de suas escamas era mais vívido do que qualquer coisa que ela pudesse nomear.

Ali, é a cor das folhas que foram nutridas pela chuva, da grama que foi protegida dos ventos fortes e cortantes. Atrai a luz da clareira para si, reunindo-a e prendendo-a no recipiente comprido que é seu corpo. Encaixa-se ali, como o arranjo de pedras no leito de um rio.

E Roscille não tem medo.

O dragão se aproxima dela: a criatura lenta como uma víbora. Ele inclina a cabeça enorme, como se para examiná-la de todos os ângulos. Ela sabe que as serpentes enxergam apenas o movimento. Se ficar imóvel, se tornará invisível. Então Roscille dá um passo trêmulo para a frente, saindo mais da água, até que apenas seus joelhos estejam submersos, com o restante do corpo nu à espera. Carne e músculo, espessos, uma refeição de leite e mel para esta criatura, se é isso que deseja. Ela examina aqueles olhos sem pálpebras. Tenta encontrar Lisander ali.

Mas então o dragão está sobre ela, as garras rasgando a água. O corpo musculoso a envolve, constringindo-a. É assim que as serpentes se alimentam — Roscille já viu isso, uma víbora com um rato infeliz. Ainda assim, a pressão não é forte o suficiente para ser dolorosa. É apenas isso: uma pressão. E quando a barriga da serpente roça seus seios, ela sente uma pulsação, vinda de outro ponto, um pouco mais distante, como se essas duas regiões do corpo estivessem ligadas por um fio esticado até o limite.

Devore-me, pensa ela. *Possua-me, como quiser.*

E então, um deslize. As escamas se tornam lisas. A musculatura do corpo da criatura se retrai, até que ela sinta apenas a suavidade da carne e os ossos salientes sob a pele. A metamorfose é mais rápida do que uma ninfa se transformando em árvore, ou um peixe em flor. Nada de garras ou dentes afiados — apenas a pele nua de Lisander, a mão entrelaçada ao cabelo molhado de Roscille, o hálito quente dele contra o pescoço dela. O peito dele se agita.

Ela o segura pelos ombros, puxando-o contra si até que seus corpos pareçam um só.

— Você. — ofega ela.

— Por que não fugiu? — sussurra ele no pescoço dela.

— Escolhi essa morte, acima de qualquer outra.

Lisander engole em seco.

— Não acho que a criatura, a minha criatura, teria machucado você. Eu ainda tenho... alguma consciência. Estou transformado, mas não deixei de existir. — Ele inspira devagar. — No entanto, a maldição é mais cruel do que imagina, Roscille. Meus desejos não são tirados de mim. Em vez disso, se transformam nos meus impulsos mais baixos, transfigurados, tornados em algo monstruoso. Sou eu mesmo, talvez mais verdadeiramente eu do que qualquer outro homem mortal poderia ser.

Lisander se inclina para a frente. A cabeça repousa no ombro dela. É uma posição de penitência.

— Acho que sou como você — ela sussurra de volta. — Se devo minha maldição a alguma bruxa, ela não me transformou. Apenas me revelou.

Com uma urgência repentina, ele segura o rosto dela entre mãos. Os olhos de Lisander faíscam.

— Talvez você fuja após essa confissão — revela ele, a voz rouca, atormentada. — Não a deixei sozinha naquela masmorra porque queria abandoná-la em seu sofrimento. Temi que a criatura pudesse infligir em você um destino pior do que já havia suportado. Ele queria... eu queria você como um homem deseja uma mulher, ainda que estivesse envolto no glamour perigoso de garras e dentes.

— Então a besta é mais humana do que qualquer homem mortal — diz ela, amarga. — Em resistir a tal impulso. Fugir, em vez de se deleitar.

Roscille segura a mão dele, que ainda está em seu rosto, e a conduz, lentamente, até o espaço entre as suas pernas. Talvez ele consiga sentir o sangue fresco ali, as feridas causadas pela tortura, embora não tenha tido o azar de testemunhar. De repente, ele fica imóvel, como uma pedra.

Porém, ela continua a guiá-lo mais a fundo, movendo seus dedos dentro dela.

— Roscille... — ele começa.

— Não — diz ela, a voz embargada. — Por favor. Deixe-me ter o prazer que eu mesma escolhi.

Lisander se cala. Ele apenas engole em seco outra vez, com dificuldade, o pomo de adão trêmulo. Então, ainda em silêncio, ele se ajoelha.

As mãos de Lisander se aventuram, hesitantes, passando delicadamente pela parte de trás das coxas de Roscille, sentindo a paisagem irregular das cicatrizes ali. Por um breve momento, parecia que elas tinham desaparecido, como se a água tivesse removido a pele feia, renovando-a. Só que tudo foi apenas um instante: as cicatrizes estão ali novamente. Ela tem tanto medo de que agora ele a veja apenas como essa coisa quebrada e lamentável, que não consegue suportar a ideia.

Roscille se ajoelha ao lado de Lisander na água e encosta a testa na dele.

Então ela o beija. É um beijo sem nenhum indício de remorso. No entanto, ela ainda sente a hesitação dele, a forma como seus lábios se abrem sobre os dela, desajeitados. Em seguida, se afasta e diz:

— Não me transforme no monstro agora, nesse corpo humano.

Ela balança a cabeça veemente.

— Eu desapareci dentro de mim mesma. Por favor, me ajude a voltar.

Assim, quando ela o beija outra vez, ele não se afasta. Sem restrições, ele a obedece. Seus corpos se unem, conectando os quadris, sob a superfície da água. É tão fácil a maneira como ele desliza entre as coxas dela, o jeito como a penetra: quase sem forma, uma possessão espiritual. Qualquer dor que apareça é bem-vinda. É a dor dela, que ela recebe de braços abertos — não pertence a nenhuma outra criatura, a nenhum outro homem. E o prazer a acompanha, o êxtase que chega junto com a agonia, dois cordões paralelos que se entrelaçam no lugar pulsante em seu ventre.

Quando o nó se desfaz, envia tremores pelo corpo dela, até a ponta dos dedos das mãos e dos pés. Lisander estremece. Sob seus quadris unidos, a água é tingida de um tom rosado, como o desabrochar de uma rosa.

Os dois se deitam na grama, como uma concha de ostra aberta, encarando um ao outro como metades espelhadas: seus narizes sendo o ponto de junção. A luz matinal atravessa as folhas. Logo, o castelo acordará e o marido despertará procurando por ela. Roscille fecha os olhos e respira fundo.

— O que devo fazer? — sussurra ao abri-los novamente. — Não há nada aguardando meu retorno além de correntes.

As pálpebras de Lisander tremulam. Ela consegue notar seu cansaço, como o sono o dominará a qualquer minuto. Roscille quer ouvi-lo dizer: *então fique*. Mas nem ele pode ficar. A criatura é como o fogo, consumindo-o de dentro para fora. Em uma voz carregada de exaustão, ele diz:

— Ficarei aqui enquanto conseguir permanecer como eu mesmo.

— Não — responde ela, sentindo uma pontada de pânico. — Macbeth mandou caçar você. Ele espalhou notícias sobre o dragão desde a montanha mais alta até a fossa mais funda da ilha. Está oferecendo uma fortuna incalculável ao homem que lhe trouxer sua cabeça.

Ao ouvir isso, ela sente Lisander se agitar. Piscando, ele retruca:

— Ele e Evander nunca se reunirão ao redor de uma mesa para negociações, então.

— Macbeth não se importa mais com isso. Ele diz que toda Alba se ajoelhará diante dele e que derrotará Æthelstan sem dificuldade alguma.

— Ele não vai. O exército de Æthelstan é maior do que qualquer coisa que Macbeth possa reunir, isso se ele não morrer com uma lâmina nas costas primeiro.

Roscille não tem tanta certeza. Banquho está de volta ao lado dele, o braço direito de seu senhor. Fléance escapou dos grilhões que ela tentou colocar nele. Todas as maquinações que ela julgou serem tão inteligentes não resultaram em nada. O pai a vendeu como uma escrava de prazer, e agora isso é tudo que ela é, e não um arminho ardiloso escondido em renda nupcial. Quanto tempo até que Roscille engravide e seja esmagada sob os pés de Lady Macbeth?

— Esta será a última vez que você me verá. — Roscille puxa a capa contra o peito, segurando-a firme, embora o tecido não forneça nenhum calor. — Eu seguirei o destino da primeira esposa dele. Sei disso agora.

Lisander se senta, franzindo a testa.

— Você sabe qual foi o destino da primeira esposa dele?

— Ela também era uma mulher marcada pelas bruxas. Não é difícil imaginar.

Lisander franze o cenho. Ela se apaixona pela aparência quase infantil que ele tem nesses momentos, quando consulta a própria mente.

— Macbeth já foi um lorde postergável — diz ele. — O pai era o Thane de Glammis, sim, mas ele era o segundo filho, e herdou o título inesperadamente. Seu irmão mais velho era um guerreiro, do tipo que os escoceses respeitam acima de todos os outros, marcado por cicatrizes e pronto para a batalha. Por isso, acreditavam que Macbeth seria preterido, assim como a maioria dos segundos filhos.

"Como ele não tinha uma posição a ser invejada, escolheu uma esposa sem consultar o rei. Essa mulher também era uma viúva, o que era estranho: uma viúva tão jovem e sem filhos do primeiro casamento com algum lorde escocês. Ela não tinha nenhum charme ou beleza particular. A casa de onde vinha não era renomada. Muitos ficaram perplexos quando Macbeth a escolheu. Apesar disso, embora não fosse herdar nada, ele era conhecido por ser hábil nas negociações. Os escoceses não respeitam essa virtude tanto quanto lorde Varvek, é óbvio, mas, ainda assim, tudo parecia ser estranho.

"E essa mulher... ninguém gostava muito dela, nem mesmo no próprio lar de Macbeth. Ela era cruel com a criadagem e não recebia visitas. Macbeth, curiosamente, não se preocupou nem um pouco com isso. Insistia que foi um casamento por amor, uma coisa impensável para os escoceses. No entanto, meu pai se sentiu tocado pelo sentimento, afinal, o casamento dele também tinha sido por amor."

Lisander dá um sorriso torto, sem humor. Roscille escuta, sentindo o coração bater forte.

— Continue.

— Então essa mulher, essa Lady Macbeth, decidiu fazer um banquete para a família do marido, por quem demonstrara pouca consideração até aquele momento. O pai de Macbeth compareceu, assim como seu irmão mais velho, acompanhados pelas esposas e pelos filhos. Tudo parecia estar ocorrendo normalmente, até que a comida foi servida. As histórias dizem que o ensopado tinha um gosto estranho, mas poucas pessoas se lembram disso, pois qualquer um que tocou a comida com a língua foi tomado de súbito por uma tosse intensa. Seus rostos ficaram azuis e as gargantas se fecharam. Lady Macbeth tinha envenenado todos eles. O restante do clã de Macbeth foi assassinado, tal como as mulheres e crianças.

Roscille sente o sangue gelar.

— Como? — ela consegue dizer. — Como Macbeth não foi executado por esse crime? Parricídio, filicídio. Sua alma foi condenada eternamente. Nada pode purgá-la.

— Porque ele disse que tudo foi obra da esposa, engendrada pela ambição dela para que ele se tornasse o Thane de Glammis. — Lisander faz uma pausa. — O rei e o chanceler vieram e encontraram frutas venenosas no quarto de Lady Macbeth, frutas que ela poderia facilmente ter colocado na comida.

Não existe nada que os homens amem mais do que ter razão. Essa esposa estranha. Estavam certos em suspeitar dela. Que astúcia! Que percepção! Assim que eles devem ter pensado, gabando-se nas roupas sem manchas.

— E ela foi executada por isso, obviamente. — Roscille fecha os olhos. A escuridão da visão é salpicada de vermelho.

— Não — responde Lisander. — Houve um julgamento organizado. Meu pai, naquela época, ainda tentava imitar os costumes civilizados da Inglaterra e de Roma. Lady Macbeth deveria ser mantida acorrentada naquela mesma cela velha, na masmorra, até que fosse convocada perante o juiz e o júri. — Seu olhar parece enxergar além dela, recordando. — Eu era um menino na época. Eu só a vi uma vez, enquanto passava brevemente pelo corredor. Já estava acorrentada. Havia pouco que poderia ser dito sobre ela, exceto uma coisa: os olhos eram muito pálidos, quase tão claros quanto a água.

A mente de Roscille começa a funcionar outra vez, após tanto tempo dormente, encurralada, sufocada e silenciada pela dor.

— Na manhã do julgamento, dois homens foram buscá-la na masmorra, mas encontraram a cela vazia. Porém, a porta não estava aberta. Foi como se ela tivesse escapado por entre as grades. Soaram os sinos do castelo como se houvesse um exército inimigo no horizonte. Fizeram uma busca longa e desesperada. Por fim, uma criada de olhos atentos identificou o vestido de uma mulher na água abaixo do penhasco, revirando-se na espuma como uma roupa lavada. O vestido foi recuperado, mas nunca encontraram o corpo de Lady Macbeth.

— E não fizeram outras tentativas de busca? Todos ficaram felizes em acreditar que ela se afogou?

— Não havia mais nada em que acreditar. Ela havia desaparecido, como um espírito que desocupou seu recipiente.

Roscille encara os olhos de Lisander, deixando o olhar verde espelhar seu reflexo de volta para ela. Enfim, ela consegue se ver de verdade. Estuda o rosto que faz os homens se tornarem covardes encolhidos. Nota os traços do próprio pai nas pequenas coisas: na altivez do queixo, nas maçãs do rosto altas e marcantes. Barba-torta jamais afirmaria tal semelhança; talvez nunca tenha sido capaz de enxergá-la, como uma criatura noturna que não está acostumada com a luz.

— Você não disse nada sobre a mãe de Macbeth.

— Eu não a conheci — responde Lisander. — Acredito que morreu muito antes do meu nascimento. Havia rumores sobre destinos estranhos encontrarem as mulheres de Glammis, mas...

— Certamente há algum registro dela — Roscille interrompe. — Talvez não da mãe, mas da esposa? Deve haver pelo menos um nome.

Ele assente, devagar.

— O nome eu sei.

O nome sobe pela garganta de Lisander, pairando entre os lábios e fica suspenso no ar entre eles. Em seguida, se pressiona sobre ela com o calor e o peso de uma marca, carimbando sua pele nua. Essa dor, essa outra dor escolhida por ela, faz seu sangue correr com uma vitalidade que não sentia há muito tempo, como se fosse um cadáver reanimado.

Os membros de Roscille se desdobram. Ela se levanta e, com as duas mãos, põe Lisander de pé também.

— Você precisa ir — diz ela. — Prometa-me que ficará em segurança. Bem longe daqui. Livre.

— Não existe liberdade para mim quando estou longe de você.

— *Por favor.*

— O que você vai fazer, Roscille? Não me peça para deixá-la outra vez, pois não posso fazer isso. O anseio vive comigo mesmo quando me transformo na fera; talvez seja até maior.

Os sons naturais da clareira os cercam. O assobiar de pássaros, o canto dos grilos, o ronronar de outros animais. A grama sob seus pés está úmida, marcada por seus corpos que jaziam ali. Ela poderia voltar à água facilmente, manter a cabeça submersa até se tornar parte da clareira também, os ossos pousados ao chão enquanto peixes prateados nadam por entre suas costelas como uma catedral subaquática. Isso seria tão simples quanto Lisander sair de sua pele humana quando a exaustão obrigada seus olhos a se fecharem.

Ela também considera fugir, é claro. Contudo, as lanças dos homens os encontrariam antes que pudessem chegar muito longe. A alvura da capa dela é como um farol para as flechas — existe uma razão para que a doninha só se livre de sua camuflagem marrom após o primeiro cair da neve.

— Você também me assombrará — diz ela, por fim. — Então nunca estaremos separados de verdade se formos os fantasmas um do outro.

Lisander toma o rosto dela entre as mãos e a beija. Ele a solta apenas quando suas escamas comecem a aparecer.

Roscille pega a capa pesada e se cobre com ela. Escondida com sagacidade entre as dobras da veste, bem onde o pelo do coelho encontra as penas do cisne, a chave de ferro zumbe com um calor místico.

Se ela não pode ter segurança, se não pode ter amor, ao menos ela terá isso: vingança.

Macbeth ainda deve estar dormindo, porque Roscille consegue entrar pelo vão da barbacã sem ser detectada por ninguém. A luz ainda é o mesmo cinza embaçado, como se o Sol estivesse bloqueado. Talvez o tempo tenha desacelerado na clareira, como a água do rio congela no inverno, o gelo emoldurando as pedras. Ela atravessa os corredores, seguindo o som do oceano. A chave e a fechadura. Sentindo ardência desagradável do sal na pele, a aspereza hostil.

A escuridão que é como uma parede de fumaça. Agora, Roscille não hesita. Ela dá um passo na direção da água.

A tocha se acende, bruxuleante. Chamas sinuosas iluminam seus membros pálidos e tortos, que bifurcam o ar sombrio. Suas roupas molhadas emergem da água, depois descem e sobem outra vez, com o ritmo angustiante da maré. Os pés das três criaturas ali deslizam na areia e nas pedras, e suas correntes se arrastam como conchas no leito do mar. Toda a carne e o tecido grudados aos ossos pontiagudos parecem translúcidos, como a pele fina da barriga de um peixe.

Até este momento, Roscille esteve cambaleando com a cegueira de um mortal. Agora, ela caminha em direção às Lavandières sem medo. Elas avançam em sua direção, dando voltas ao seu redor, até que estejam ao alcance uma das outras. Roscille não precisa da luz da tocha para enxergar. Na verdade, quando fecha os olhos, a visão é tomada por cores. Fumaça e miasmas de verde e roxo. Memórias que não são suas.

Ela abre os olhos.

— Eu conheço você — diz.

A bruxa ao meio responde, seca:

— Levou tempo demais para se livrar de sua visão mundana. Roscille. Rosele. Rosalie. Roscilla. Lady Macbeth.

Roscille fixa os olhos na bruxa.

— Lady Macbeth.

A criatura pisca lentamente. Como um gato. Uma serpente. As outras duas bruxas continuam a lavar roupas. É neste momento que Roscille nota a diferença entre elas, onde antes eram todas cópias umas das outras. A bruxa da direita é a mais velha, enrugada como uvas maduras demais. A da esquerda é a segunda mais velha. Ainda possui mechas jovens de cabelos pretos, trançadas com esmero entre os fios grisalhos.

A bruxa ao centro aguarda. O tempo desacelera ao redor delas. O mundo fica mais velho — ou mais novo — mas elas, não.

Em Breizh, nomear uma coisa é reivindicar poder sobre ela. Talham runas nas paredes dos monastérios — nomes falsos e nada cristãos, que enganam o ser de túnica preta, Ankou, que passa sem acrescentar cadáveres à sua carroça. Para banir uma fada, basta falar seu nome verdadeiro em voz alta. Então, elas desaparecem com o estrondo de um trovão, em uma nuvem de fumaça.

Roscille perguntou ao pai certa vez: "Talvez seja melhor não ter nome algum, assim não perde o poder para outra pessoa?" E lorde Alan Varvek, Duque de Breizh, Barba-torta, conquistador dos malditos nórdicos do canal estreito, respondeu: "Não cabe às mulheres se preocupar com esses assuntos. De qualquer forma, você adotará o nome do seu marido quando se casar."

— Gruoch — diz Roscille. — Prazer em conhecê-la.

Ao ouvir seu nome, os olhos da bruxa se enchem de luz. Gruoch. É um nome que exige muito da boca bretã de Roscille, arrancando sons graves e ásperos do fundo da garganta. Um nome que Lisander precisou treinar a língua dela a falar; repetindo a palavra três vezes até que ela conseguisse pronunciá-la perfeitamente. O nome é como uma erva daninha que cresce do solo rochoso de Glammis, uma planta que, se for arrancada, simplesmente crescerá outra vez, espalhando seus ramos até mesmo na terra seca.

— Então agora me conhece — diz Gruoch. — O que vai pedir? Conselho? Profecia?

Roscille olha para as outras duas bruxas, que pararam de lavar as roupas. Agora que pararam de se mover, ela consegue examiná-las: uma delas tem os olhos semicerrados, a outra tem uma pinta na bochecha. Também foram esposas — Ladies Macbeth.

Ela respira fundo.

— Não — diz ela. — Quero ser como você.

O rosto branco de Gruoch fica ainda mais pálido, e ela bufa.

— Você não quer ser como nós. Lavando roupas por várias vidas mortais.

— Então lavam mesmo a roupa dele?

Bruxa da Esquerda: Para que mais servem as mulheres velhas?

— Ainda assim, Macbeth busca seus conselhos, seu poder profético. Se de fato não tivessem poder algum, estariam mortas.

Bruxa da Direita: O que é poder, Lady? É uma palavra que se distancia mais de seu significado a cada vez que é pronunciada. Dizemos ao Rei o que ele deseja ouvir. E se não é o que deseja ouvir, então ele molda isso em qualquer profecia que o agrade. Maus presságios são bons presságios. O mar é um deserto infernal. O deserto é uma fonte celestial.

Roscille se cala. Ela vê a fragilidade de seus planos anteriores, que caem como flores cortadas ao seu redor. Enviou o marido em uma missão fatal, e ele voltou mais poderoso do que nunca. Tentou subjugar Fléance à sua vontade, apenas para ter as mesmas amarras voltadas contra ela.

Talvez o seu maior erro tenha sido tentar controlar o poder de homens mortais. Agora ela sabe da existência de outro mundo, esperando sob aquele que ela conhece. Ali, na escuridão, ela pode caminhar sem a necessidade de cobrir os olhos.

Bruxa da Esquerda: Vejo as feridas em você, Lady.

Bruxa da Direita: Vejo a fúria por trás de seu silêncio.

— Vejo o protesto da sua dor — completa Gruoch.

A escuridão ao redor de Roscille parece se estender e ondular. Quando ela olha para baixo, vê o tom prateado de seu reflexo, turvo e estranho, mais cor do que uma forma distinguível. O branco sangra do seu corpo para a água. À medida que se esvai dela, espalha-se em todas as direções, assumindo forma própria. Aparecem como marionetes de sombras na parede: uma adaga ensanguentada e uma mão ensanguentada. A silhueta em formato de Lua crescente de um rosto. E, por fim, uma coroa, assegurada sobre a sua cabeça por um par de braços incorpóreos.

Quando Roscille pisca, tudo isso desaparece, a água escura sugando toda a cor.

Ela ergue o olhar.

— Eu tenho uma profecia própria — diz ela. — Vocês irão dizê-la por mim?

12

Para a sorte de Roscille, o tempo se passou tão lentamente, de uma maneira tão atípica, que o marido nem sequer notou a ausência dela do leito conjugal. Ela tira a capa e volta para debaixo dos lençóis ao lado dele. Cada um dos músculos e ossos do seu corpo protestam a ação. É como voltar a um corpo diferente, um que existe em um estado permanente de dor, sentindo as cascas da ferida ainda em processo de cicatrização e a lesão entre as pernas. *Esqueça esses pequenos ferimentos.* Como se uma coisa dessas fosse possível. Por mais que quisesse, sua mente não tem o domínio total sobre seu corpo.

Macbeth acorda de um jeito estranho, diferente de outros homens. Ele não rola de um lado para o outro, aninhando-se entre os lençóis, protestando contra o Sol nascente. Ele se vira de costas e senta ereto, como se fosse puxado para cima por uma corrente invisível. Seu torso está perfeitamente reto, com a mesma rigidez de uma estátua. Os olhos se abrem sem piscar para afastar o peso do sono. Roscille o observa em silêncio absoluto, pois o medo que sente ressurge. Mas então ele franze o cenho e solta um suspiro entre os dentes cerrados, e Roscille se lembra do pequeno ferimento do marido, que manchou os lençóis com um novo tipo de sangue. Preto e fluído, jorrado de algum lugar profundo do corpo. Deve doer. Ela não consegue acreditar que não doa.

— Esposa — diz Macbeth, virando-se para ela.

— Meu senhor e esposo. — A voz dela é dócil, mas há uma razão para isso. Ele vai querer saber que a quebrou. É uma boa punição, aquela que mistura prazer para ele e dor para ela.

No entanto, o olhar satisfeito de Macbeth é breve. Sem preâmbulos, ele diz:

— Você se juntará a mim em meus aposentos a partir de hoje.

Roscille se vê assentindo de algum lugar distante e incorpóreo.

— Banquho me disse que você trouxe uma criada para o castelo.

— Sim. — Roscille abaixa o olhar. — Senga.

Ela se prepara para uma nova punição. Ela se pergunta se receberá um tapa, se ele a exibirá aos seus homens com um hematoma latejante no rosto, prova de que Macbeth realmente consegue manter a esposa na linha, que corrigiu o erro que cometeu ao colocá-la no comando do castelo.

Mas ele apenas diz:

— Então a criada pode ficar com esse quarto. E cuidará de sua higiene e suas vestimentas.

Ela fica surpresa com isso, mas talvez não deveria. Macbeth é o Rei agora; ele se esqueceu das pequenas indignidades, pisou na virtude da honra, apagando a chama nobre. Um pequeno desafio aos costumes por parte da esposa não é o suficiente para lascar a grande armadura brilhante que é seu poder. E Roscille não deve mencionar isso, não deve chamar isso de gentileza ou misericórdia, pois essas coisas também estão abaixo dele.

— Direi isso a ela — responde, simples.

— Isso poderá irritar Banquho — diz Macbeth. — Talvez também os outros homens. Mas isso não é assunto digno de consideração.

Macbeth afasta as cobertas, e Roscille se vira, para não precisar ver a nudez daquele corpo. Já sentiu a força dele no escuro. Que permaneça lá, pensa ela. Que a escuridão devore tal força por inteiro.

Ela escuta o grunhido de dor que ele deixa escapar enquanto transfere o peso do corpo para a perna machucada. Ele se veste com uma camisa e tartan limpos e diz a Roscille:

— Venha. Um conselho de guerra nos aguarda.

O fato de que foi convidada para a mesa do conselho também a surpreende. No entanto, dessa vez, Roscille não se senta à mesa. Ela foi instruída a se sentar a vários passos de distância, em uma cadeira encostada na parede. Qual é o propósito disso? Certamente Macbeth se beneficia mais ao escondê-la. A Escócia, com certeza, lhe permitirá apenas uma quantia limitada de esposas-bruxas errantes. Porém, ela percebe que aquilo também é uma demonstração bruta de seu novo poder como rei. A presença dela é um anúncio aos homens: *Eu me casarei com quem escolher. Para vocês, talvez, ela seja uma bruxa, mas, para mim, é uma esposa. Seja lá qual for o mísero poder que ela tem se extingue entre os lençóis do nosso leito conjugal.*

De alguma forma, Roscille sente que Raposa Invernal, Manto de Doninha e Cabra-montesa conseguem perceber a presença recente de sangue entre as coxas dela. Talvez seja a forma como se senta encolhida na cadeira, uma forma quase vazia, como um talho branco no mundo. Seu senhor e marido conseguiu, enfim, abusar dela da mesma forma como milhares e milhares de mulheres foram abusadas antes. Ele a esmagou entre seu punho, espremeu toda a bruxaria que lhe era valiosa, e então a deixou, como uma casca vazia.

É a capa que prova tal coisa. Roscille poderia estar invisível entre as dobras. Ela é Lady Macbeth e compreende o significado disso: é um degrau no qual a virtude do marido é elevada. A capa diz: *Conquistei Alba; visto sua pele tão orgulhosamente quanto minha coroa. É meu troféu, meu tesouro, meu, meu, meu.*

— Deixei um exército no comando em Moray, para aplacar qualquer revolta em potencial — explica Macbeth. — Mas não creio que haverá uma rebelião. Matei todos os aliados mais leais a Duncane. Pendurei o corpo daquele cão idiota, Macduff, do lado de fora das muralhas. Qualquer apoiador leal que restar o verá e engasgará nas próprias traições nobres.

Se ele matou Macduff, então também matou a esposa e os filhos de Macduff, e isso quer dizer que não sobrou ninguém que possa querer se vingar dele um dia. Ela imagina o marido experimentando o sangue desse homem. Ela se pergunta se, após esfolar o unicórnio, ele estripou o animal e o comeu. Descobre que consegue imaginar isso sem dificuldade alguma.

— Seu poder foi provado, milorde — conclama Banquho. — Nenhum homem em Alba o desafiará.

Banquho não dirigiu o olhar a ela nenhuma vez sequer. É Fléance que lança olhares furtivos na direção de Roscille várias vezes. Há tanta vergonha estampada naquele rosto ainda infantil. Ela não se sente saciada pela vergonha dele como esperava. É uma refeição insossa, como água sem vinho. O que ela deseja receber dele é medo. E não se saciará até obtê-lo.

Mapas e papéis são realocados, e Roscille não consegue vê-los, já que são movidos pela mesa como fichas. As vozes ásperas e baixas de homens que têm algo a provar uns aos outros. Macbeth murmura algo que ela não consegue ouvir. As próximas palavras que chegam aos ouvidos dela são as de Banquho novamente.

— Agora há a questão de fundir as casas.

— Fundir por quê? — A voz do marido. — Não quero a criadagem de Duncane aqui. Que queimem e supliquem em Moray.

— Seria um gesto de boa fé — afirma Banquho. — Para provar que é o Rei de toda a Escócia, e não somente Rei de Glammis.

Um silêncio recai no ambiente, enquanto Macbeth cogita o assunto. Cabra-montesa suprime uma tosse.

— Certo — diz Macbeth, por fim. — Ficarei com uma parte da criadagem, mas apenas aqueles que eu tiver olhado nos olhos, que se ajoelharem e jurarem lealdade a mim. Já há motivos suficientes para temer traição.

— Sim — concorda Banquho. — E é por isso que precisa provar que pode fazer mais por esses homens do que qualquer outro lorde faria. Que suas vidas serão melhores sob o governo de Macbeth do que foram sob Duncane, do que seriam sob Æthelstan ou qualquer um daqueles pirralhos meio-saxões.

O coração de Roscille dá um salto.

— Falando em pirralhos — diz Manto de Doninha —, ainda não conseguimos encontrar a cria monstruosa de Duncane.

Uma espécie de alívio a preenche, mas é metade prazer, metade veneno. Ela torce para que ele esteja muito longe, a salvo em solo inglês. E, ainda assim, sabe que sonhará com ele todas as noites e acordará com o suor frio e febril do desejo.

— Essa não deveria ser nossa maior preocupação nesse momento — adverte Banquho. — A guerra está prestes a começar. Os exércitos de Æthelstan invadirão as fronteiras em breve.

— Assim que esse exército estiver em frangalhos e aquele arrogante *rex Anglorum* estiver ajoelhado aos meus pés, eu mesmo matarei o dragão — diz Macbeth. — Até lá, deixe todos os homens da Escócia pensarem que encontrarão a fera e a matarão, e que receberão o prêmio do meu favor eterno. É como o mito da cidade submersa de Ys: dê ao povo algo no qual acreditar, mesmo que seja algo impossível. Deixe qualquer um com uma espada e coragem estúpida pensar que tem uma chance de assassinar a fera. A esperança é o suficiente para manter um homem agarrado na corda comprida e frágil da vida.

Todos os homens emitem grunhidos tácitos de concordância. Por mais bárbaros que pareçam, ainda possuem algum raciocínio.

— Logo retornarei a Moray — diz Macbeth. — Preciso garantir que não haverá deslealdade por lá. Æthelstan tentará tomar o castelo primeiro. Ele é inteligente o bastante para saber que Glammis é uma fortaleza que não pode ser invadida. Ele pensará que pode me forçar a voltar para casa, e então fazer um cerco aqui, para nos fazer passar fome até nos rendermos. Não darei essa oportunidade a ele. Eu o derrotarei em Moray.

Mais acenos de cabeça dos homens.

— Eu estarei ao seu lado, milorde — diz Banquho.

— Não — declara Macbeth. — Deve permanecer aqui. Confio que não deixará este castelo ser tomado por traição ou má administração. Pode se preparar para um cerco. Não chegará a esse ponto, porém, ainda é sábio estar pronto.

Dessa vez, Banquho assumirá a tarefa com entusiasmo, devido a tudo que foi implícito pelas palavras de Macbeth. *Minha esposa fracassou nessa tarefa. Agora eu a confio outra vez a você, meu braço direito.* Ela já deveria saber. A esposa astuta não foi tão astuta no fim — ela foi descartada. E o homem que talvez tenha sido dispensado de forma tão precipitada, o homem que serviu ao seu senhor lealmente por tantos anos, foi elevado outra vez.

— Sim, milorde — murmura Banquho.

— Então cuide disso — diz Macbeth.

Os homens dispersam, arrastando as cadeiras no chão de pedra, enrolando os mapas e saindo do salão principal. Seus olhares não se demoram em Roscille nem por um instante. Ela é apenas a esposa agora. Indigna de ser notada.

A princípio, Fléance permanece, mas é banido com um olhar rápido do pai. Ele tampouco olha para Roscille quando parte. Irá ao pátio para praticar a espada. Ou então encontrará algum lugar vazio para extravasar a fúria por aquela dispensa, e o fato de que nunca umedeceu a lâmina ou sentiu o gosto do sangue do inimigo. Ótimo. Que essas injustiças ardam como um golpe do chicote.

Quando os três ficam sozinhos, Macbeth diz:

— Venha comigo.

— Para onde? — pergunta Banquho.

Roscille já sabe.

Caminham pelos corredores sinuosos, seguindo o som do oceano. A chave de ferro voltou para o cordão de couro, pendurado no pescoço de Macbeth, colidindo contra o espaço do colarinho a cada passo manco que ele dá. Roscille e Banquho tomam cuidado para diminuir o passo, para garantir que nunca caminhem na frente dele. Ainda assim, ela vê a mancha de sangue na meia dele, um estranho florescimento escuro, como uma forma escondida sob gelo. Os três param diante da porta apodrecida de madeira.

— Se você vai cuidar desse castelo em minha ausência — diz Macbeth —, então há coisas que precisa saber.

Os olhos de Banquho encontram Roscille em uma pergunta silenciosa: *Ela já sabe?*

Como resposta, Macbeth diz:

— Um marido e uma esposa não devem guardar segredos um do outro.

Banquho não responde. Macbeth gira a chave na fechadura e as portas se abrem.

O ar frio que os aguarda, a escuridão profana — tudo isso é novidade para Banquho, e ele ofega. Macbeth ignora seu choque e entra na escuridão, o corpo deslocando o ar por entre a parede, direto, claro, imperdoável. Ele desaparece e, por um instante, não há som algum, nem mesmo o barulho do borrifar da água sob seus pés. Então, a tocha se acende. A luz reflete na crista de cada onda, fazendo com que a água tenha a textura familiar de escamas.

Banquho encara Roscille e emite um som estrangulado de espanto. Ela, porém, simplesmente passa esbarrando nele e segue o marido escuridão adentro. Seu coração está a mil. Ela está perto agora. Torce para que as bruxas não a abandonem.

Roscille fica nos degraus, mas a água respinga para cima, umedecendo a bainha da capa que é tão longa que se arrasta atrás dela como um véu de casamento. Banquho vai até o lado dela lentamente. Uma camada de suor cobre o rosto dele, a umidade do terror.

As bruxas anunciam sua presença com o sacudir das correntes. Suas peles são obscenamente brancas contra a escuridão impiedosa. Os movimentos cegos, os ossos visíveis, as roupas pendem como farrapos: Banquho tropeça nos degraus escorregadios enquanto tenta se esquivar delas. Elas param ao redor de Macbeth, a água ondulando ao redor de seus corpos em círculos sobrepostos.

Suas vozes são como pedras raspando no casco de um navio.

Bruxa da Esquerda: Macbeth, Thane de Glammis.

Bruxa da Direita: Macbeth, Thane de Cawder.

— Macbeth, o futuro Rei — diz Gruoch.

Banquho, com as costas contra a parede, faz o sinal da cruz, assim como Roscille fez da primeira vez.

— Meu Deus... — começa ele.

— Não — interrompe Macbeth. — Escute. Esses títulos não são meros epítetos; são profecias. Quando falaram pela primeira vez, eu era apenas o Thane de Glammis. Eu vim até aqui, e me chamaram de Thane de Cawder. Tomei Cawder em apenas uma semana e, quando retornei me chamaram de futuro Rei. Você sabe o que aconteceu em seguida.

Lentamente, a compreensão toma conta do rosto de Banquho, uma mistura de repulsa e admiração. Ele sabia, é óbvio, que Duncane morreu devido às maquinações de Macbeth, mas saber que esse propósito foi motivado por bruxaria e feitiçaria é outra questão. Macbeth revelou a verdade que ameaça transformar o mundo de Banquho em algo bizarro, sobrenatural, estranho.

Essa mudança já começou. Sua visão foi alterada, feita para enxergar a aberração fria e escura que permeia tudo.

— Venha — diz Macbeth, gesticulando para ele. — Escute a próxima profecia delas. Veja o que guiará nossas ações quando enfrentarmos Æthelstan.

Banquho suspira. Encara Roscille outra vez, que está tão imóvel e silenciosa quanto uma ninfa transformada em pedra. No entanto, sob a superfície, ela transborda uma fúria febril.

Banquho dá um passo, depois outro. Quando seus pés mergulham na água, círculos se formam ao redor, os movimentos desajeitados e humanos demais ganhando evidência graças à quietude da caverna. Enfim, põe-se ao lado de Macbeth. Ele apoia a mão sobre o ombro do seu senhor para se firmar, esquecendo-se de quem é por um instante, esquecendo-se da lesão que ainda pulsa no joelho do outro como um segundo coração batendo.

— Falem sobre o meu destino, então — diz ele num tom baixo.

As três mulheres torcem as roupas e as jogam sobre os ombros para que as mãos fiquem livres. Com os braços estendidos, as palmas abertas na direção do céu obstruído, falam em uníssono, como um coro:

— Banquho. Banquho. Banquho. Thane de Lochquhaber.

— Isso não é nenhuma profecia — retruca Banquho, inquieto.

Bruxa da Esquerda: Banquho, Thane de Lochquhaber. Menor, no entanto, maior do que Macbeth.

Bruxa da Direita: Não tão feliz, no entanto, mais feliz.

— Gerarás reis, mas não serás um — diz Gruoch.

Elas dão as mãos e mergulham na água. A prata se espalha em novos formatos onde a pele delas toca: Banquho refletido de volta para si mesmo, de novo e de novo, rostos e mais rostos empilhados, e cada um usando uma coroa.

Banquho dá um grito e tenta usar Macbeth como apoio outra vez, mas seu Lorde já não está lá — seu corpo está, mas a mente e o espírito se libertaram. Estão soltos como animais, mastigando as palavras das bruxas, rasgando-as com fúria.

A Bruxa da Esquerda, a Bruxa da Direita e Gruoch dizem em uníssono:

— Salve Banquho! Salve Banquho! Salve Banquho!

Suas vozes estalam no ar, e a água reluz num tom de verde, como um caldeirão cheio de óleo. Macbeth se afasta das Lavandières, dando as costas para sua primeira esposa e encarando a segunda. Ele veste uma máscara de fúria incandescente.

Banquho já está caminhando penosamente pela água, ofegante. Ele sobe os degraus. É um guerreiro e sente o cheiro do sangue antes mesmo que seja derramado.

Ele empurra Roscille, correndo da escuridão em direção à luz. Macbeth rosna com uma raiva silenciosa, mancando para subir os degraus atrás dele. As bruxas não param de entoar, e, por trás do véu, Roscille sorri.

A perseguição não dura muito tempo. Os passos de Banquho se atrapalham pelo pavor, e Macbeth continua mancando, parando ocasionalmente para descansar com o ombro encostado na parede. Roscille consegue ver a fumaça que emana dele, da fogueira acesa atrás dos olhos.

Ele nem sequer fecha a porta, então a voz das bruxas escapa de lá, invadindo o corredor, inundando o castelo com o cheiro de água salgada. Roscille segue em silêncio, os passos abafados no chão.

Macbeth entra correndo no pátio com a espada já desembainhada. A cabeça se vira de um lado para o outro, buscando. Banquho chegou ao portão, que não se abre para ele. Ele puxa as barras como um prisioneiro em uma sala. O rosto está pálido, e ele grita:

— Milorde, por favor...

— Menor, no entanto, maior do que Macbeth! — ruge o Lorde. — Não tão feliz, no entanto, mais feliz. Darás origem a reis! Esse tempo todo, a traição em Glammis veste o rosto do meu amigo mais leal!

Amigo não é a palavra certa. Ele usa uma palavra que não tem um equivalente em brezhoneg. Significa "aliado, parceiro, irmão de sangue". É uma palavra proibida para mulheres, usada apenas para guerreiros. Existe um termo mais próximo em grego: *hetairos*.

Esses gritos chamam a atenção dos outros moradores do castelo. Criados espiam por trás das portas e janelas. Raposa Invernal, Cabra-montesa e

Manto de Doninha surgem com as mãos no punho das espadas, prontos para desembainhá-las. Até mesmo o velho Druida aparece, o Druida de Macbeth, aquele que uniu as mãos de Roscille com a do marido na noite do casamento.

Então, surge Fléance. O prazer toma conta de Roscille quando vê o horror escancarado no rosto dele. *Todo o mal que fez a mim, será retribuído mil vezes pior agora.*

— O senhor acredita na palavra daquelas criaturas acima dos juramentos que fiz tantas vezes? — pergunta Banquho, num tom desesperado. — Está louco, Macbeth, por acreditar nelas!

Raposa Invernal pisca.

— Milorde, de que criaturas ele fala?

Macbeth se vira para ele. O sangue manchou praticamente toda a extensão de sua meia, grosso, feio e escuro, e respingado sobre a bota.

— Uma espécie de loucura dominou o Thane de Lochquhaber.

As palavras abafam todos os sons no pátio, achatando até o vento, como o ferro esmagado em uma bigorna. Até Banquho para de sacudir os portões e fica imóvel enquanto o vento entra e bagunça os fios de sua barba e de seu cabelo, e pressiona o véu de Roscille contra os lábios dela.

— Não — retruca Banquho, por fim. — É Macbeth que está louco. Escutem! Ele prendeu três mulheres em correntes sob o chão do castelo... não, não posso sequer chamá-las de mulheres! Não são habitantes desse mundo. São criaturas definhantes e selvagens. Bruxas! E ele se submete a elas, fazendo-as a narrar falsas profecias a seu favor!

— Estão vendo? — Macbeth gesticula. — Que tipo de humor demoníaco corrompeu a mente de nosso querido amigo? Como pode dizer tal coisa, que Macbeth abriga bruxas?! Ele vê uma visão sobrenatural diante dos olhos.

— Mentiras! — Banquho uiva. — Não sou um traidor e falo a verdade! Desçam pelo corredor mais comprido e inferior do castelo, e vejam essas criaturas malignas com os próprios olhos!

Raposa Invernal, Cabra-montesa e Manto de Doninha se entreolham, mandíbulas e lábios movendo como se estivessem mastigando alimento, mas não pronunciam palavras. Roscille nunca deixará de se maravilhar com a estupidez dos homens quando a ordem de seu mundo é perturbada.

É o Druida que fala.

— Talvez — começa ele —, sejamos capazes de libertar esses humores de Banquho. Banir os demônios e devolver nosso amigo ao raciocínio de sua mente.

Outro instante de silêncio.

— Não está falando... — começa Banquho.

Duas tochas ardem nos olhos de Macbeth. O peito sobe e desce com o esforço da perseguição, mas também ao imaginar a violência. Ele não é um epicurista, como o Duque. É um glutão. Foi presenteado com um banquete grotesco, e se empanturrará, se deliciará, se deleitará.

— Sim — diz Macbeth, voz rouca. — Sim, creio que é o que faremos.

O esforço para prender Banquho e arrastá-lo até o salão principal é mais desajeitado do que violento. Macbeth permite que Raposa Invernal, Cabra-montesa e Manto de Doninha façam isso por ele. Ele manca atrás dos homens, o rosto coberto de suor. Fléance o segue, suplicando, as lágrimas nos cantos dos olhos.

Roscille se surpreende ao ver que ninguém tenta prendê-lo também. Afinal, ela se certificou de incluir aquilo na profecia que fez: *tu gerarás reis*. Condenando o pai e o filho com o mesmo fôlego.

Mas é melhor assim, um último insulto ao orgulho de Fléance: eles não acreditam que ele pode impedi-los, nem se defender quando as lâminas forem apontadas contra ele. É um menino que não terá a chance de se tornar um homem.

Roscille pensa de súbito naquele outro homem, Macduff, o cão néscio e honroso cuja linhagem o marido dizimou da terra. A visão que deu a Macbeth, dos filhos, netos e bisnetos de Banquho, o rosto replicado ao longo das gerações, se multiplicando como a maré que nunca cessa. Este é o primeiro, o último e o maior medo de um homem: um mundo que existe sem a sua presença. Um mundo em que seu nome jamais é falado. Seu sangue seco, seu corpo decomposto na terra, seu túmulo coberto de ervas daninhas. Uma casca vazia e sem sementes.

Será que Roscille adotou a justiça desses escoceses bárbaros? Não, ela não se ilude pensando que aquilo é justiça. É vingança. Uma lâmina mais sólida, afiada e intensa. Cravada entre os ombros e torcida.

Banquho é jogado em uma cadeira. Uma corda é providenciada. Ele é amarrado e, durante todo esse tempo, protesta — "Não, não, nosso senhor conta mentiras" —, como se fosse incapaz de compreender que ele soa cada vez mais insano — e os atos cometidos contra ele, mais justificáveis.

— Por favor! — pede Fléance. — Meu pai não é um traidor. Ele tem sido seu companheiro leal durante todos esses anos...

— Anos — interrompe Macbeth com desdém — em que essa traição cresceu como os anéis ocultos de uma árvore.

— Eu o libertarei dessa traição e da loucura que a provocou — diz o Druida. — Inclinem a cabeça dele para trás.

Roscille nunca testemunhou isso antes: a trepanação. O processo de arrancar os maus humores. Só ouvira os gritos distantes de homens e mulheres sobre os quais esse ato é feito. O choro absorto e terrível de Adelaide.

Os gritos de Banquho são agitados e entrecortados. Ele se engasga com a própria bile temerosa. O Druida saca a trefina, uma ferramenta curiosa que Roscille sempre imaginou ter o formato de uma lâmina, mas na verdade parece muito mais uma broca, algo que fura, não corta. Ela entende agora como aquilo cria cicatrizes circulares distintas que queimavam tão intensamente na testa de Adelaide. Agora, ela assiste enquanto o metal enferrujado desce sobre Banquho.

O som rápido e úmido da carne sendo separada dos ossos ecoa. Um esguicho de sangue — isso a surpreende, o quão pouco escorre; o Druida é preciso em seu trabalho e teve muitos anos de prática. Banquho uiva.

Roscille não consegue imaginar essa dor, então talvez não seja uma vingança perfeitamente equivalente, afinal. E Banquho, por sua vez, jamais saberá a agonia de ter algo rasgado entre as pernas, rudemente forçado, degradado ao silêncio. Porém, isso já serve.

O som seguinte é de fato terrível: o rachar de ossos. Roscille já o escutou muitas vezes, um criado lento demais levando uma bofetada no rosto, o nariz torcendo de forma macabra para a esquerda. Mas a singularidade do ruído agora, no silêncio do restante da sala, faz com que ela queira tapar os ouvidos com as mãos e fechar os olhos com força.

De repente, sente que errou: não em seu intelecto ou em suas estratégias, mas errou como cristã, como uma alma prometida, mesmo que de forma oblíqua, ao paraíso. Como se já não tivesse perdido seu lugar lá pelo assassinato de Duncane. Como se os homens não cometessem atos piores todos os dias, e ainda assim se considerassem virtuosos. Como se o Duque não tivesse matado aquele rapaz do estábulo temeroso e indefeso enquanto Roscille se encolhia e não dizia uma palavra em sua defesa; com certeza, aquele foi o início de seu pecado, e de onde a sua vida foi se entortando e estreitando até virar uma escuridão inescapável e condenada.

— Parem — implora Fléance. — Tenham misericórdia.

Ela nunca mais deveria vestir branco. Pelo menos um tecido escuro esconderá melhor o sangue que vê escorrendo de suas mãos, encharcando a bainha do vestido, formando uma poça ao redor dos pés.

— Isso é misericórdia — diz Macbeth. — Estou libertando seu pai da loucura e traição.

No entanto, nenhum pus amarelo escorre da ferida. Nenhuma fumaça preta e pungente. Nada exceto aquele primeiro esguicho de sangue, porque não há traição ou loucura, exceto a insanidade que agora estará enraizada em Banquho para sempre, enquanto ele sente aquela cicatriz na testa e pensa na injustiça que lhe foi imposta. Ele será tão louco quanto Adelaide, confundindo o prazer com a dor.

Roscille acreditara que a morte de Banquho seria cruel, mas rápida. Uma lâmina na garganta, abrindo uma segunda boca vermelha gritando com sangue. Uma espada no coração — honra, ao menos, por parte do assassino. Ela não imaginou aquilo. Nunca. Ainda assim, isso não basta para salvar sua alma.

Banquho tosse e se debate contra as amarras, os movimentos selvagens e bruscos, como um homem possuído. Talvez, de alguma forma, o Druida tenha libertado um espírito alucinado há muito adormecido, aquele que habita cada homem, escondido entre a estrutura dos ossos e que se aquece no bater do coração. Talvez Macbeth veja isso e, enfim, diga, *Basta*.

Mas a trefina apenas entra mais fundo, e Banquho se debate mais furiosamente, e Macbeth continua assistindo com os olhos pretos e impiedosos.

Finalmente, Banquho engasga com o próprio sangue e o cospe todo no gibão, e então amolece na cadeira. O Druida arranca a trefina e dá um passo para trás, deixando a ferramenta cair ruidosamente no chão.

— Sinto muito, milorde, eu não pensei, nunca, nem uma única vez na vida — o Druida começa a balbuciar, mas as palavras são como ecos distantes para Roscille, como se estivesse embaixo d'água escutando tudo do mundo de cima, separada por uma membrana impenetrável.

Cabra-montesa, Raposa Invernal e Manto de Doninha continuam parados a uma distância silenciosa, aguardando serem convocados.

Fléance cambaleia para a frente e segura o corpo do pai. Ele uiva. Existe vergonha naquele choro e naquela exibição, mas essa é a última preocupação de todos ali. *Tu gerarás reis*. É difícil imaginar como qualquer um poderia ser persuadido a acreditar que aquele menino trêmulo e miserável algum dia usaria uma coroa.

Macbeth está com os braços ao lado do corpo, os punhos fechados. Não se moveu nem piscou pelo que parece ser uma eternidade. Ela consegue ver a profecia se desenrolando na mente dele.

Menor, no entanto, maior que Macbeth. Ele foi diminuído, reduzido a um cadáver.

Não tão feliz, no entanto, mais feliz. Nenhum sorriso vermelho no rosto de Banquho ou em sua garganta. A boca é uma cavidade aberta, espumando sangue.

Tu gerarás reis, mas não serás um. Ele não é nada agora. Um cadáver frio. E nenhuma placa de pedras marcará sua sepultura.

Ato V

Lady?

13

— Qual é o seu propósito aqui, senhora?

Isso é o que o guarda à porta da masmorra pergunta a Roscille. Ela não esperava ser confrontada no topo das escadas, não esperava que seus motivos fossem questionados. Uma incerteza profunda cresce dentro dela, uma incerteza que ela se contentava em deixar fervilhar e persistir sem contestar. Fica em silêncio. Todas as vezes que tenta falar, a língua parece escorregadia demais dentro da boca.

Por fim, ergue a cabeça. Encontra o olhar do guarda — através do véu — e anuncia:

— Desejo ver o prisioneiro.

— O lorde proibiu.

— O lorde não saberá — retruca Roscille. — Ou prefere que eu diga a ele que colocou as mãos em mim no corredor quando ninguém estava lá para testemunhar?

O guarda empalidece. É grosseiro manipulá-lo dessa maneira. Não há prazer ou triunfo nisso. Se ela fosse um guerreiro, só teria acabado de lhe desferir um golpe desajeitado, não fatal.

No espaço entre a ameaça e a resposta do guarda, o som do oceano é forte e insistente sob seus pés.

— Não demore — diz o guarda, enfim, com uma careta.

— Será pouco mais do que um instante.

O guarda dá um passo para o lado e Roscille desce a escada.

A masmorra é um lugar que preenche a mente de Roscille com fogo. Ela desceu apenas metade da escada quando uma luz ofuscante cruza sua visão, escurecendo tudo, e, naquele espaço vazio, as memórias florescem: o rosto dela pressionado asperamente na mesa, a renda do véu arranhando os lábios e bochechas. O ar frio contra as coxas nuas. E a dor, sempre a dor, a víbora enroscada sob a pedra aquecida pelo Sol, que dá o bote quando cutucada.

As pernas ardem com o lembrete. Ela deve manter esse fogo escondido sob a pele; deve sentir a dor em silêncio, ou os homens rosnarão *loucura* e ela será presa e uma trefina atravessará seu crânio.

Mesmo com as lembranças, ela se endireita ao chegar ao pé da escada. Sua capa se arrasta pelas poças sujas. Ela mantém o olhar fixo à frente para não ver as ferramentas enferrujadas na parede e, principalmente, o chicote, que agora está manchado com o sangue dela. Para que não veja as barras retorcidas da cela que outrora prenderam Lisander.

Ela para diante da segunda cela. Fléance está recostado na parede esquerda, mais próximo das tochas; ele não se esconde na escuridão. Ao ver Roscille, ele se põe em pé, e a mão vai ao quadril como se procurasse uma arma. Uma espada não lhe serviria de nada, de qualquer forma. Uma coleira foi colocada ao redor de seu pescoço, e uma corrente a prende na parede. Preso como um cão, de fato.

Fazendo força contra o colar, Fléance se vira para encará-la.

— Por que está aqui?

A mesma pergunta, tão impossível de responder quanto antes.

— Achou que poderia me espancar como fez e não sofrer nenhuma consequência?

O olhar dele vacila.

— E a sua vingança? Valeu a pena?

Se ela fosse um homem, Fléance não lhe perguntaria isso. Para os homens, não há dívida de sangue que não possa ser cobrada. Se o mundo pende a favor de outro homem, é preciso reequilibrá-lo. O mundo, entretanto, nunca pende a favor de uma mulher. Ela não pode reajustar a balança. A única escolha é: viver aquela mesma vida embotada e injusta de sempre ou destruir o próprio mundo.

— Estarei insatisfeita enquanto você ainda respirar — diz Roscille, e sua fala é sincera, de certa forma.

Um longo silêncio. Os olhos cinzentos de Fléance ardem.

— Alguma palavra verdadeira já saiu da sua boca? — ele pergunta, rouco.

— Quando disse que seu marido errou ao me ignorar, que meu pai fora muito injusto comigo... acreditou nisso? Ou estava apenas me costurando na grande tapeçaria da sua falsidade?

Os dedos de Roscille se fecham em punhos. Então as palavras fluem, antes que ela possa contê-las.

— Acredito que meu marido erra de muitas formas — diz ela. — E seu pai... ele o tratou com crueldade, sem consideração. Talvez eu quisesse sua ajuda, mas nunca fiz você deitar e rolar, mostrando a barriga. Poderíamos ter sido aliados. Amigos, até. Você diz que sou uma bruxa, uma sedutora maligna, me chama de milhares de insultos terríveis, mas quem me abandonou primeiro foi você.

Há outro momento demorado de silêncio. O tom cinzento dos olhos de Fléance, antes brilhantes à luz das tochas, agora se torna opaco e agitado como o oceano.

— Não fale do meu pai. — A voz dele é quase um sussurro. — Ele foi um bom homem. Um homem leal e justo. Não era como o seu pai, aquele arminho falso de Breizh, que vendeu você a Macbeth como uma égua reprodutora. Que não amava nenhuma parte de você além do seu rostinho bonito.

Uma tempestade a inunda por dentro. Uma fúria retorcida e desenfreada, que se expande em espiral a partir do olho oculto da tempestade. Aquela dor antiga, às vezes esquecida, mas nunca realmente apagada, volta à vida naquele instante.

— Este rosto poderia ser a sua morte. — Roscille se aproxima da cela, até que as mãos toquem as barras de ferro. — Bastaria um só momento. Evite meu olhar como o covarde que é ou olhe nos meus olhos, e farei você rasgar seu próprio pescoço com as unhas. A bater a cabeça contra a parede até seu cérebro virar um ensopado. Eu poderia dar tantas mortes agonizantes a você. Meu marido talvez lhe ofereça um fim indolor. Mas não acredito que você mereça tamanha misericórdia.

Antes que ela possa reagir, a mão de Fléance atravessa por entre as barras e a agarra pela frente do vestido. Roscille tateia o rosto em busca do véu, mas mesmo preso, ele é mais forte e mais rápido: segura os pulsos dela e prende seus braços contra o peito dele. A coleira e as correntes chacoalham.

— Repita isso — rosna ele. — Diga que é você quem arquitetará minha morte.

Sentindo a força de seu aperto contra ela, esta é a primeira vez que Roscille pensa nele como um homem. Ela consegue levantar o véu o suficiente para cuspir na cara dele.

— Mate-me se quiser — diz ela —, mas morta eu continuarei sendo a causadora da sua morte, pois Macbeth irá assassiná-lo com mais crueldade ainda.

— Ele vai me matar de qualquer forma. — Fléance pisca para afastar o cuspe dos cílios. Ele a puxa para mais perto, até que o corpo inteiro de Roscille esteja pressionado contra as grades frias e cheias de ferrugem, e ela sinta o calor dele, o ódio, a raiva e o desejo perverso que pulsam ali. — Eu deveria ter estuprado você.

Aquelas palavras feias e descaradas fazem o estômago de Roscille embrulhar. Ela se desvencilha dele — sem se importar se a ação esmagará seus ossos até virarem pó ou se perfurará sua pele até o sangue transbordar. Roscille o empurra para trás com força, e ele cambaleia até atingir a parede. Com certa satisfação, ela nota que graças aos esforços infrutíferos dele, a coleira deixou marcas terríveis em seu pescoço.

— Vocês, homens, não têm nenhuma imaginação — declara ela.

Incrivelmente, a expressão de Fléance se transforma em um desprezo frio. Talvez seja a coleira e as correntes, abafando as chamas da raiva, mas ela nunca o viu assim antes, controlado e desdenhoso.

— Talvez você nem protestaria — diz ele. — Abre as pernas com tanta facilidade. Não me esqueci de como aceitou levar as chicotadas no lugar do príncipe. Isso não é algo que você faria por um estranho. Macbeth sabe que a esposa o desonrou dentro do próprio castelo?

Roscille fica imóvel. Seu sangue gela.

— Adúltera — acrescenta Fléance, como se ela fosse estúpida demais para entender. — Meretriz.

Porém, ela é mesmo estúpida por não ter considerado isso. Ela não é nenhuma mártir altruísta, nem devota o suficiente para protestar contra a tortura por si só. Nunca fingiu ser piedosa. Nunca se colocou de joelhos naquele castelo, a não ser na primeira noite, quando o Druida amarrou o pulso dela ao de Macbeth. De repente, todo o sangue volta a correr quente, e as bochechas coram furiosamente.

— Me chame do que bem quiser — responde ela —, mas meu marido não vai acreditar nas suas palavras. — Roscille não sabe se isso é mesmo verdade. Pigarreando, continua: — E logo você morrerá, de qualquer jeito.

— E talvez você me acompanhe logo depois. Não há desonra nenhuma em degolar uma meretriz.

Por mais inteligente que tenha se imaginado, Roscille descobre que sua mente não consegue aceitar isso. Ela não pode se permitir ser consumida por esse pensamento — o medo aniquilará o raciocínio e a sabedoria. Então, ela cairá na fossa escura da loucura, ao lado de Adelaide e todas as outras mulheres que ousaram erguer o olhar, como peixes rompendo a superfície da água, mas, por mais que se debatam, não conseguem impedir uma lança de perfurar suas barrigas.

Ela rejeita esse terror. Foge dele.

— Aproveite a sua existência póstuma — cospe ela para Fléance.

Em seguida, cambaleia de volta pela escada, quase caindo nas poças imundas e firmando-se desesperadamente na parede escorregadia, mesmo quando seus dedos não encontram nenhum apoio ali.

Quando ela chega ao topo da escada, Macbeth está aguardando-a.

O medo que Roscille acabou de expulsar ressurge com a força de um rio em degelo. O dilúvio repentino faz com que seus joelhos quase desmoronem sob ela.

— Sinto muito, milorde... — começa ela, mas Macbeth ergue a mão.

— Não falará agora — diz ele, e a voz é tão gentil que a petrifica. É a forma como alguém fala com um cavalo manco, para acalmá-lo antes de seu abate. — Me escute.

Roscille abaixa a cabeça e encara o chão.

— Não. Olhe para mim.

O véu é uma barreira fina demais entre os dois, tão frágil quanto a pele de um bebê. Roscille levanta a cabeça.

— Vejo agora que essa traição de Glammis me seguia de perto, como uma sombra. Meu próprio braço direito tramando minha queda em segredo. Mirei minha lâmina em um alvo, apenas para vê-lo sumir como fumaça, enquanto as tramoias de meus inimigos continuavam pelas minhas costas.

— Milorde...

Porém, ele estende a mão e toca o rosto dela com a palma áspera, e o calor dele a deixa atordoada e em silêncio. Ele pressiona o polegar na têmpora dela.

— A sua antiga ferida. Não me esqueci disso. Os tais homens mascarados eram reais?

A mente dela vira um turbilhão. Pode bancar a moça ingênua, envolvida em tramas além de sua compreensão, forçada, sob a ponta de uma lâmina, a fazer silêncio e obedecer. Só que o marido a conhece; ao menos, conhece Lady Macbeth. Ela não pode se esconder debaixo daquele manto branco de inocência. Ele já testemunhou seu coração sombrio. Alimentou essa escuridão, a moldou e usou em benefício próprio.

— Foi como eu disse — ela murmura. — Os homens vieram. Fléance lutou com eles. Eu não sabia na época... deviam ser seus conspiradores e cúmplices disfarçados. Comecei a suspeitar disso em sua ausência. Foi Banquho que se recusou a torturar o príncipe. Pensei que eles pudessem estar conspirando contra o senhor. Quando os confrontei, eles me espancaram.

É a melhor história que consegue inventar nessas circunstâncias. Permite a ela tanto a inocência — *eu não sabia; não poderia imaginar a traição* — quanto a perspicácia — *comecei a suspeitar de que estavam trabalhando contra o senhor.* Ela ocupa o espaço que Macbeth deseja que ela ocupe. Inteligente, mas não inteligente demais. Trabalhando sempre para engrandecê-lo, preservá-lo, orgulhá-lo. E talvez, quando Fléance a acusar de adultério, Macbeth já tenha a versão dela da história em mente e rejeite a versão que o menino acorrentado está tentando criar.

O rosto de Macbeth se fecha.

— Deveria ter me contado imediatamente. Marido e mulher não devem guardar segredos um do outro.

Roscille estremece.

— Sinto muito. Temi que se vingassem em particular.

Um momento se passa, e então Macbeth segura o rosto dela entre as mãos. Ele a vira de lado, como se fosse uma concha jogada pela maré, a pele gasta até ficar translúcida.

— Não tem nada a temer deles — afirma Macbeth. — Você é minha esposa e uma rainha. Fléance será morto, e esta traição morrerá com ele. Pode alimentar um cão com suas mãos durante a vida toda, e, ainda assim, um dia ele pode decidir morder.

Cães não mordem sem motivo. São criaturas que pensam e sentem, mas Roscille não ousa dizer isso.

— Pois bem — murmura Macbeth. — As bruxas falaram de filhos, e esta profecia não foi apenas para os ouvidos de Banquho. Não dei muita atenção a isso até agora... mas não permitirei que minha linhagem acabe aqui. Você se deitará comigo todas as noites até que meu filho cresça em sua barriga. Se for uma menina, será extinguida antes que possa vir ao mundo. Você deve gestar apenas um filho homem. Entendeu?

Não há uma mulher viva no mundo ignorante quanto a isso. Roscille não sabe quantas vezes já viu isso acontecer: uma mulher engravida. O marido caminha com o peito inflado, exibindo a prova de sua virilidade pela corte. E ainda assim — há a espera, os abutres que observam do poleiro remoto. Todos o veem, mas não falam dele. O homem pode escolher desviar os olhos também e se deleitar no orgulho até o nascimento da criança, quando sua honra ou será aumentada ou arrancada dele por inteiro. Afinal, não há honra nenhuma em uma semente que gera filhas.

Ou ele fará o seguinte: sempre existe uma mulher no castelo que vê coisas além da capacidade dos olhos mortais. Ela pode sentir a barriga inchada e saber pelo seu formato se a criança ali dentro é menino ou menina. Então, o vazio no rosto do futuro pai, os longos segundos antes que o corpo possa exibir o alívio ou a fúria de sua mente, antes que ele abrace a esposa ou a puxe brutalmente para fora do quarto. Ela chorará, e ele não se importará com isso.

Se ele for gentil, apenas forçará uma mistura de ervas com gosto ruim por sua garganta, até que a menina vaze por entre as pernas como sangue menstrual. Se não for gentil, ele a empurrará de barriga pela escada, um mergulho fácil, uma descida suavizada pelas milhares de mulheres que sofreram a mesma queda. Se os dentes ou o nariz se quebrarem, é uma casualidade aceitável. Ela carregará esses ferimentos vergonhosamente, e o marido manterá a cabeça baixa até que a memória do episódio se esvaneça, até que outra barriga venha, inchada pela esperança de um filho homem.

—Entendi — diz Roscille.

O marido não é um homem gentil.

— Ótimo — retruca Macbeth.

As mãos grandes dele envolvem a parte de trás da cabeça de Roscille. Macbeth a puxa contra si e deposita um beijo na testa dela. Roscille aguarda ali, em silêncio, a pele transformando-se em casca, os braços em galhos, o cabelo em folhas. *Por favor, por favor, me deixe em paz, me solte, sou só uma coisa morta — viva, mas também morta — e não posso gerar uma nova vida dentro de mim.* A dor não se parece mais com um protesto. É apenas dor. Ela se sente tão viva quanto uma árvore e tão morta quanto uma rocha.

Sua mente se esvai.

Por fim, Macbeth a solta. Roscille observa enquanto ele sai mancando pelo corredor, aquela mancha preta azulada atrás do joelho se espalhando, crescendo, florescendo.

Roscille vai para seu quarto — bem, não é mais seu quarto. Ela é companheira de cama do marido agora. O tapete de urso não é mais seu tapete de urso. A cama estreita é o lugar onde Senga dorme sozinha. Ela encontra a criada ali, sentada na única cadeira do quarto, bordando com um rolo de tecido cinza.

Quando vê Roscille, ela se levanta, abaixa a cabeça e diz:

— Lady.

Ela aprendeu rapidamente como mostrar respeito, como ser uma escrava. Roscille sente a bile subindo do estômago vazio para a garganta.

— Por favor — diz ela. — Me chame de Roscille.

Senga franze o cenho enquanto sua boca escocesa forma sons em brezhoneg.

— Roscille. — Ela pausa. — Mas ainda é uma Lady para mim.

— Gostaria de ser sua amiga.

Que esperança tola. Roscille nunca teve uma amiga que não estivesse amarrada a ela pelo dever. As outras mulheres na corte de Barba-torta se afastavam dela, como se a bruxaria fosse contagiosa. Os homens, é claro, não fazem amizades com mulheres. Para eles, mulheres são esposas, meretrizes ou criadas, e, sendo Roscille uma dama nobre, filha do Duque, não poderia ser nenhuma dessas coisas. E depois do rapaz do estábulo, os meninos fizeram bem em não se aproximarem mais dela. Hawise, sua única amiga, estava ligada a ela por uma longa corrente de medo que começou com Hastein e fluiu pelo Duque.

Senga a estuda com curiosidade. Fica em pé, deixando o bordado inacabado sobre o braço da cadeira, depois se senta na cama. Ela dá um tapinha no colchão ao seu lado.

— Sente-se então. Minha amiga.

Roscille se aproxima dela. Ela se senta na cama que outrora fora sua, um conforto pequenino. A maciez contra sua pele agora mais parece uma punição — uma pele indigna, ainda horrível graças as cicatrizes, com rasgos escuros de sangue seco como sanguessugas. Ela respira fundo e levanta o véu.

— Não tenha medo — diz ela. — Meu olhar não induz loucura nas mulheres.

— Eu não tenho medo.

O ar frio atinge suas bochechas. Roscille é tomada por uma sensação de alívio, como uma boca seca bebendo água doce. Ela sabe que ainda está encurralada, mas até os cavalos correm em círculos animados em seus currais, imaginando o gosto da liberdade.

Senga a observa com olhos estreitos, e Roscille a encara de volta. Ela é mais velha; Roscille não sabe dizer quanto. Os quadris têm a largura e flacidez que indicam uma gravidez passada. Há quanto tempo? Roscille se questiona. Quantos filhos? Ela é velha o bastante para ter tido cinco, seis ou até sete filhos. Roscille, aos dezessete anos, está atrasada; já poderia ter preenchido o castelo de um lorde com filhos naquela altura.

Ainda assim, isso é tão estrangeiro a ela quanto a língua dos nórdicos. A mãe morreu quando Roscille escorregou, coberta de sangue, por entre suas pernas. Havia a parteira cega que a amamentou, um nome que Roscille já se esqueceu. Hawise ainda era uma menina virginal.

Ela pensa nos rumores de Senga, o motivo pelo qual foi expulsa de seu vilarejo, ameaçada com a cabeça raspada, o hábito penitente, um escapulário e uma vida de arrependimento perpétuo diante de Deus. O que ela procurava com aquelas cópulas? Prazer? Amor? Que homem já foi punido por tal coisa? Desde quando amar é pecado? Roscille pressiona as mãos nas coxas. Ela sente uma vibração de algum lugar dentro dela, a memória da força e dos músculos do dragão sobre seu corpo — é só isso que lhe resta agora: a memória.

— É possível, em Alba, ter um casamento por amor? — ela deixa a pergunta escapar. — Uma criança que não nasce apenas por mera obrigação?

Os olhos de Senga se suavizam, endurecem, e depois suavizam outra vez.

— Tem dezessete anos, certo? É pouco mais do que uma criança. A sua vida... bem, a senhora é uma dama nobre, então sabe bem disso. Os caprichos do seu marido moldarão seus anos futuros. É assim que as coisas são. Não imagino que seja muito diferente no país de onde veio. Porém, tem uma escolha. Pode fingir que o amor é o motivo pelo qual se submete a ele, o motivo pelo qual dará à luz a um filho dele. E mesmo que não seja verdade a princípio, será verdade um dia. Tem a força de espírito para tornar isso realidade.

— Foi amor que você buscava, quando se deitou com aqueles homens? — Roscille cora com a audácia da própria pergunta.

As sobrancelhas de Senga se arqueiam. Um momento se passa e, então, a raiva aparece.

— Lady, já conheceu algum dia uma mulher com três filhos ou mais?

Roscille reflete: conhecer, nunca. Mas já as viu, à distância. Mulheres plebeias, com os olhos fixos no chão lamacento, conduzindo seus rebentos de faces imundas. Se há um pai, ele fica à distância, observando com seriedade, depois se vira para caminhar curvado em direção aos campos de trabalho. Às vezes, Roscille não encontra o pai, e as crianças perseguem a mãe, pendurando-se nos quadris dela como trepadeiras vivas. E sempre há os lábios curvados, as reprovações. Por que não manteve as pernas fechadas? Tem mais filhos do que pode sustentar, seria melhor vender a si mesma.

— Nunca — admite Roscille.

— Bem, agora conhece — diz Senga. — Tenho quatro, e, graças a Deus, agora são velhos o bastante para trabalhar, então não sentem muito a minha falta. Talvez seja melhor assim, considerando que a mãe deles se tornou a vadia do vilarejo. Eles me amam, mas eu os envergonho. E eles me envergonham também. Quer saber o motivo, mas não há motivo que me absolva. Pensei que a senhora me mandaria para um convento.

— Um homem não teria respondido por tal ato. — Roscille faz uma pausa. — Ele jamais poderia imaginar alguém lhe perguntando o *motivo*.

— Então por que isso importa? O amor, a ganância, a necessidade, o apetite... não são de domínio exclusivo dos homens.

— O amor não é tão fácil de esconder quanto o resto.

Roscille encara o vazio por muito tempo, em silêncio. Imagina-se deitada na grama macia outra vez, o nariz encostado no de Lisander, como um amuleto de fecho aberto, duas metades idênticas se encarando.

— Sinto muito — Roscille consegue dizer. — Não quero isso para mim mesma, essas esperanças tolas de menina.

Surpreendentemente, Senga pega a mão de Roscille e afasta os cabelos dela do rosto. É um gesto de ternura, que ela já praticou muitas vezes com os próprios filhos.

— E os homens não têm esperança? — A voz dela é suave. — Eles se imaginam fortes, inteligentes, viris e poderosos. Essa sua esperança é bem pequena em comparação.

Pequena, sim. Porém, basta uma rachadura na fundação do mundo para que uma arquitetura cuidadosa, com o peso dos séculos, desabe. Uma pequena lâmina corta a água e ondula para fora como um eco. E então, o mundo abaixo se revela, como brotos verdes na terra. Em seguida, surge uma mulher, uma bruxa, rasgando o caminho pela matéria verde com os dentes.

Macbeth entra no quarto, e Roscille enxuga imediatamente as lágrimas e coloca o véu. O rosto do marido parece um nada. Uma mancha fantasmagórica de uma marca de dedo em um vitral. Ele traz um pedaço de tecido branco nas mãos.

— Venha, Roscilla — diz ele, com uma voz oca e vazia. — Teremos uma reunião do conselho.

Ela se levanta e se aproxima dele sem dizer uma palavra. O colchão se deforma quando Senga se mexe, como se quisesse estender a mão para tentar impedi-la de ir embora. No entanto, a presença de Macbeth esmaga as duas, forçando-as ao silêncio. Roscille mantém os olhos fixos no chão e espera o marido abrir a porta e virar o corredor para segui-lo.

Em vez disso, ele diz:

— Espere.

A mente dela é um canal tranquilo por onde essas ordens bruscas fluem facilmente. Deve manter o canal livre para não pensar no que a espera esta noite, e na noite seguinte, e depois. Macbeth desliza a mão por sua nuca, afastando os cabelos de Roscille.

Antes que ela possa falar ou pensar, Macbeth amarra o tecido branco sobre os olhos dela, cegando-a por completo. Quando pisca com os cílios amassados, vê apenas uma escuridão difusa.

O pânico a domina, bloqueando as palavras em sua garganta. Quando consegue acalmar o coração acelerado, diminuindo o pulsar do sangue nos ouvidos, Roscille só consegue dizer uma coisa:

— Por quê?

— Deveria ter feito isso antes — declara Macbeth, embora não haja crueldade em seu tom, apenas a monotonia da razão. — Meus homens não recuarão diante de você, nem questionarão se meu domínio sobre minha esposa é completo. E você não precisa ver nada. Quando precisar sair do cômodo, eu a guiarei.

Então, fazendo jus à promessa, é conduzida pela porta em direção ao corredor, mesmo com Senga emitindo um ruído inarticulado em protesto, enquanto Roscille é segurada com força pelas mãos do marido.

Ela sente o chão frio através das solas dos sapatos, e o oceano está lá embaixo, elevando-se como sempre faz, contra a parede de pedras que parece ficar cada vez mais fina. Ela consegue sentir a distância que percorreram pelo eco dos seus passos. Este é um corredor longo e vazio. O som do andar manco de Macbeth preenche o silêncio.

Roscille está atenta. *Estamos virando um corredor, agora outro, sete passos, depois mais um, e então passamos pelo corredor mais comprido e estreito. Veja,* pensa ela, com certo alívio, *minha mente não se perdeu por completo.* O ar salgado, à medida que se aproximam, faz os pelos de sua nuca se arrepiarem. A chave desliza para dentro da fechadura. Ela prende a respiração.

É a primeira vez que está ali sem enxergar nada. Bem, talvez seja apenas o mais cega que já esteve. No começo, entrava apenas com sua visão mortal insignificante. Começa a suspeitar, enquanto Macbeth a guiava pela porta, que ele não a vendou pelo bem de seus homens. Ela acha que ele tem algum sentido sobrenatural, que conseguiu farejar a afinidade que cresce entre a esposa e as bruxas. Talvez ele simplesmente pense que ela as visitou durante a ausência dele. Talvez seja o bastante para fazê-lo tomar essas precauções, certificar-se de que ela sempre esteja ligada a ele primeiro, que ela não olhe para os olhos leitosos das Lavandières e se veja refletida ali.

Qualquer luz que Roscille poderia identificar por trás da venda desapareceu. A escuridão é sólida e fria. Ela sente a escuridão como se pudesse tocá-la com a mão, deixando uma impressão de sua palma.

Macbeth entra na água. Ela ouve o grunhido baixo de dor quando ele faz isso, causado pela ferida na perna. Ele ao menos permitiu que um médico ou Druida o examinasse? Ele não confia mais em nada nem em ninguém. Um cataplasma de ervas poderia ser veneno. Roscille percebe que roubou isso dele. A segurança. Ou talvez possa dizer que ela o transformou. Uma metamorfose lenta, desdobrando-se em etapas, como uma flor que desabrocha à noite. Macbeth, o homem justo. Agora ele é Macbeth, rei de Alba, mas desprovido do homem que era seu braço direito e mancando sobre a perna esquerda.

— Æthelstan e seu exército estão vindo pela minha cabeça — diz Macbeth na escuridão. — Digam-me, preciso temer meu próprio fim?

Passos lentos, arrastados. Correntes chacoalhando. A água se agita, revoltada. No passado, Roscille não teria conseguido distinguir as vozes. Porém, agora ela sabe quem fala e quando.

Bruxa da Esquerda: Macbeth, Thane de Glammis. Thane de Cawder. O futuro Rei. Nenhum homem nascido de uma mulher poderá ferir Macbeth.

Bruxa da Direita: Macbeth, Thane de Glammis. Thane de Cawder. O futuro Rei. Nunca será vencido até o bosque se elevar sobre a colina.

Gruoch não diz nada.

Macbeth vira na água, e Roscille consegue ver, mesmo sem a visão: a luz da tocha bruxuleando no teto da caverna, o sobe e desce profundo do peito do marido, o sorriso resplandecente se alargando em seu rosto, o triunfo ardente em seus olhos.

— Eu jamais fracassarei — diz o marido. Maravilhado, quase como uma criança. — Estas profecias me garantem isso. *O futuro Rei*, de fato.

Uma risada rouca ecoa alta demais, quebrando como a maré nas pedras.

Roscille consegue ver três pares de mãos estendidas com as palmas voltadas para o céu. Então, três vozes se elevam, misturando-se no ar escuro, serpenteando perversamente como fumaça:

— Salve, Macbeth! Salve, Macbeth! Salve, Macbeth!

14

Durante os curtos e quase sempre protegidos dezessete anos de Roscille, a guerra nunca chegou a Naoned. Ela sempre acreditou que isso era graças à astúcia do Duque — o arminho sabe como se esconder de gaviões e preda apenas coelhos e ratos de dentes fracos. A guerra é para homens arrogantes como o príncipe parisiense, ou homens fracos que não são capazes de dissuadir os inimigos. Roscille não consegue pensar em um exemplo ali, porque os nomes de homens fracos são como poeira de carvão que deve ser espanada das botas.

Atualmente ela acredita que a guerra é tão inevitável quanto o clima — tem estações, sendo algumas mais vermelhas do que outras. A guerra chegou aos outros países e ducados da França com as cores vibrantes da mudança de tonalidade das folhas. Pequenas guerras como brotos, facilmente cortadas antes que pudessem florescer. Grandes guerras que cobriram Blois e Chartres em uma montanha de cadáveres. O papa e a Casa de Capeto prometem um verão verde e eterno: a paz, desde que governem sobre esta terra em conflito.

Barba-torta e os outros duques e condes bufam atrás de seus cálices. O arminho, contudo, é uma criatura hibernante. O pelo se torna branco no inverno e ele permanece gordo em sua toca até que o ar esteja quente outra vez e a caça se torne fácil. Naoned, um abrigo acolhedor, isolado pelas artimanhas do pai de Roscille.

Ali, em Glammis — onde Roscille é Lady e Rainha —, a segurança é uma paisagem sombria e árida. Os soldados serão avistados das ameias do castelo e mortos a flechadas antes mesmo que os seus gritos de guerra cheguem aos ouvidos de Roscille. A colina rochosa está coberta de crânios rachados; a grama amarelada suja de massa encefálica. E ela estará segura em sua capa, com seu colar cor de sangue e sua venda, que agora sempre precisa usar na companhia dos homens.

Ela imagina tudo isso no parapeito que dá para a colina, com Senga ao seu lado. A encosta à sua frente é íngreme e perigosa. Além dela está a clareira de árvores feéricas, protegendo aquele lago prateado. É minúsculo se comparado ao vasto vazio da paisagem. Uma clareira. Ela não poderia sequer chamar aquilo de *bosque*.

Até o bosque se elevar sobre a colina.

Roscille olha para Senga.

— Seu vilarejo fica lá embaixo?

O vilarejo onde os filhos ainda vivem, com o amor misturado à vergonha. Se têm idade para trabalhar, significa que têm idade para lutar.

Senga assente.

— É o último vilarejo que o exército de Æthelstan vai saquear e queimar. Depois disso, chegarão ao castelo.

Eles não chegarão ao castelo. Porque não existe um bosque ali, e as árvores não podem erguer suas raízes e caminhar enfileiradas como soldados. Roscille pisca para afastar a umidade dos cílios. Está começando a chover.

— O que as damas fazem na guerra?

— É a senhora que deve me dizer — diz Senga. — A senhora é a Lady.

— Mas eu nunca estive em uma guerra.

Um pequeno vinco se forma entre as sobrancelhas de Senga, e Roscille começou a reconhecê-lo. Tornou-se familiar desde o primeiro dia que chegou ao castelo. Todo o resto mudou: as olheiras e as rugas desapareceram com noites dormidas em um colchão de penas em vez de palha; calça sapatilhas em vez de sapatos de madeira; o cabelo está penteado com elegância e preso em uma trança firme. Ela ergue a mão, que está mais aveludada agora, e toca a bochecha de Roscille.

— Aprenderemos juntas — diz ela.

A chuva cai em gotas pesadas que deixam os vitrais da janela marmorizados e embaçados. A terra do pátio vira lama. Os tartans ficam tão molhados que as cores e os padrões ficam praticamente impossíveis de distinguir uns dos outros. Quando os homens marcham para dentro do castelo, sacodem a água para longe do cabelo e da barba como cães. Há muitos homens ali agora, rostos que Roscille não tem permissão de ver, nomes sem cara. Antes — ou se ainda fosse Roscille de Breizh —, ela teria memorizado todos eles dentro de uma hora, e algo sobre eles também, um pedaço da alma que brilhava dentro de cada um como um fio de luz entrando através de uma rachadura na parede.

Agora, ela se senta nas reuniões do conselho do marido com os olhos vendados. As vozes passam por ela como água. O exército de Æthelstan tomou doze cidades fronteiriças e as incendiou até virarem cinzas. Saqueou armazéns de grãos e assassinou as vacas. Estuprou as mulheres e escravizou os homens. Os soldados se fartam com as comidas e vinhos roubados, e, a cada dia que passa, o exército fica maior e se aproxima mais.

Inesperadamente, muitos escoceses desertaram para Æthelstan, *rex Anglorum*, rei dos ingleses. Talvez isso tenha acontecido porque o exército é liderado por um deles, Evander, o filho do falecido Duncane. Aqueles escoceses sabiam que Duncane era um rei justo e honesto, e, embora estivesse doente, as colheitas eram boas sob seu governo e as terras prosperaram. O mesmo não pode ser dito deste novo Macbeth.

Macbeth, que se abriga em um castelo remoto. Macbeth, que se casou com uma donzela feérica de Breizh, e de nada adiantou aquela aliança, porque o Duque viu o tamanho imenso do exército inglês e mandou cartas para Glammis dizendo: *É perigoso atravessar o canal nesta época, mas enviarei navios em breve para ajudá-lo.*

Quando Roscille ouve a carta sendo lida em voz alta, finca as unhas na palma da mão até que pequenos cortes se formem. Tenta se imaginar no lugar do pai. O arminho sabe quando é chegada a hora de deixar crescer a pelagem de inverno e se esconder enquanto os animais magros e famintos rasgam a floresta. No entanto, Barba-torta sabe que essa é uma aliança que não pode ser quebrada tão facilmente. Mesmo que não leve em conta a perda do exército de Macbeth, mesmo que não tema a retribuição de Macbeth, o mundo ainda precisa ver que o Duque de Breizh é, na maior parte, um homem honesto e honrável. Caso contrário, nunca mais receberá a confiança de outro lorde.

Ela não sabe o que seria pior: morrer sob a lâmina de Æthelstan ou o pai vir resgatá-la. Imagina Barba-torta descendo da carruagem, Roscille se apressando para cumprimentá-lo no pátio, usando sua capa horrenda e seu colar sem graça.

Eu sou Rainha agora, ela se imagina dizendo, com o queixo erguido em desafio.

O pai a olharia de cima, um desdém indulgente no rosto. *Você é a criatura que eu quiser que seja.*

Mesmo assim, em algumas noites, Roscille reza para que ele venha. Reza para que ele venha tirá-la desse lugar maligno e cinzento, onde as bruxas vivem acorrentadas sob o chão. Ela quer cavalgar pelas florestas verdes e úmidas de Breizh e refrescar os pés nas águas brancas e geladas do Loire. No entanto, quando fica em pé e limpa os joelhos, sente raiva de si mesma por sentir saudades de uma casa da qual foi banida, por ficar de luto por um pai que a descartou. Como se ela fosse nada mais do que um rosto adorável.

Um rosto adorável e um corpo que se encolhe no colchão enquanto o marido abre as pernas dela à força e grunhe em seu ouvido: *Este será um menino, um herdeiro.* Seria mais sensato tentar um filho com Senga. Pelo menos assim a linhagem não ficará manchada com o sangue bretão de Roscille. Ela, no entanto, não desejaria esse destino a ninguém, sobretudo à amiga, a quem jurou proteger a qualquer custo, que não será como Hawise — *eu prometo.* Senga aparece todas as manhãs, trazendo pão duro e leite frio para ela.

— Vai acabar logo — diz, acariciando a testa dela. — Seu marido não tem vícios como alguns outros homens. Assim que der um filho a ele, ele vai parar.

Isso nunca vai acabar, pensa Roscille. Mesmo depois que ele termina, continua dentro dela, manchando seu cérebro com vapores roxos e pretos, da mesma cor do sangue no joelho dele. A ferida que não sara. A ferida que mancha tanto os lençóis que Senga precisa lavá-los todos os dias. Roscille quer dizer a ela para levá-los lá embaixo, no porão. As lavadeiras cuidarão disso. Elas não servem para mais nada.

A única forma de exorcizar o espírito maligno do marido é a seguinte: todos os dias, quando se senta vendada na sala com o conselho de guerra, ela escuta notícias da fera. Quase não consegue respirar nesses momentos, temendo que as portas sejam escancaradas e alguém arraste a cabeça imensa do monstro para dentro, deixando um rastro de sangue e entranhas. No entanto, não há notícias do dragão, e ela agradece a Deus — se é que Deus poderia ser convencido a proteger uma criatura abominável daquelas. E quando o corpo do marido se arqueia sobre o dela à noite, o suor da testa dele pingando no rosto impassível dela, Roscille imagina que é Lisander sobre ela, feroz e passional, e, ainda assim, um monstro menos temível do que este homem, Macbeth.

A guerra ainda parece nebulosa e irreal até que, em certa manhã, Roscille é despertada com o som de lâminas se chocando. O marido já havia deixado a cama há muito tempo. Ela se coloca em pé e caminha até a janela. O som vem do pátio, onde há facilmente uma centena de homens reunidos, mais do que imaginou caber naquele espaço.

Eles estão pressionados ombro a ombro, a maioria a pé. Apenas os líderes estão a cavalo: Raposa Invernal, Cabra-montesa e Manto de Doninha. Macbeth está ali, gritando, agitando os braços. Está dando instruções, mas se Roscille não conseguisse escutar as palavras, pensaria que ele era algum lunático, do tipo que fica do lado de fora das tavernas cuidando de um antigo ferimento na cabeça que o atingiu profundamente. Não ajuda em nada o fato de ele mancar. Recusou todos os Druidas duas, três vezes.

Está quase longe demais para identificar as expressões dos homens — quase. Contudo, os rostos enrugados escoceses estão franzidos, fazendo carrancas infelizes. Rugas de perplexidade marcam suas testas. Cada um deles se ajoelhou e jurou lealdade a Macbeth, Macbethad, Macbheatha, Thane de Glammis, Thane de Cawder, o futuro Rei, e agora, muitos parecem arrependidos disso. O velho rei era enfermo de corpo. Esse novo rei parece enfermo de mente. A loucura não é um lugar, pensa Roscille. É um caminho longo por um corredor sinuoso.

Um dos homens sai da fila. Está vestindo um tartan azul-acinzentado. Não é do clã Findlaích. Ele é filho ou neto de algum homem que prometeu lealdade a Macbeth, mas essa promessa foi se desgastando com o passar das gerações. Roscille se aproxima mais da janela, fechando os dedos ao redor das grades.

Homem: Nós perderemos nossas casas e famílias para o exército de Æthelstan se nem mesmo tentarmos fazer as pazes. Uma cúpula. Algum esforço deve ser feito... Centenas já morreram. Quantos escoceses precisarão morrer antes que o senhor se encontre com Æthelstan para negociar? Essas não são as ações de um rei.

Macbeth para de falar e abaixa os braços. O canto dos lábios se contrai — Roscille só sabe disso porque já viu a expressão no rosto dele diversas vezes. Ela está distante demais para ver agora e não conseguiria reconhecer o gesto de outra forma.

Ele se aproxima do homem e pergunta:

— Qual é o seu nome?

O homem responde. Roscille não consegue ouvir.

— E o que foi prometido a você por Banquho, aquele homem morto e desleal, para fomentar discórdia por aqui? — pergunta Macbeth.

Homem: Nada. Nunca falei com Banquho em toda minha vida. Protesto por conta de meus filhos e minha esposa. Meu vilarejo será o próximo a ser massacrado.

Um instante de silêncio. Até mesmo o vento se cala.

— Você não merece vestir esse tartan de batalha — declara Macbeth —, ou carregar essa espada. Vá embora. Fuja como o covarde traidor que é. Não sabe nada sobre Macbeth. Eu sou o futuro Rei. A derrota é impossível, tão impossível quanto a floresta se erguer e marchar colina acima. Nenhum homem nascido de uma mulher pode me matar.

Homem: O que diz é loucura. Não é de se admirar que seu braço direito tenha se voltado contra o senhor.

Roscille sabe o que acontecerá a seguir. Ela quase não quer assistir, mas descobre que não consegue desviar o olhar, incapaz de fechar os olhos. Macbeth desembainha a espada e, apesar da ferida, apesar da loucura que torna sua silhueta confusa e estranha, o movimento é rápido. Habilidoso. Ele não recebeu o epíteto de noivo de Belona sem motivo. O golpe mortal que desfere é tão experiente e inevitável como uma agulha perfurando um bordado. A lâmina é cravada. A lâmina é puxada de volta. O sangue jorra do ferimento e da boca do homem.

Ele engasga e cai ao chão, onde se contorce por um instante, mas logo fica imóvel. Os outros homens não se mexem conforme o vento açoita seus cabelos e barbas, as bandeiras esfarrapadas e os tartans descombinados. Macbeth ergue a espada e lambe a ponta da lâmina. O sangue brilha em seus lábios.

— Este é o destino que espera qualquer homem que questionar meu poder — diz ele. — Peguem o corpo e joguem ao mar. Deixem que os peixes se banqueteiem com a carne.

— Precisa haver uma execução.

Ao som da voz do marido, Roscille ergue o olhar da costura. Esteve bordando um padrão de flores dama-da-noite em um rolo de tecido que algum dia se tornará um vestido. É difícil imitar as minúsculas pétalas em formato de trompete. Costura vinhas que se retorcem e se enroscam na barra do vestido como serpentes. Passou horas nessa labuta sem sentido. Quando Macbeth entra, Senga logo se levanta e sai, embora lance um olhar preocupado para Roscille, que deixa a agulha e o bastidor de lado.

— Por que uma execução?

— O filho traidor de um traidor está apodrecendo nas masmorras há semanas — diz Macbeth. — Seria sábio fazer dele um exemplo. Os outros homens questionam minhas estratégias e duvidam do meu poder.

Roscille se pergunta por que ele está lhe contando isso. Embora tenha se sentado na sala de conselhos de guerra, vendada e calada, ele não pede os conselhos dela há muito tempo. Talvez apenas pense que ela ficará feliz em saber como e quando Fléance morrerá. Nisso, pelo menos, ele está certo.

— Pensei que você poderia me ajudar a elaborar uma punição — diz Macbeth. — Seu pai é conhecido pela violência prudente.

Ele vai puni-la pela inércia de Barba-torta. Talvez isso apresse os navios do Duque: um olho roxo no rosto de sua linda filha, um hematoma pulsando na maçã do rosto, um ferimento que não pode ser escondido embaixo de saias e que fará com que todos os homens a encarem boquiabertos. Ou talvez ele já tenha desistido da aliança e simplesmente desconte sua raiva em Roscille, e não em seu pai distante. Ela pensa em Agasia, aquela esposa forçada, entregue aos homens do marido como um quaich para que cada um beba um gole. O pânico a faz prender a respiração.

— O que a fez se afastar de mim agora? — Macbeth exige saber. — Não quer tomar parte na morte de um homem que é seu inimigo? Talvez tenha algumas ideias inteligentes ardilosas de como profanar o cadáver dele.

O batimento cardíaco dela desacelera, mas só um pouco. Ele não pretende puni-la, pelo menos não agora. Ele já se fartou com a violência em algum outro lugar.

— Não tenho nenhuma ideia, milorde — ela consegue dizer.

Macbeth a encara de um jeito estranho, o rosto demonstrando tanto satisfação quanto nojo.

— Você não é filha do seu pai?

Ela não sabe como responder a essa pergunta.

Entretanto, responde com cautela:

— Em vez disso, deveria perguntar ao próprio Fléance. Finja ser amigo dele ainda. Diga que irá punir outra pessoa em vez dele. Pergunte qual deve ser a punição. Ele planejará um método de execução que lhe pareça mais abominável. E essa será sua melhor vingança.

Macbeth apoia a mão na parede para se firmar, aliviando o peso da perna esquerda. Depois de um momento demorado, ele diz:

— Minha esposa astuta.

— Uma esposa só tem a astúcia que o marido permite que ela tenha.

Ela se odeia por dizer isso. Mas a cada segundo que passa sentada ali, numa cadeira, com o bordado no colo, é um segundo em que não está sendo chicoteada, forçada ou obrigada a se ajoelhar. A vida dela foi dividida em duas metades simples: quando há dor e quando não há.

O canto da boca de Macbeth se eleva em um sorriso. Ele se aproxima dela, e Roscille fica rígida na cadeira. Segura o rosto da esposa com uma das mãos e se inclina, beijando sua testa. Ele emite um pequeno ruído de dor quando faz isso. Faz exatamente o mesmo som de quando está copulando sobre ela. Ela fica sentada ali, transformando-se em pedra, até que Macbeth se afasta e a deixa.

No dia seguinte, Roscille sente o cheiro de fumaça vindo da encosta. É distante, mas, quando caminha até o parapeito, vê nuvens cinzas surgindo acima da linha do horizonte. Muitas coisas podem estar sendo queimadas: armazéns de grãos. Casas. Estábulos. Ovelhas, vacas, cavalos, mulheres, homens. Crianças que se tornaram órfãs com o golpe de uma lâmina. O exército de Æthelstan está próximo.

Do parapeito, ela também consegue observar as conversas no pátio. Os homens estão reunidos, porém, em menor número e mais cansados a cada dia que passa. As barbas estão pegajosas de sangue. Os tartans estão puídos. Os ombros, curvados. A chuva veio e foi embora, então os cavalos estão irritados e parecem cansados. Macbeth permanece a cavalo quando reúne os homens. Assim, sua perna manca não fica tão evidente.

Cabra-montesa morreu na luta. Os homens dele fervilham de raiva.

— São todos galinhas? — questiona Macbeth. — Não são capazes de sobreviver sem uma cabeça?

Ele não fala coisa com coisa. Ondas de descontentamento percorrem a multidão. Mas nenhum homem sozinho ousa falar contra ele — não depois do que aconteceu na primeira vez. Macbeth esporeia o cavalo e o incita até o lado de Raposa Invernal. Algumas palavras inaudíveis são trocadas entre eles. Raposa Invernal abaixa a cabeça. Em seguida, o cavalo de Macbeth se afasta trotando.

Raposa Invernal: Eu irei liderar a demonstração de hoje contra Æthelstan. Nosso Rei tem negócios a tratar no castelo.

Os homens não abafam os ruídos de protesto agora. Sons de desprezo são emitidas do fundo de suas gargantas. Este não é o comportamento de um rei nem de um homem justo. O noivo de Belona, que se esconde nas muralhas do castelo enquanto soldados morrem por ele? Um *Reith*, que manterá a espada e a barba sem sangue?

— Prometo a todos que lutarem hoje que serão honrados eternamente na história — diz Macbeth. — Seus filhos, netos e tataranetos se lembrarão da nobreza desta luta, de como afastaram o leão insaciável das terras do unicórnio. E quem me trouxer a cabeça daquele príncipe verde, Iomhar, terá um lugar de honra à minha mesa, ao meu lado, para sempre. Estou em busca de um novo braço direito.

O vento uiva pelo pátio e dispersa os homens como pássaros.

Roscille fica sentada enquanto Senga trança seus cabelos. As duas estão no chão, ajoelhadas em cima do tapete de urso. O pelo continua espesso e indispensável, mesmo na morte. Os dentes amarelos não apresentam rachaduras.

— Trançarei seus cabelos no estilo usado em Alba, tudo bem? — diz Senga.

— Se preferir — responde Roscille, apática.

— Para que pareça mais uma rainha.

A futura Rainha. O futuro Rei. Todas essas profecias se tornaram realidade, exceto as palavras falsas que ela própria forneceu para a boca das bruxas. Agora ela pensa nesses últimos augúrios: *Nenhum homem nascido de uma mulher. Até o bosque se elevar sobre a colina.* Ela destrincha as palavras. Talvez sejam como glifos ou pictogramas, disfarçando um código interno. O Duque dispunha de mestres espiões que inventavam esse tipo de códigos para ele, assim, poderia esconder traições por trás de cordialidades. Esses homens eram sempre ágeis como ratos e falavam sussurrando. Homens magros, com ombros encolhidos e tensos. Roscille os admirava. Eram capazes de ver o que se escondia por baixo do mundo que todos conheciam.

Ela até cogitou a possibilidade de se tornar uma espiã quando era criança, mas é claro que nunca houve uma mulher em um cargo desses. Roscille olha no balde de água que usa como espelho e observa Senga trançar seus cabelos. A pele fica fria quando o cabelo da nuca é penteado para cima. Com suas mechas pálidas, parece que está usando uma coroa feita de ossos.

Linda. A voz de Lisander vem até ela.

Aberração, ela protestara. *Estranha.*

Não. Você foi obrigada a se encaixar em uma forma que a confina.

Roscille empurra o balde de água para longe até que não o veja mais. A última pessoa a pentear seu cabelo foi Hawise.

De repente, ela ergue o olhar, fazendo Senga se atrapalhar com as mãos.

— Não deixarei que nenhum mal seja feito a você — diz Roscille.

Senga franze o cenho.

— O que está dizendo, milady?

— Nada é seguro aqui — diz ela. — Não enquanto Macbeth continuar vivo e respirando. E ele continuará vivendo e respirando.

— Como sabe disso?

Porque o bosque jamais se elevará sobre a colina. Porque não existe um homem que não tenha sido nascido de uma mulher. Só que Roscille não diz nenhuma dessas coisas. Em vez disso, ela diz:

— Vou dar a você o dinheiro que eu conseguir juntar e a disfarçarei bem. À noite, você sairá do castelo. Terá todas as roupas e suprimentos que precisar. Deve encontrar seus filhos antes que o exército de Æthelstan chegue ao seu vilarejo e levá-los com você. O dinheiro a levará longe o suficiente.

Senga abaixa as mãos e o cabelo de Roscille volta a cair sobre os ombros. Ela fica em silêncio por um longo tempo.

— E o que a senhora fará, Lady?

Roscille respira fundo.

— Uma rainha não abandona seu povo — responde ela, desolada.

Outro longo momento se passa. Com bastante gentileza, Senga segura o queixo de Roscille e vira o olhar na direção dela. Com um meio sorriso, diz:

— E uma criada não abandona sua Lady.

Roscille se desvencilha de Senga no rosto e desvia o olhar outra vez. Se olhar muito tempo para a mulher, vai começar a chorar. E ela não pode correr o risco de o marido ver lágrimas em suas bochechas. Ele não quer que ela sinta nenhuma emoção que ele próprio não tenha despertado nela.

Como se convocado pela força do pensamento, a porta é escancarada. Senga abaixa o véu sobre o rosto de Roscille depressa. Macbeth fica parado no batente, tão largo que bloqueia a luz da tocha no corredor.

— Milorde — diz Roscille, abaixando a cabeça.

— Lady Macbeth. — Há algo em sua voz. Ela não sabe identificar o que é, mas os pelos de seus braços arrepiam, como se sentisse frio. — Acabei de falar com Fléance.

— Ah. — As bochechas de Roscille enrubescem. — E ele contou o que o senhor desejava saber?

Senga repousa uma das mãos no ombro dela. As unhas da criada se curvam, enterrando-se levemente na pele de Roscille. Ela se mexe, um movimento mínimo, quase imperceptível, os músculos dos ombros se contraindo — quase como se estivesse planejando se colocar entre Macbeth e sua senhora. No entanto, o olhar de Macbeth congela as duas.

— Ele me contou coisas muito interessantes — diz Macbeth. — Venha, esposa. Vamos.

Ele a leva pelo labirinto sinuoso de corredores, que atualmente Roscille conhece mesmo de olhos fechados. Contudo, ele não a força a vestir a venda sobre os olhos. Por quê? Se antes ela acreditava que entendia o marido e seus caprichos, agora ela se sente tão à deriva quanto no primeiro dia de Glammis, estremecendo no frio maldito.

Macbeth manca à sua frente. Roscille segue atrás. Desse ponto de vista, ela consegue ver o ferimento nitidamente: o modo como suga os fios de lã das meias, fazendo o tecido ser puxado para dentro do corte úmido e aberto. Parece impossível que ele ainda consiga sustentar o peso daquele corpo imenso. Às vezes, os meninos da cozinha em Naoned amarravam as patas dianteiras de um cachorro por crueldade e davam gargalhadas enquanto o cachorro saía mancando, ganindo confuso por causa da perda de função.

Quando Roscille viu isso, ficou tão furiosa que desejou ser um homem só para que pudesse ser violenta com eles.

O corredor se estreita, e iluminação das tochas nas paredes enfraquece, exibindo apenas as marcas pretas de queimado nas paredes em vez de luz. No final do corredor está a porta de madeira apodrecida, com a grade de ferro enferrujada. O oceano soa como o ranger de dentes atrás dela. A última profecia não foi o suficiente para Macbeth? O que mais ele poderia querer do que a garantia completa que as bruxas ofereceram?

Roscille arrisca uma pergunta:

— Algo aconteceu que o desagradou?

Muitas coisas poderiam ter acontecido. Os homens revoltos no pátio. A proximidade do exército de Æthelstan. A mágoa persistente da traição de Banquho. Contudo, Macbeth mal olha para ela quando responde:

— Sim. Mas será corrigido agora.

Então, ele gira a chave na fechadura e o frio captura os dois, como se tivessem sido arrebatados pelas garras da antiga e cruel deusa do inverno — Beira. Esse é o nome da deusa em Alba. Eles também a chamam de *Caillech*, a bruxa divina. Metade mulher, metade animal de chifres.

Agora, as Lavandières se deslocam para a frente, arrastando as correntes pela água. Gruoch está no centro, segurando as roupas lavadas, esticando a renda fina como teia de aranha entre as mãos. Os cabelos brancos estão molhados e grudam nos pescoços magros das bruxas. Roscille não consegue imaginar que nova profecia o marido deseja implorar para elas. Que medo ele quer que elas apaziguem?

Macbeth para nos degraus; ele não coloca os pés na água nem se move em direção à tocha. E, mais estranho ainda, não diz uma palavra. Apenas espera até que as bruxas o alcancem ali, mais próximas da porta do que Roscille jamais as vira antes. A luz que vem do corredor ilumina o rosto delas e os nós dos dedos enrugados. Se vivessem no mundo superior, seriam parteiras, amas de leite, viúvas que lavam os pés de noivas.

Elas ficam ali, esperando, balançando para a frente e para trás como se levadas pelo vento. Não há vento nenhum, é óbvio, e sem a lavação de roupa, a caverna parece silenciosa e inerte. Roscille tenta encontrar o olhar de Gruoch, mas não consegue atravessar a esbranquiçada cegueira mortal.

— *Buidseach* — diz Macbeth. A palavra se curva, fria, no ar sombrio. Gruoch abre a boca, mas Macbeth levanta a mão. — Não, não falem. Não venho pedir conselho ou profecia.

A boca de Gruoch se fecha bruscamente, como um cão que recebe um comando: *silêncio!*

Roscille olha para o marido. Um pavor lento se desdobra dentro dela.

Lentamente, Macbeth estende a mão para ela. Sua mão encontra os ombros dela primeiro, depois percorrem o torso, roçando os seios, e se acomoda na cintura. Ela usa um cinto de tecido, mas isso não o impedirá. Ele realmente a tomará ali, na escuridão úmida, com as Lavandières como testemunhas? É essa a punição que receberá pela apatia de Barba-torta? Ele não precisa provar seu poder diante das bruxas; ele já as prendeu e acorrentou, e certamente já tomou Gruoch da mesma forma, já que ela foi a Primeira Esposa. Roscille despreza a própria covardia, mas não pode evitar respirar fundo.

— Ah — diz Macbeth. — Pensa que sou indigno de sua afeição?

— Não, milorde. Não é isso... é que está frio aqui.

O argumento é lastimável. Atrás dela, a água escura se retesa e volta a alisar, como se fosse um tecido.

— Conversei com o filho traiçoeiro do traidor — diz Macbeth. — É claro que perguntei a ele o que propôs que eu perguntasse. Falei que estava querendo punir outra pessoa e indaguei qual deveria ser o método de tortura. Não falei de você, Lady Macbeth. Não, Roscilla... Não, Roscille de Breizh. Mas de alguma forma seu nome saiu da boca dele. Ele achou que eu queria punir você. Perguntei a ele o motivo. Ele me olhou como se sentisse pena de mim, como se eu fosse um tolo miserável, digno de receber a compaixão de um homem acorrentado, com uma espada sobre a cabeça. Por que ele falou de você, Roscilla? Por que ele me olhou daquele jeito?

A pergunta não é uma pergunta. É uma armadilha feita sob uma falsa cobertura de folhas. Um passo em falso e ela será presa.

— Eu... não sei dizer, milorde.

— Você é uma mentirosa — diz Macbeth, mas seu tom é leve, cada sílaba como uma pedra deslizando pela água. — Ele exibiu sua tapeçaria de falsidades, primeiro como fabricou esse ataque com homens mascarados, e depois como se ofereceu quando o chicote foi levantado contra Lisander. Usou o próprio corpo para roubar a dor dele. Eu não entendia o motivo. Agora, entendo.

— Não — diz Roscille. O coração bate tão rápido que pensa que vai se partir ao meio. — É ele o mentiroso. Ele quer se absolver me culpando...

— Cale-se. Você é a filha do Duque. Aprendeu essas artimanhas ao pé do seu pai.

— Eu não tenho artimanhas — sussurra ela. — Sou apenas uma mulher.

— Você nunca foi apenas isso — diz ele. — Ainda assim, não acreditei tão facilmente nele, em Fléance. Ele tem os próprios motivos, mesmo que seus estratagemas sejam desajeitados. Talvez, pensei eu, ele só quisesse evitar a própria execução. Uma última tentativa, delirante e absurda. Porém, ele estava perfeitamente calmo quando me contou isso. E me disse o seguinte: *Você foi corno em sua própria casa, milorde. Sua leal esposa não é assim tão leal. Ela esconde a verdadeira face e segredos sórdidos sob o véu. Ela se deitou com o príncipe de Cumberland assim que o senhor virou as costas.*

Cada gota de sangue no corpo dela se incendeia. O fogo sobe até rosto, deixando as bochechas coradas.

— Não — ela consegue dizer. — Fléance quis desviar a atenção da própria traição.

— Foi o que pensei também, a princípio. — As mãos de Macbeth se apertam nos quadris dela, até que os dedos pressionem sua pele com tanta força através do tecido que certamente deixará hematomas. — Mas então refleti... eu me deito com ela todas as noites há semanas, e nada criou raízes em seu ventre. Ela já teve a menarca há muito tempo e a culpa não pode ser da minha semente. Só pode ser que a semente de outro tenha sido plantada primeiro. Está carregando o rebento monstruoso do príncipe dentro de si.

As palavras são roubadas da boca dela. Ela se engasga com a bile que sobe à garganta.

— Por favor — diz ela, quando finalmente consegue falar. — Não pode acreditar nele. Não é verdade.

Ele impulsiona a palma da mão na barriga dela com tanta força que todo o ar se esvai dos pulmões de Roscille.

— *Não minta para mim.*

Roscille tropeça e mal consegue se segurar antes de cair para trás na água. Há algo que soa como o vento cortando o ar salgado, mas na verdade é um sussurro, que passa entre as bruxas, através delas, como se fossem ocas. O nome dela, transformado em um aviso.

As três, juntas:

— *Lady Macbeth.*

— Não — rosna o marido. — Nada de Lady Macbeth, nunca mais. E seu pai não a terá de volta, desonrada por um príncipe forasteiro cujo corpo é apenas a concha de um monstro. Agora, você não é nada. Apenas uma vagabunda sem nome. Amamente seu filho demônio aqui, na escuridão.

Ele a empurra outra vez, e ela percebe que ele estava se contendo antes. Mesmo enquanto abria as pernas dela, mesmo enquanto se forçava contra seus quadris, Macbeth não demonstrou a força bruta. A crueldade desenfreada de agora é de tirar o fôlego. Mesmo mancando, com aquela ferida terrível e duradoura, o poder dele parece ir além do poder de um homem mortal: uma brutalidade imensurável, os olhos flamejando com raiva e ódio.

Ela cai. O vestido se enrosca entre as pernas enquanto ela gira sobre si mesma. O rosto atinge a água primeiro e gruda o véu nas bochechas, no nariz e na boca. Por um instante, as roupas encharcadas a impedem de voltar à superfície e ela sente um arroubo prateado de pânico, um clarão que deixa a visão esbranquiçada como um relâmpago, até conseguir se colocar de joelhos, atrapalhando-se para afastar o véu.

Porém, ela não consegue encontrar Macbeth no caminho de seu olhar. Ele já lhe deu as costas. Atravessa a porta mancando e, em seguida, a fecha atrás de si. Toda a luz é roubada dos olhos de Roscille.

15

Escuridão, escuridão e mais escuridão. A princípio, ela afunda, como se estivesse em uma caixa de areia. O ar e a água parecem ser feitos do mesmo material, dois miasmas pretos, a diferença sendo a densidade de um que é maior do que a do outro. Ela rema pela água e nada pelo ar. Içando, tropeçando. Por fim, sente duas mãos duras e ossudas a agarrarem por debaixo do braço. Com uma força surpreendente, é puxada para cima e colocada de pé.

Bruxa da Esquerda: Aí está você.

Roscille: Não, por favor. Não posso ficar aqui.

Bruxa da Direita: Foi o que todas dissemos no começo. Seus olhos irão se acostumar.

Roscille: Mas o que eu farei?

Bruxa da Esquerda: Lavará roupas, é claro.

Roscille: O que eu comerei?

Bruxa da Direita: Pode quebrar os ossos das enguias entre os dentes. São mais macios do que imagina. E quando tiver passado tempo o suficiente aqui, na escuridão, perderá sua visão mortal e verá apenas aquilo que ainda está por vir, não o que acontece ou que já aconteceu. Sua boca perderá o formato e se moldará para falar apenas em profecia. Já reparou que não temos mais lábios? Bem, para que precisaríamos deles? Não há ninguém aqui para beijar. Há! Imagine só.

Roscille: Por favor. Não sou como vocês.

Gruoch: Agora não. Ainda não. Mas será se ficar aqui. É por isso que deve ir.

Bruxa da Esquerda: Ir? Não há lugar para ir! Ele pode não a ter acorrentado, mas está presa aqui, assim como nós.

Bruxa da Direita: Menina tola. Se pudéssemos ir embora, não acha que todas teríamos ido?

Gruoch: Calem-se, as duas. Nós três já não fomos essa mesma menina um dia? Uma Lady Macbeth? Olhem para nós agora, destituídas de um nome. Encarceradas. Ficamos aqui apodrecendo na escuridão por tempo demais. Agora, enfim, há uma chance. Podemos redimir a nós mesmas nesse momento.

Bruxa da Esquerda: Não há como redimir isso. Não me recordo do meu próprio nome.

Bruxa da Direita: Eu vejo apenas na escuridão. Minhas mãos foram feitas para lavar roupa e nada mais.

Gruoch: Talvez estejamos perdidas, decerto, mas ela não está. Ainda há uma chance. Se ela reivindicar esse nome, Lady Macbeth, ela o reivindica por todas nós. Nossas visões serão a visão dela. Nossos poderes, os poderes dela. Nossos fardos, os fardos dela. Não é algo para reivindicar levianamente. Compreendem isso?

Bruxa da Direita: Por que ela merece essa chance? Passei um quarto de século aqui. E você, metade disso, e você, o dobro.

Um segundo se passa.

Roscille: Não mereço. Talvez eu devesse ficar aqui, afinal.

Gruoch: Foi nisso que todas nós fomos obrigadas a acreditar. Mantenha seus olhos mortais abertos. Lembre-se. Pense.

Roscille fecha os olhos com força. Não que faça diferença na escuridão. Ainda assim, quando o fecha, a visão explode em uma profusão de cores. Memórias que ela presumia terem sido descartadas, abandonadas como lastros para manter a estabilidade do navio. Tudo volta para ela como um rangido: as manhãs que passou bordando com Hawise, lendo poesia vulgar e conversando em cochichos abafados; as noites que se alastravam azuis, quando tinham permissão de sair do castelo a cavalo, com Hawise apontando para todos os animais que viam. Os estorninhos de bico amarelo que se misturavam tão bem aos troncos de árvores, os esquilos vermelhos ocupados com suas orelhas felpudas, o corvo-marinho empoleirado no galho, curiosamente longe do mar. Hawise sabia os nomes de todos em nórdico, e Roscille sabia os nomes em brezhoneg, angevino e saxão. Elas embebedavam os dedos em suco de frutas para atrair coelhos de suas tocas.

Todas essas coisas que pareciam tão distantes dela se fazem presentes agora. A vez em que um dos homens do Duque deu um tapa no rosto de Hawise, sem nenhum motivo, e então agarrou os seios dela, e Roscille se encheu com uma raiva incorrigível, mas aguardou. Observou o homem entrar e sair do castelo e sempre voltar com um cantil de leite de cabra, do tipo que não pode ser feito em Naoned, pois o Duque não tem cabras. Roscille contou isso ao pai, e foi descoberto que esse homem tinha um caso com uma bastarda da Casa de Capeto. Bem, não há lugar na corte de Barba-torta para homens que podem ser dissuadidos para o lado do inimigo por questões do coração. Ele desapareceu no dia seguinte. Roscille nunca descobriu para onde tinha ido, mas esperava que fosse para o inferno.

Mesmo ali, em Glammis: nos primeiros dias, quando se sentava à mesa do conselho do marido e falava, quando ela o enviou correndo até Cawder para manchar suas mãos de sangue, quando enlaçou Fléance em uma mentira, compreendendo seus anseios infantis como um código. Quando foi ao quarto de Lisander com uma adaga e saiu de lá com a boca inchada e docemente beijada. Quando se atirou entre a cela dele e o chicote de Banquho. Quando recebeu Senga, lhe ensinou latim e permitiu que ela trançasse sabedorias de mulher em seu cabelo. Todas essas coisas ela fez como uma menina, como uma lady, como uma noiva forasteira temerosa, como uma bruxa com olhos tocados pela morte, como Roscille de Breizh. Ela se julgava um animal, simples, de dentes afiados, escorregadio como uma enguia. No entanto, é tanto culpada quanto inocente, tanto imatura quando sábia, tanto bruxa quanto mulher. Mesmo as criaturas mais ignorantes sonham com a liberdade dentro das gaiolas. Seus desejos se expandem e florescem, como uma árvore que cria galhos engenhosos por meio das barras de uma cerca.

Ela está parada no escuro, furiosa, temerosa, pensando e florescendo.

— Eu aceito — diz Roscille. — Levarei tudo comigo.

— Boa menina — responde Gruoch.

Ela aceitará tudo, menos uma coisa. Roscille estende a mão e retira a capa, deixando-a deslizar por seus ombros e cair na água. As pequenas ondas encharcam a pelagem, afogando o tecido. Em seguida, ela abre o fecho do colar. Borrifa um pouco de água para cima ao cair, mas então as ondas também o arrastam para o fundo. Por fim, o véu. Ela o arranca. Rasga a renda entre as unhas. O pano se perde no ar úmido e na escuridão. As bochechas de Roscille queimam com o frio, mas agora ela está livre.

As bruxas avançam. Com gentileza, guiam Roscille até os degraus, até que consiga encontrar o próprio caminho. Ela sobe com a água escorrendo de suas roupas. Toca a maçaneta da porta, sacudindo o ferrolho. A força de uma mulher não é suficiente para quebrá-lo. Nem de duas ou três. A força de quatro, contudo, é o bastante.

As bruxas aguardam no próprio silêncio furioso. Sonhos prateados se desenrolam de seus olhos esbranquiçados e das bocas sem lábios.

O metal enferrujado é quebrado pelas mãos de Roscille. A porta se abre. A luz entra. Ela olha uma última vez para as Lavandières, para enfim ver seus rostos sem o véu entre elas, e então adentra o corredor iluminado pelas tochas, seguindo para o mundo brilhante e desperto.

Ela escuta de imediato: o choque das espadas. Flechas disparadas dos arcos. Músculos retesando à medida que as cordas dos arcos são puxadas e, então, soltas. Ela escuta com quatro pares de ouvidos agora, tão perceptiva quanto uma lebre. Quando as flechas acertam os alvos, sempre há um som carnudo, como uma fruta sendo aberta, o som das vidas dos homens sendo ceifadas do corpo. Roscille começa a correr.

Está ofegante quando chega ao parapeito, mas as pernas não doem — ela tem a força de quatro agora. Os arqueiros posicionados ao longo das ameias não prestam atenção nela, embora seja perigoso para uma mulher estar ali, perigoso para qualquer um estar ali. Ela encontra uma seteira vazia e se agacha atrás dela.

Ali, observa o exército de Æthelstan avançar colina acima. Estão mais exauridos do que ela esperava: as roupas estão largas e a lama chega até os joelhos. A chuva tornou a subida ainda mais traiçoeira, cada passo arriscando uma escorregada mortal até a base do penhasco. Eles são bem diferentes dos guerreiros escoceses que Roscille conheceu — não há rostos pintados de azul nem tartans mostrando a estampa complexa da lealdade de um clã. Mas o couro das botas parece mais resistente, e nenhuma das espadas tem o punho enferrujado.

Atrás deles, as árvores da clareira são árvores. Os arbustos, apenas arbustos. Os animais conseguem farejar o sangue e o fogo e se escondem nas tocas e buracos. Roscille sente uma impotência dominá-la, do tipo que faz seus joelhos tremerem. O bosque não pode se elevar sobre a colina. Os soldados mal conseguem subir a colina. A maioria das flechas cai com baques inúteis na grama, mas, quando acertam, acertam em cheio. Atingido no coração, um homem cai como um cervo abatido, estremecendo, e depois fica imóvel.

Nenhum homem nascido de uma mulher. Parece que homem nenhum será capaz de chegar ao castelo. O pânico percorre Roscille lentamente, cada batida passando como sangue sob um hematoma. Para onde ela irá e o que fará se Glammis não cair? Será forçada de novo para a escuridão ou para a cama do marido? O mesmo destino que todas as mulheres, o que fez dela um animal para escapar...

Não. Roscille carrega o peso de quatro agora, os sonhos reprimidos e desejos contidos, e ela não pode fracassar.

Cinco mulheres. *Senga.* O medo sobe por sua espinha. Roscille não permitirá que ela tenha o mesmo destino de Hawise; ela destruirá as muralhas de pedra do castelo com as próprias mãos, se for necessário. É isso que a impulsiona de volta para o parapeito, correndo, o cabelo se soltando das tranças e esvoaçando atrás dela. O vestido molhado enrosca nas pernas, mas ela não tropeça. O mar bate no castelo, irrompendo na direção da superfície, e ela parece rolar para a frente, como se carregada por uma maré subterrânea invisível.

Suas pernas novas e fortes a levam até o quarto de Senga. Roscille vira a maçaneta, que sacode, mas não abre. Alguma coisa está bloqueando a porta do outro lado. Ela pressiona o rosto contra a madeira e chama o nome da criada.

Um instante se passa. Então, ela ouve um arranhão, o raspar de madeira contra a pedra, e a porta se abre em apenas uma pequena fresta. O rosto de Senga aparece ali. As rugas em sua testa são profundas, e seus olhos estão molhados. A voz é rouca quando diz:

— Lady... pensei que estivesse morta.

— Não — diz Roscille. — Estou aqui.

E então Senga abre a porta só o suficiente para ela entrar.

Quando Roscille entra, vê que Senga bloqueou a porta posicionando uma cadeira embaixo da maçaneta habilmente, como se já tivesse feito isso antes. Também pegou um dos atiçadores de fogo da lareira e o segura com firmeza, os nós dos dedos brancos.

— Os soldados virão — diz ela, ao ver Roscille olhando. — Mas eu não tornarei as coisas fáceis para eles.

— Eles não a levarão — diz Roscille. — Mesmo que seu vilarejo seja destruído... seu lar é ao meu lado agora, e sempre será. Nós seremos livres.

Senga franze a testa ainda mais.

— Como?

Roscille segura a mão da criada. É quente, áspera em alguns lugares e macia em outros, e, através da pele, Roscille sente o pulso, latejando, vivo.

Não há tempo nem para arrumar um baú. Ela conduz Senga para fora do quarto e pelos corredores enquanto escuta flechas zunindo, espadas se chocando e homens morrendo como ervas daninhas sendo cortadas. Esta é sua esperança: que os homens fiquem distraídos pelos vapores do sangue e não notem duas mulheres escapando.

Os passos rápidos as levam até o pátio, que está abandonado já que todos os soldados estão abaixados atrás de uma seteira ou rasgando inimigos no topo da colina. A mente de Roscille dá voltas enquanto elas seguem em direção ao estábulo. Não seria uma boa ideia pegar um cavalo para atrair menos atenção, é melhor levar dois, pois um se cansará rapidamente de carregar dois corpos; precisamos encher os cantis nas bolsas da sela, pois não sabemos quando encontraremos mais água potável, mas os cantis podem acabar batendo contra o flanco dos cavalos, e o barulho chamará atenção para elas.

Roscille suspira. Senga está ofegante. Quando Roscille pisca, o rosto de Hawise substitui o de Senga, mas é o rosto horrendo e branco que conjurou nos sonhos, aquele que grita silenciosamente enquanto é empurrado para a água escura.

Não. Não. Isso não será como antes. Roscille não se esconde mais debaixo de um véu. Ela pode encantar e enfeitiçar quem quiser no caminho até estar em segurança, até encontrar a liberdade. A liberdade dela, de Senga e das três mulheres acorrentadas no escuro.

Elas atravessaram metade do pátio quando uma figura aparece, saindo das sombras. Ele ergue a mão para proteger os olhos, como se estivesse se protegendo do Sol ou do vento cortante, mas Roscille sabe que é para se esconder do olhar dela. Ela pensa que está testemunhando algo impossível — um sonho acordado — até ver a cicatriz que se estende por baixo do gibão, subindo pela garganta.

Roscille engasga.

— Você não está morto.

— E nem você. — Fléance dá um passo em frente. — Macbeth me libertou sob a condição de que eu lutasse por ele. Sabia que precisaria de todos os homens disponíveis ao seu lado. E ainda assim jurou que mandou a vagabunda da esposa, grávida do demônio, direto para o inferno.

— Talvez o inferno não tenha sido capaz de me conter.

O sangue dela está quente. As cicatrizes ardem na parte de trás das coxas, a dor voltando como se renovada, a víbora exibindo os dentes prateados.

Só que ela não é mais quem era antes. Sua carne se tornou mais firme. Pode parecer uma flor frágil, de pétalas brancas, mas isso apenas a esconde, não mais a prende.

— Você me deu uma chance boa para provar minha honra novamente — diz Fléance. — Que títulos e favores Macbeth me concederá quando entregar a ele o cadáver dessa bruxa indigna, dessa puta amaldiçoada?

Ao lado dela, Senga estremece com as palavras. Roscille segura o braço da criada.

— Chegue mais perto, então — provoca ela. — Ou é covarde demais para encarar meus olhos descobertos?

— Não sou nenhum covarde — rosna Fléance. Mesmo agora, é tão fácil irritá-lo, esse menino fingindo-se de homem.

Ele saca a espada, que corta o ar, e Roscille se lança para a frente para capturá-lo com seu olhar, mas ele é um pouco mais rápido. Ela sente a base da mão de Fléance esmagar a sua têmpora, e a visão dela faísca. Quando enfim consegue recuperar a visão, Fléance já prendeu o braço em volta do seu pescoço e tem a espada pressionada contra sua barriga.

Roscille se debate contra ele, cuspindo sua fúria. Senga cai de joelhos.

— Por favor — implora ela. — Por favor, milorde, não faça isso.

— Sua criada implora tão bem — rosna Fléance, a respiração no ouvido de Roscille. — Quando eu acabar com você...

É nesse instante que Roscille grita: alto o bastante para quatro vozes. Tão alto que o som parece ondular ao seu redor, como água. Até Senga coloca as mãos nos ouvidos. Fléance estremece, dando a Roscille a oportunidade de morder com força a mão que a prende. Ele berra, sangrando.

A espada dele finca de leve na lateral do corpo de Roscille e a dor a invade. Tudo fica embaçado e distante, como se o mundo se ocultasse atrás de um véu translúcido. *Essa não será minha morte,* pensa ela, enfurecida, *mas se for, lutarei até meu último suspiro e levarei dele o máximo que puder.*

E então Senga grita, não em horror, mas em choque puro, a boca formando um *ah* boquiaberto. Seu olhar está voltado para o céu.

O corpo longo e verde do dragão se desenrola como uma fita, dando nós e depois se esticando. O céu é denso e esfumaçado com nuvens de tempestade, mas a pouca luz que há reflete em suas escamas, tornando-as iridescentes. A impossibilidade daquilo, a rapidez e a força evidentes da grande criatura fazem Fléance gaguejar em um ruído silencioso de medo.

A criatura é a mesma — Roscille se lembra do poder esmagador daquele corpo ao redor do seu —, mas diferente, em formas que não eram óbvias para ela até que se aproxime mais.

A cauda grossa está envolta de espinhos. Entre as garras, há pedaços de grama arrancados da terra. A parte inferior do corpo imenso está coberta de lama, com lírios e pétalas grudados, e pendurados nos diversos espinhos e apêndices estão ramos de trepadeiras, agulhas de pinheiros e samambaias frágeis, como se tivesse acabado de se libertar de uma floresta imensa. Musgo escorre das pontas de suas asas.

Durante semanas, a criatura vagou em alguma floresta distante, escondendo-se entre sombras oleosas e folhas escuras. Carregou a matéria escura consigo, e, enquanto o dragão pousa no pátio, as palavras da profecia encaixam-se como uma chave na fechadura: o bosque se elevou sobre a colina.

Roscille mergulha para longe de Fléance enquanto o dragão dá o bote sobre ele. Ela escorrega na terra, com as palmas da mão queimando, mas rapidamente se recupera e olha para atrás. E, assim, ela tem o privilégio e o prazer de ver a seguinte cena: um jovem morrendo em agonia.

Depois que as garras rasgaram a carne e os dentes quebram os ossos, o dragão desaparece. Tudo acontece em questão de instantes — se Roscille tivesse piscado, não teria visto nada. Antes, havia ali o corpo sinuoso da criatura, estendendo-se pelo pátio empoeirado, mas agora há apenas um homem, em posição fetal, nu e vulnerável. O sangue de Fléance mancha as laterais de seu corpo; os braços estão tingidos de vermelho até a altura dos cotovelos. Ainda tem grama e espinhos emaranhados em seu cabelo, em volta dos pulsos e tornozelos. Ele respira com dificuldade.

Roscille corre até ele e se atira ao chão, a testa apoiada em seu ombro, as mãos segurando o rosto lindo e familiar. O ar escapa dela, assim como as palavras. Ela se pressiona contra ele e tenta não chorar.

Lentamente, Lisander levanta a cabeça para encará-la. Os olhos verdes oscilam com um brilho inumano. A princípio, ela teme não ver o reconhecimento neles. Talvez o dragão tenha, enfim, devorado o homem; talvez, agora ele não seja mais do que uma concha que guarda o monstro dentro de si. Só que então Lisander expira e seus lábios se curvem para cima de leve.

— Roscille — diz ele com a voz baixa, cansada e carinhosa.

— Lisander — sussurra ela. — Achei que você tinha partido.

Ele balança a cabeça.

— Esse tempo todo eu me contorci dentro do corpo do monstro, no bosque. Mas até o dragão conhece seu rosto. Sua voz. Se tal criatura possui algum desejo maior do que o de sangue, é de proteger você.

Um dragão não possui muitas qualidades admiráveis, mas não se pode dizer que não deseja, e que não guarda seus tesouros com um zelo ciumento. Roscille pega uma das mãos de Lisander. O sangue está impregnado embaixo das unhas. Ela pensa em como eles devem parecer ali, ajoelhados naquela bagunça de carne mutilada, duas criaturas sobrenaturais que se sentem tão naturais na companhia uma da outra.

Senga observa com rosto pálido e olhos arregalados. Roscille se levanta e puxa Lisander consigo. Ele ainda está fraco, desacostumado com o corpo humano. Já faz muito tempo que seus pés tocaram a terra.

— Não tenha medo — diz ela para Senga.

Só que quando ela alcança a criada, Senga simplesmente puxa Roscille para um abraço, pressionando o rosto no dela. Ela segura Roscille por um longo tempo, mesmo enquanto os sons da guerra passam por elas como rochas deslizando pela encosta, e enquanto nuvens de tempestade se acumulam no céu. Por fim, Senga a solta.

— Não tenho medo da senhora, Lady, nunca — responde ela.

Lisander, que ainda segura a mão de Roscille, diz:

— Precisamos partir. Se mais algum dos homens de Macbeth nos avistar, seremos mortos ou acorrentados.

— Não — retruca Roscille. — Essa luta deve terminar com Macbeth. Não há outro jeito.

— Os homens veem a guerra como uma luta por Alba, e não somente como uma luta por um lorde ou Glammis. São os ingleses que voltaram para oprimi-los outra vez, para extinguir as linhagens escocesas. Mesmo que Macbeth morra, eles não vão parar.

— Não vão parar por Æthelstan, é verdade. Mas vão parar de lutar pelo herdeiro escolhido de Duncane, o filho com o sangue de Alba correndo nas veias. Se virem que você está vivo, saberão que Æthelstan não está aqui para esmagá-los, e sim para depor um traidor e restaurar a linhagem de Duncane.

Lisander desvia o rosto dela. Sombras cobrem a expressão.

— Você estaria pedindo para que se ajoelhassem diante um monstro e colocassem uma coroa em sua cabeça — murmura ele.

Roscille ergue o queixo de Lisander, forçando-o a encontrar o olhar dela.

— Você é mais do que a criatura que seu pai fez de você. Talvez não seja um mortal, não inteiramente... mas senti a ternura de sua carne; vi a nobreza de sua natureza; fui abençoada ao conhecer seu espírito altruísta. Ainda é um homem.

— Então me beije — pede ele — e prove.

Ela segura o rosto dele, sem relutância ou hesitação — exatamente como fez daquela primeira vez, com a mão dele envolvendo seu cabelo, os quadris rolando contra ela. A boca de Lisander se abre para encontrar a dela, como se fosse a pergunta e a resposta. Ele morde o lábio inferior de Roscille, o leve surgir do monstro, mas a língua é gentil e macia como a mortalidade, e os braços são infinitamente carinhosos. Quando enfim interrompe o beijo, seus corações batem em um uníssono furioso.

Sem tirar os braços da cintura dela, com as testas ainda próximas, Lisander sussurra:

— Então eu me revelarei. Espero que eles vejam o que você vê. Espero que isso seja o suficiente.

O vento varre o pátio, trazendo a tempestade vinda do mar, onde os relâmpagos já começaram a cortar o ar e as ondas se elevam em grandes alturas. Do outro lado da muralha, homens caem como árvores cortadas. E, hesitante, Roscille se afasta do abraço de Lisander.

— Se irá se revelar — diz Senga, seca —, talvez seja melhor que não se revele por *inteiro*.

Lisander enrubesce, como se só agora recordasse da nudez.

— Encontre roupas para ele — pede Roscille para Senga. — Eu irei atrás de Macbeth.

— Não — diz Lisander de imediato, pegando-a outra vez pelo braço. — Não resta nenhuma honra a ele, apenas a ambição e o ódio. Não vai pensar duas vezes em matar você. Ao menos me deixe...

— Você não pode — diz Roscille. — Há uma profecia. Nenhum homem nascido de uma mulher pode feri-lo.

Ela não precisa dizer o resto. Os pensamentos despontam dela como visões prateadas, como espíritos escapando de seus receptáculos. *Eu não sou um homem. Também não sou bem mulher. Roscille de Breizh, linda, marcada por bruxas, bruxa.*

Além da muralha, os soldados bramem e engasgam com sangue na boca. Evander está entre eles. Talvez já tenha sido morto. Para todos os homens que se ajoelharem quando avistarem Lisander vivo, há ainda outros que irão se juntar ao seu lorde rebaixado e manco.

Isso só terminará, de fato, quando Macbeth estiver morto. Roscille solta a mão de Lisander e vai para as profundezas do castelo.

Roscille sabe onde esperar por ele. Quando os homens de Æthelstan estiverem batendo nas barbacãs, quando a cabeça de Evander for espetada em uma lança, quando a batalha estiver ganha ou perdida, Macbeth irá até ali. A porta de ferro está atrás dela, o ar frio entrando pelas rachaduras na madeira. As tochas brilham nas paredes. Sob os pés de Roscille, o oceano se agita em um ritmo incessante.

Ela o escuta se aproximando antes de vê-lo: aquele andar arrastado, a respiração quente sendo expirada pelas narinas dilatadas. À medida que ele se aproxima, virando a última curva no corredor, ela vê uma mão se estender e segurar a parede. Está manchada de sangue antigo e novo, vermelho intenso e cor de ferrugem, anunciando todas as mortes causadas por ele. Então ele aparece, o corpo enorme entrando pelo corredor estreito, os ombros tão largos que ele mal consegue passar.

Macbeth se assoma como um gigante. Essa foi a primeira impressão assustadora que Roscille teve dele, daquela grandeza sobrenatural. No entanto, não o teme como temia na época, ajoelhada diante do Druida, deixando que ele os amarrasse com a corda eriçada. Todas as correntes foram rompidas — todos os juramentos, quebrados.

As sobrancelhas de Macbeth se erguem quando ele a vê — um breve momento de choque. Mas logo seus lábios se retesam num rosnado.

— Não deveria estar aqui. Deveria estar no escuro, tornando-se cega e velha.

— E que profecia espera que eu dissesse? — Roscille se empertiga. Ele não está perto o bastante para encontrar os olhos dela. — Sua ruína já foi escrita, e está próxima. O bosque se elevou sobre a colina.

— Mentirosa — diz ele. — Impossível.

— Você mesmo testemunhou coisas impossíveis se tornarem realidade.

— Impossível para homens comuns — diz ele. — Não possuo nenhuma limitação do tipo. Nenhum homem mortal me derrubará. A única coisa impossível é minha morte.

— Se tem tanta certeza assim — diz Roscille —, então olhe nos meus olhos.

Macbeth abre um sorriso cruel. O rosto está molhado de sangue fresco, que ainda brilha.

— Você pensa que é esperta, Roscille de Breizh. Nunca soube o seu lugar. Deveria ter amarrado você à minha cama no instante em que pisou em solo escocês. Você trabalhou nas sombras, enganando a todos com seu rosto inocente, escondendo seus segredos sob um véu. Bem, agora o véu se foi. E posso vê-la de verdade. Seu pai está escrito em seu rosto. Ele criou essa história, de que você foi amaldiçoada, de que tem esse poder de compulsão. E talvez isso seja real para aqueles que acreditem em tais superstições. Porém, se ele não tivesse espalhado essa história em Breizh e além, você não teria poder algum. O único poder que já teve de fato foi a adaga que pus em suas mãos.

Roscille fica imóvel como mármore. De fato, o pai foi o primeiro a falar as palavras em voz alta — *talvez você tenha sido amaldiçoada por uma bruxa.* Antes, não passavam de sussurros e rumores; a beleza estranha o suficiente para fazer os homens tremerem, mas nunca compelidos, encantados ou enfeitiçados. Compeliu apenas o rapaz de estábulo, mas será que a própria luxúria dele não teria o motivado? E havia os guardas de Duncane — mas ali, ela agira apenas sob a ordem de Macbeth. A magia dela florescendo apenas com o cultivo dos homens. Seria isso verdade, de fato?

O frio se apodera de seus ossos. Dúvidas se enraízam como a trefina.

Macbeth nota a dúvida em Roscille e o sorriso aumenta.

— Então venha, Roscille. Roscilla. Minha adorada esposa. Lady Macbeth. Outros homens podem ter recuado diante de sua presença, mas eu, nunca. Olhe nos meus olhos. Eu devolverei seu olhar e não tremerei.

Ele cambaleia na direção dela, vindo como uma criatura desajeitada, meio transformada em pedra. Roscille dá um passo vacilante para trás. O medo animalesco voltou. O próprio fantasma habita seu corpo — aquela menina, encolhida em renda nupcial, está aqui agora. E Macbeth, noivo de Belona, Thane de Glammis, Thane de Cawder, o futuro Rei, estende as mãos ensanguentadas na direção dela.

As costas de Roscille batem contra a porta e o ar salgado envolve seus tornozelos. Correntes, pensa ela, sempre há mais correntes. No entanto, ela pensa nas três mulheres do outro lado, furiosas no escuro. Elas quebraram o fecho, as quatro, juntas.

Roscille infla o peito. Então endireita a postura e encontra os olhos de Macbeth.

Ela nunca os encarou antes — ah, quanta ironia, ela nunca ousou. São azuis e claros o suficiente para que ela veja o próprio reflexo ali, como um peixe nadando em um pequeno lago. A princípio, nada muda na superfície. Existe apenas aquela mesma ferocidade, fúria e vitória cheias de vaidade, a certeza de que ela fracassará. Mas Roscille continua encarando.

Devagar, a nebulosidade o domina: o branco dos olhos se espalha pelas írises, depois pelas pupilas, até que seu olhar se torna leitoso e opaco, e ela não vê mais nada refletido de volta. Macbeth solta um grito gutural e tenta se virar, mas Roscille agarra seu rosto com as duas mãos, forçando-o a encarar os olhos dela outra vez.

Macbeth cai de joelhos. Ela fica de pé diante dele. As veias dele pulsam e mudam de cor, indo para um preto denso como piche. A pele, em contraste, fica cada vez mais pálida — são os ossos começando a aparecer, sua pele se desfazendo, até que tudo que resta é apenas a carne, os músculos e um crânio nu. Seus gritos secam na garganta.

E então, não há som algum exceto aquele crânio batendo no chão de pedra. Roscille dá um passo para trás, as mãos caindo ao lado do corpo.

Vozes atrás dela, atravessando a porta. Três delas se entrelaçam, como um emaranhado de brotos irrompendo timidamente o solo, saindo pela terra fria e dura e subindo em direção à luz.

Coda

Salve, Rei, pois é o que és: o usurpador está morto. Erguido sobre o solo ensanguentado de Glammis, deixe que a coroa seja colocada sobre sua cabeça. Um rei de origem escocesa, um rei para toda a Alba, o herdeiro do trono de seu pai debilitado. E quanto à criatura vil à espreita? Bem, o homem que reconhece seu monstro é sempre mais sábio, mais gentil e mais nobre do que um homem que o desconhece. Esses homens apodrecem com ferimentos repulsivos. Salve o rei que apresenta seus demônios abertamente e, portanto, não é devorado por eles.

Salve, Rainha, que é conhecida por muitos nomes: o Lorde cruel está morto. Mostre seus olhos e declare sua vontade. Deixe que seja levada pelas colinas verdes e vales baixos de Alba, pelos lagos e rios, e pelo canal estreito onde está seu pai. Doravante será conhecida em todas as terras por sua inteligência e justiça. E quanto ao seu olhar sobrenatural? Que a chamem de bruxa, como fazem com qualquer mulher que professa poder. Salve a rainha que mostra os fios escuros sob o mundo, para o qual o olhar mortal é insensível.

E agora, nós, bruxas secretas desta noite escura: nossos males se findaram. Nossas correntes podem chacoalhar, mas não nos prendem. Enfim, dormimos. Sonhamos.

Agradecimentos

À minha agente, Sarah Landis, que nunca deixou de fazer magia quando eu mais precisava dela. Às minhas editoras, Tricia Narwani e Sam Bradbury, cujas ideias e paixão por este livro o moldaram na melhor versão possível. Às equipes da Del Rey e da Del Rey UK, com que tive a imensa sorte de trabalhar: minha gratidão é infinita.

Agradeço ao Bardo por seus versos, é claro, e à Marie de France, por seus lais.

Este livro foi composto na tipografia Arno Pro,
em corpo 11,5/16, e impresso em
papel off-white no Sistema Cameron da
Divisão Gráfica da Distribuidora Record.